DROEMER

Über den Autor:
Manu Causse, Jahrgang 1972, ist im Département Aveyron aufgewachsen. 15 Jahre lang arbeitete er als Lehrer. 2005 entschied er sich, endlich seinen Kindheitstraum zu verwirklichen und Schriftsteller zu werden. Seitdem lebt und arbeitet er als Autor, Übersetzer und Animateur für seine vier Kinder in Toulouse.
Weitere Informationen unter: www.manucausse.blogspot.com

Manu Causse

Die grüne Ente

Roman

Aus dem Französischen
von Alexandra Baisch

DROEMER

Die französische Originalausgabe erschien 2016 unter dem Titel »La 2CV verte« bei Éditions Denoël, Paris.
Dieses Buch erscheint im Rahmen des Förderprogramms des Französischen Außenministeriums, vertreten durch die Kulturabteilung der Französischen Botschaft in Berlin.

INSTITUT FRANÇAIS
DEUTSCHLAND

Francfort en français
France invitée d'honneur de la Foire du livre de Francfort 2017

Frankfurt auf Französisch
Frankreich Ehrengast der Frankfurter Buchmesse 2017

Besuchen Sie uns im Internet:
www.droemer.de

FSC
www.fsc.org
MIX
Papier aus verantwortungsvollen Quellen
FSC® C083411

Vollständige Taschenbuchausgabe Februar 2019
Droemer Taschenbuch

German edition published by arrangement with
Literary Agency Michael Gaeb
Redaktion: Birgit Förster
Covergestaltung: NETWORK! Werbeagentur, München
Coverabbildung: Günter Mattei
Satz: Sandra Hacke
Druck und Bindung: CPI books GmbH, Leck
ISBN 978-3-426-30589-8

2 4 5 3 1

Für meinen Vater

An meine Söhne

1

Der Kleine schaut den Karpfen an. Wen der Karpfen anschaut, weiß man nicht so genau. Er hat ein ausdrucksloses Gesicht, der Karpfen. Keine Pupillen, um anzudeuten, wohin er schaut. Keine Augenbrauen, mit denen er ausdrücken könnte, was ihn bewegt.

Allerdings muss man einräumen, dass auch der Kleine keine Augenbrauen hat. Er rupft sie sich aus. Langsam. Methodisch. Über den Augen hat er nur einen roten, wunden Strich. Sieht irgendwie nackt aus. Traurig. Nur ein Streifen – man denkt, dass es ganz schön weh tun muss, sich diese Härchen so einzeln auszureißen. Außerdem braucht man dazu Geduld. Vielleicht ist es ja auch ein Tick. Ganz bestimmt ist es ein Tick. Aber schade ist das schon, in seinem Alter. Auch ein bisschen unheimlich, um ganz ehrlich zu sein. Wenn man ihn anschaut, dann hat er zwei rote Flecke über den Augen, wie wütende Geister. Geister, die stumm aufschreien.

Der Kleine schreit nicht. Er sagt kein Wort. Im Park ist das sehr auffällig. Alle anderen Kinder schreien, quäken, kreischen, zanken sich, plappern. Sie reden. Oder zumindest bewegen sie sich, auf diese abgehackte, unbeholfene Weise, die Kindern eigen ist, wobei sie einem den Eindruck vermitteln, dass allem an ihnen, selbst ihren Bewegungen, etwas Lautes anhaftet.

Der Kleine rührt sich fast nicht. Er steht vor dem Springbrunnen. Er schaut nicht auf den Wasserstrahl, auf die konzentrischen Kreise im Wasser, in dem der Himmel sich kräuselt. Er schaut nicht zum schwimmenden roten Ball oder zu den beiden Jungen, die den Ball im Wasser hilflos anstarren, oder zu dem Erwachsenen, der gerne etwas tun würde, aber nur *Ich hab euch doch gesagt, ihr sollt aufpassen* wiederholen kann und dabei von links nach rechts schaut, vielleicht in der Hoffnung, einen ausreichend langen Ast oder einen gut abgerichteten Hund zu entdecken, der in den Brunnen springen könnte – *Na los, hol den Ball.* Vielleicht vergewissert er, der Erwachsene, sich ja auch, dass ihn keiner beobachtet, dass sich keiner über ihn lustig macht.

Auf all das achtet der Kleine nicht. Er schaut ins Wasser. Schaut den Karpfen an.

Natürlich bewegt sich der Karpfen. Er patrouilliert zusammen mit den anderen Karpfen durchs Becken, schimmert mal weiß, mal rot, mal rosa, schlängelt sich durch das Grün des Wassers und das Licht, das einfällt. Er ist träge. Lässt sich treiben. Kurz, der Karpfen dreht seine Runden.

Sie sind ganz unregelmäßig. Unvorhersehbar. Vielleicht vom Licht oder vom Lärm der herumrennenden Kinder beeinflusst. Oder vom Wind.

Gerade geht kein Wind.

Der Karpfen dreht seine Runden, und hin und wieder kommt er nach oben. Klebt mal eben mit einem Auge an der Oberfläche. Ein kurzer Augenblick, dann macht er eine gemächliche Kehrtwendung. Und taucht wieder unter. Von weitem könnte man meinen, dass er das absichtlich macht, um den Blick des Kleinen einzufangen, wer weiß.

Es weht kein Wind. Noch nicht. Später wird sich die Farbe des Himmels ändern. Die Mütter werden nach ihren Kindern rufen. Der Kleine hingegen wird sich nicht bewegen.

Er wird vor dem Becken stehen bleiben. Steif wie ein Brett. Und fast genauso, dass der Karpfen noch einmal vorbeikommt. Dass er an die Oberfläche kommt. Dass sie sich ansehen.

Vielleicht, vielleicht auch nicht. Man kann es nicht wissen.

Aber wie dem auch sei, irgendwann kommt der Moment, und dann geht die Sonne unter, wenn die Wolken sie nicht schon vorher verdeckt haben. Dann wird es kühler. Dann ist es fast Nacht. Und dann wird sich jemand um ihn kümmern müssen. Jemand wird sich dem Kleinen nähern müssen – von der Seite, ohne ihn anzufassen, ohne ihn zu überraschen, wie man sich einem scheuen Pferd nähert. Jemand wird ihm sagen müssen, dass es an der Zeit ist zu gehen.

Der Kleine wird sich nicht rühren – er wird nicht einmal den Kopf drehen. Seine Augenbrauen, oder besser gesagt, seine fehlenden Augenbrauen, heben sich nicht fragend, als würde man ihn aus einer Träumerei holen. Sein Mund öffnet sich vielleicht ein oder zwei Mal. Sein Kopf hört nicht auf, ganz leicht vor und zurück zu wippen.

Man wird ihm erneut sagen: *Es ist an der Zeit zu gehen.*

Und es wird ein bisschen so sein, als würde man mit einem Karpfen sprechen. Ein völlig sinnloses und sehr ärgerliches Unterfangen.

Und umso ärgerlicher, als die anderen Eltern sie jetzt bemerken, den reglosen Kleinen und den Vater, der mit dem Kleinen redet, die Hand zu ihm ausstreckt, als würde er ihn berühren wollen, was er dann aber doch nicht macht. Die anderen Erwachsenen, selbst die unaufmerksamsten, selbst diejenigen, die den Kleinen bis dahin gar nicht gesehen hatten, wie er da vor dem Wasserstrahl steht, den Kleinen, der sich den ganzen Nachmittag nicht bewegt hat – die sehen jetzt sehr wohl, dass da etwas nicht stimmt.

Der Vater bleibt am Beckenrand nach vorn gebeugt stehen – leicht schwankend, ein wenig lächerlich –, und der Kleine schaut ihn nicht an.

Natürlich gibt es Eltern, die Bescheid wissen. Die auf dem Laufenden sind. Väter, die bereits gesehen haben, wie der Kleine sich versteift und losbrüllt, wenn ein Ball unerwartet im Becken landet, das Wasser aufspritzt und ihn trifft, wenn ein anderes Kind ihn streift, wenn ihn der Vater, der ihn begleitet, berührt – und manchmal auch grundlos, zumindest ohne ersichtlichen Grund. Wie der Karpfen, wenn er sich windet und unvermittelt kehrtmacht.

Dann gibt es da noch die Mütter, die sich an irgendeinem vergangenen Mittwoch neben den Vater auf die Bank setzten und zu ihm sagten: *Ein hübscher Junge, ist das Ihr Kleiner?*

Zu Beginn antwortete er noch, der Vater. *Ja, das ist mein Sohn. Ich bin sein Vater.* Ohne mehr zu sagen. Vielleicht in der Hoffnung, dass man ihn für unhöflich oder rüpelhaft hielt und die Unterhaltung damit beendet war.

Manchmal fuhr die Mutter auf der Bank jedoch neugierig fort: *Wie brav er doch ist, ich wünschte meiner* … oder auch: *Wenn meine doch nur* …

Anfangs stand der Vater dann auf. Wechselte die Bank. Man hielt ihn für einen Verrückten. Na und? Das war ihm egal. Und dann, entweder weil die Anzahl der Bänke nicht unerschöpflich war oder aber weil er sich daran gewöhnte – wie eine Bank, die sich im Lauf der Zeit abnützt –, dann hat er gelernt zu antworten: *Er ist brav, ja. Er ist lieb.*

Er weiß, dass das überhaupt nichts heißt. Ein Fisch ist schließlich nicht *brav*. Er ist nicht *lieb*. Das würde man gern von Delphinen denken – im Gegensatz zu den Haien, den Bösen. Wie gern schreibt man Tieren menschliches Verhalten zu, Hunden, Pferden. Selbst Katzen.

Von Katzen behauptet man, sie hätten einen vielschichtigen Charakter. Sie wären intelligent. Aber all das, denkt der Vater, die Hand neben dem Becken ausgestreckt, all das ist nur Schwachsinn. Tiere machen sich nichts aus Nettigkeiten, aus diesen ganzen blödsinnigen, menschlichen Vorstellungen. Manchmal sind sie dressiert, manchmal ungezähmt. Das hängt davon ab, was sie so fressen. Von ihrer Aggressivität. Von ihrem Besitzer.

Nein. Das ist bescheuert. So darf man nicht denken. Der Kleine ist schließlich kein Tier.

Aber selbst Karpfen zeigen mehr Reaktion.

Der Vater richtet sich auf. Stößt einen langen Seufzer aus. Er schaut auf die Uhrzeit auf seinem Handybildschirm. Er hat noch etwas Zeit.

»Willst du mit meinem Handy spielen?«, fragt er.

Das kostet ihn ziemlich viel Überwindung, ist eher ein Opfer als ein Kompromiss. Für gewöhnlich seine letzte Rettung. Manchmal begeistert der Kleine sich für ein Spiel oder eine App (also na ja, er ist nicht begeistert, er schaut hin, ohne etwas zu sagen, so, wie er momentan in das Becken schaut, in dem der Karpfen nicht mehr zu sehen ist). Manchmal starrt er einfach nur auf den Bildschirm oder stellt den Zeitmesser ein, als fände er irgendeinen Sinn im Verstreichen der Sekunden vor seinen Augen. In jedem Fall ist der Vater dann besorgt. Das Handy – hightech und teuer – bekommt er bestenfalls rotzverschmiert und fettig zurück. Da fragt man sich doch, wie der Kleine es schafft, fettige Finger zu haben, wo er die Hände fast die ganze Zeit in den Hosentaschen vergräbt.

Und manchmal (nicht oft, aber es ist schon vorgekommen – genau gesagt ist es schon zweimal vorgekommen, also genau zweimal zu viel) regt sich der Kleine auf, ohne dass man wüsste, weshalb. Dann schleudert er das Handy weg. Das erste Mal ist es auf dem Rasen gelandet, nahm allerdings keinen Schaden. Der Vater hat geschimpft, aber Schimpfen, was hilft das schon bei dem Kleinen?

Beim zweiten Mal ist das Handy jedoch gegen den Betonrand des Brunnens geknallt. Und seitdem hat der Vater ein neues Handy, ein sehr neues Handy, sehr hightech. Seitdem bietet er es dem Kleinen nur noch als allerletzten Ausweg an. Das ist seine allerletzte Waffe beim Verhandeln – und heute hat er sie viel zu früh gezückt.

Wie dumm aber auch, sagt sich der Vater. Er müsste einfach nur ein anderes Handy kaufen, ein hässliches, billiges, ohne Hightech; das könnte er dem Kleinen geben und hoffen, dass er dann die Hände aus den Taschen nehmen, sich endlich vom Becken abwenden würde, von der Stelle des Beckens, an der der Karpfen zum letzten Mal aufgetaucht ist. Dann würde er fügsam werden, der Kleine. Die Augen unverwandt auf den Bildschirm gerichtet, würde er dem Vater bis zum Ausgang des Parks folgen.

Ein ganz einfaches Handy. Ohne Karte, ohne Guthaben, ohne alles. So eines sollte doch leicht zu beschaffen sein. Bestimmt verschenkten manche solche Handys sogar. Und vielleicht würde das ja ausreichen. Vielleicht wäre die Sache damit geklärt. Aber leider hatte der Vater nicht früher daran gedacht. Das ist das Problem des Vaters: Er hat tolle Ideen, aber sie fallen ihm immer zu spät ein.

Der Vater sieht sich erneut um. Keiner scheint in der Lage zu sein, ihm zu helfen. Er denkt sich, an deren Stelle würde er sich auch wegdrehen. Er würde auch so tun, als sähe er nichts.

»Es ist an der Zeit zu gehen«, sagt er erneut.

Und in seiner Stimme liegt dieser flehentliche Tonfall, der ihn beschämt.

Er würde gern weglaufen, hier nicht mehr die Stellung halten müssen.

Aber man darf nicht übertreiben. Manchmal gehorchte der Kleine ja. Ohne dass er wusste, weshalb. Dann drehte der Kleine sich steif um, als hätte er keine beweglichen Gliedmaßen, und ging zum Tor des Parks. Sein Vater folgte ihm auf dem Fuß, erfreut über einen solch unverhofften Glücksfall. Manchmal kam das vor.

Doch manchmal will der Kleine sich auch einfach nicht bewegen. Dann, des Hin und Hers überdrüssig, berührt ihn der Vater nach einer Weile an der Schulter. Und dann …

Dann ist es, wie wenn man große Fische fängt. Thunfisch, Hai, Schwertfisch. Wie wenn man einen Delphin berührt.

Der Vater sieht die Bilder einer Fernsehreportage vor sich, ein kleines Fischerboot, vielleicht eine Dschunke. An Bord eine erschrockene Besatzung – auf dem Deck des Schiffs ein sich windendes Tier, das weder Arme noch Beine hat, um sich zu wehren, nur die Kraft der Rückengräte, mit deren Hilfe es sich aufbäumt und die Beine der Fischer hinterrücks unter ihnen wegschlägt. Richtig gefährlich, selbst außerhalb seines Elements.

Der Fisch verliert nicht immer, denkt der Vater.

Dann denkt er, dass der Vergleich bescheuert ist.

Häufig bewertet der Vater die Gedanken, die ihm kommen. Er sagt sich: *Es ist bescheuert, das zu denken.* Und gleichzeitig liebt er diese kleinen Bilder, die in seinem Kopf Farbe annehmen, seine Phantasie.

Der Kleine hat keine Phantasie. Es sind die Ärzte, die das sagen, die Spezialisten hinter ihren dicken Brillengläsern, die ihnen Froschaugen verleihen.

»Ihr Sohn funktioniert nicht wie alle anderen, Monsieur Dubon. Nicht wie Sie und ich.«

Pff, der Vater hätte gute Lust, sich zu verteidigen. Sich vielleicht ein bisschen aufzuplustern. Ihm zu antworten: *Also ich, werter Herr, ich funktioniere nicht wie alle. Meine Phantasie, Herr Spezialist, also wenn ich Ihnen von meiner Phantasie erzählen würde* – doch natürlich sagt er nichts, dafür ist er nicht hergekommen, und der Spezialist ist nicht seinetwegen da.

Ein anderer Spezialist, ein älterer, sanfter, menschlicher, würde vielleicht sagen: »Ihr Sohn kann nicht abstrahieren, nimmt alles nur auf der unmittelbaren Ebene wahr. Für ihn sind Emotionen, Erregungen …«

Stundenlang können Spezialisten so weiterreden. Der Vater hört nur mit halbem Ohr zu, schnappt während der endlosen Monologe ab und an eine Idee auf. So hat er gelernt, dass es besser ist zu sagen: »Es ist an der Zeit zu gehen«, als »Wir müssen gehen« oder »Wie wär's, wenn wir gehen?«

Die Zeit. Auf der Zeit beharren. Die Stundenpläne, die Gewohnheiten. Die Regelmäßigkeit. Alles, was den Kleinen beruhigt.

Dennoch vergisst er regelmäßig, sich an die Regelmäßigkeit zu halten. Hatte er nicht gerade erst wieder einmal »Wir gehen dann bald« gesagt? Oder war es vielleicht »Wir gehen dann«? Oder, noch schlimmer: »Ich würde gerne gehen«?

Ganz sicher würde man ihm das ankreiden.

»Es ist an der Zeit zu gehen«, wiederholt er und hat den Eindruck, diese Worte engen ihn ein wie eine zu kleine Jacke, die er aus Versehen angezogen hat. Wie eine Krawatte, die ihm den Hals zuschnürt.

Der Vater kann Krawatten nicht ausstehen. Er trägt nie eine.

Jetzt ist nicht der passende Moment, an eine Krawatte zu denken.

Der Kleine rührt sich nicht, und der Vater kommt sich immer bescheuerter vor mit seiner fehlenden Krawatte, seinem klagenden Tonfall und dem sündhaft teuren Handy, das er ihm hinhält, ohne dass es etwas nützen würde.

Vor dem Eingang zum Park bleibt ein weißes Auto stehen.

»Gehen wir? Bitte. Ich bitte dich. Es ist an der Zeit, verstehst du?«

Aber der Kleine versteht nicht. Vermutlich kennt er die Bedeutung des Wortes »bitten« gar nicht und lässt sich von der drängenden Aufforderung nicht erweichen. Zweifelsohne ein bisschen wie ein Hund.

Doch etwas ändert sich in seiner Haltung, etwas Undefinierbares. Vielleicht ist es eine Schulter, die sich wenige Millimeter absenkt, oder ein Mundwinkel, der in einer winzigen Zuckung leicht nach oben wandert. Der Vater fasst wieder Hoffnung.

»Na komm, los, gehen wir. Ja genau. Es ist an der Zeit.«

Der Kleine greift sich mit einer Hand ins Gesicht. Ist damit beschäftigt, ein Augenbrauenhärchen auszureißen oder den Geist eines Augenbrauenhärchens.

Am Ausgang des Parks ist die junge Frau mit dem weißen Kittel und den schwarzen Haaren auf der Fahrerseite aus dem weißen Auto gestiegen. Sie geht um die Motorhaube herum, stützt sich so darauf ab, dass sie zum Park sehen kann, und hat den Blick auf den Kleinen und seinen Vater geheftet. Selbst von weitem ist zu erkennen, dass sie keine Lust hat, da zu sein. Dass sie ungeduldig ist, dabei hat sie noch gar nicht damit angefangen, geduldig zu sein.

Jetzt müssen sie sich beeilen. Es ist an der Zeit, das ist alles.

Und der Vater legt eine Hand auf die Schulter des Kleinen.

Dann ist es wie in einem Zeichentrickfilm oder in einer Komödie. Auf den Moment des Schweigens folgt eine Zeit der Schwebe, in der alles verharrt. Die Figur realisiert, was soeben passiert ist, was sie soeben gemacht hat. Es folgen Verblüffung, Reue, Bedauern. Wile E. Coyote, der eben noch Road Runner hinterhergejagt war, hört auf zu strampeln und sieht nach unten in den Abgrund, der sich unter seinen Füßen auftut.

Das ist wie in einer Komödie, nur dass es nicht komisch ist. Ganz im Gegenteil.

Es gibt eine merkwürdige Ähnlichkeit, oder zumindest eine Parallele, zwischen dem Geräusch des nach unten stürzenden Kojoten und dem Schrei, der sich jetzt dem Brustkorb des Kleinen entringt.

Kein Schrei, nein. Ein Röcheln. Ein Grollen. Ein Bersten, das anschwillt und zugleich stark abfällt. Ein pfeifender und volltönender Ausbruch, begleitet von Zittern und Krämpfen. Ein Anfall, der ihn von Kopf bis Fuß erfasst.

Der Kleine fällt vor dem Becken auf den Boden. Er

bricht zusammen, wirft sich hin und her, nach rechts und links, das Gesicht auf den Boden gepresst.

Auf der anderen Seite des Parks wird die Beifahrertür schwungvoll aufgestoßen. Ein junger, großer, muskulöser Typ mit kahlgeschorenem Kopf steigt aus. Selbst von weitem kann man erkennen, dass sich auf seinem Gesicht eine Mischung aus Sorge und Angepisstsein spiegelt.

Die anderen Eltern und Kinder ziehen sich zurück, ein verschrecktes Häufchen, wie eine Gruppe Karpfen oder eine Schar Tauben. Nur ein kleines Mädchen bleibt zurück, die Augen weit aufgerissen angesichts des vermeintlichen *Wutanfalls* – doch seine Mutter fasst es am Arm und zieht es hinter sich her, und trotz des Windes, trotz des Verkehrslärms auf dem nahe gelegenen Boulevard, trotz der nahezu animalischen Schreie des Kleinen hört man die kristallklare Stimme des Mädchens, das fragt: »Aber was macht er denn da, der Junge?«

Die beiden Sanitäter, der muskulöse Typ und die junge Frau, streifen sie, als sie herangesprintet kommen. Man müsste die beiden sehen, ihre fachmännischen Handgriffe, ihren unbewegten Gesichtsausdruck. Oder auch wie die junge Frau den Kopf des Kleinen festhält, sein Kinn stützt, während der Muskelprotz ihn mit den Armen umfasst, ihn an sich presst und seine Beine blockiert. Von nahem ist der Muskelprotz noch muskulöser, und der Kleine wirkt in seinen großen Pranken ganz winzig. Dennoch knallt die Stirn des Kleinen heftig gegen den Wangenknochen des Muskelprotzes, der einen spitzen, leicht lächerlichen Schrei ausstößt und loslässt.

Geschieht ihm recht.

Die junge Frau im weißen Kittel bewahrt die Ruhe.

»Alles gut, Isaac, beruhige dich jetzt.«

Genervt wendet sie sich an den Muskelprotz.

»Halt seine Hand fest, die Hand, habe ich gesagt!«

Nur wenige Schritte von ihnen entfernt sieht der Vater, wie sich die Bizepse des Muskelprotzes unter dem Kittel abzeichnen, und er sagt sich, dass er selbst gern solche Arme hätte. Arme, die beruhigen und festhalten. Arme, die umschlingen, die nicht loslassen, trotz des anschwellenden Blutergusses unter dem Auge, der eine rote Linie bildet. Seltsamerweise ist sie symmetrisch zu den Strichen, die vom Ausreißen der Augenbrauen herrühren.

Der Muskelprotz flucht. Gott sei Dank flucht er, das macht ihn etwas weniger perfekt, etwas menschlicher. Er sagt: *Verdammt, Isaac, beruhige dich, du tust mir weh, Isaac, es ist an der Zeit heimzugehen, du steigst jetzt in den Krankenwagen, und wenn du willst, stellen wir die Sirene an, dann fahren wir zum Heim, hm, das magst du doch gern, das Heim, heute ist Mittwoch, mittwochs gibt es Nudeln, das magst du doch, hm, Nudeln, sch, sch, beruhige dich, schau mal, du hast mich verletzt, du willst doch keine Spritze, oder, Isaac? Also hör auf, beruhige dich endlich.*

Und entweder dringen die Worte des Muskelprotzes in eine unbekannte Region im Gehirn des Jungen vor, oder seine Kräfte lassen schlichtweg nach, in jedem Fall wird er langsam immer ruhiger. Er entspannt sich, beruhigt sich – und dann führt der Muskelprotz ihn auch schon zum Krankenwagen.

»Tschüss, Isaac«, sagt der Vater.

Aber niemand schaut ihn an, weder der Kleine noch der Muskelprotz und auch nicht die Tauben. Nicht einmal die Karpfen.

Die Sanitäterin bleibt zurück. Sie könnte ein hübsches Gesicht haben – aber ehrlich gesagt, hat sie das nicht. Vor allem nicht, wenn sie wütend ist. Da stechen ihr zu breiter Kiefer, ihre imposante Nase und ihre fettigen Hautunreinheiten hervor.

»Das ist jetzt das dritte Mal in sechs Monaten, Monsieur Dubon. Sie hatten es mir doch versprochen.«

»Es tut mir leid. Er findet die Karpfen und den Park ganz toll, und ich wollte …«

Die Sanitäterin scheint ihm jedoch gar nicht zuhören zu wollen. Abgesehen davon hat der Vater mitten im Satz aufgehört weiterzusprechen. Das passiert ihm immer dann, wenn ihm etwas in den Sinn kommt. Und jetzt gerade hat ihn seine Phantasie irgendwo in einer Ecke seines Gehirns darauf aufmerksam gemacht, dass der Anfang des Wortes *Karp-fen* und das Wort *Park* einander ähneln, dass sie einander gewissermaßen entgegengesetzt sind, als würden sie einander spiegeln, ein bisschen wie der Himmel und die Wasseroberfläche zum Beispiel – und dann sagt er sich: »Nein, doch nicht so richtig«, und der Gedanke verflüchtigt sich wie eine kleine graue Wolke, während die Sanitäterin ihrem Unmut freien Lauf lässt.

»Hören Sie, Monsieur Dubon« (ach herrje, wie sie schon ›hören Sie‹ sagte, gefolgt von seinem Namen, um dem Vater die Worte in den Schädel einzuhämmern, den ohnehin so wenig widerstandsfähigen Schädel des Vaters, so wenig widerstandsfähig wie Butter, Gummi oder ein Autoreifen), »hören Sie, wir können das nicht mehr machen. In der Klinik waren sie schon nicht so begeistert, aber das ist jetzt einfach nicht mehr möglich, wir können das nicht jeden Mittwoch machen, wir dürfen ihn nicht ruhigstellen, was sollen wir also Ihrer Meinung nach tun, hm? Im Heim geht es ihm sehr gut, außerdem müssen wir abwarten, was Ihre Frau dazu sagt, aber wirklich, Monsieur Dubon, wir hatten Sie vorgewarnt, wir übernehmen hier keine Verantwortung, das kommt überhaupt nicht in Frage, und ...«

Sie sagt: *Das kommt überhaupt nicht in Frage.* Was der Vater so gar nicht ausstehen kann.

Er kann diese Frau ganz allgemein nicht ausstehen.

Wenn man bedenkt, dass er sie ganz süß fand, die Sanitäterin vom Mittwoch. Wenn man bedenkt, dass er sich eine Zeitlang fragte, ob sie und der kräftige Kerl wohl ein Paar seien – bis er aufgrund ihrer Gesten und Unterhaltungen verstanden hatte, dass dem nicht so war, dass sie nur Kollegen waren. Dass die Sanitäterin ihren Kollegen anscheinend ein bisschen verachtete. Und dass der Sanitäter vielleicht schwul war, aber da war er sich nicht ganz sicher.

Wenn man bedenkt, dass er letzte Woche mit der Sanitäterin gesprochen hatte, in einem so ungezwungenen Tonfall, als würde er gleich fragen wollen: *Hätten Sie Lust, mal mit mir Kaffee trinken zu gehen oder sich auf einen Drink mit mir zu treffen?*

Aber der Muskelprotz war mit dem Kleinen im Schlepptau zurückgekommen, noch ehe der Vater sich entscheiden konnte, ob er lieber »Kaffee trinken gehen« – etwas neutraler, nicht sehr verbindlich – oder »sich auf einen Drink treffen« sagen wollte – was schon fast ein sexuelles Interesse implizierte.

Und so hat der Vater seinen Vorschlag für sich behalten. Und jetzt ist die Sanitäterin alles andere als süß. Sie spricht wie eine Erwachsene, obwohl sie gerade mal um die zwanzig ist. Eine Ader pulsiert an ihrer Stirn, und in dem Moment stellt der Vater sich vor – besser noch, er sieht es ganz deutlich vor sich –, wie sie in fünfzehn Jahren und mit zwanzig Kilo mehr auf den Rippen aussehen wird, wie sie sich von der jungen Sanitäterin zur Chefin einer kleinen Firma für Krankentransport und Pflegedienst heraufgearbeitet hat, wie sie kein Blatt mehr vor den Mund nimmt – da muss sie sich ja nicht sonderlich anstrengen –, um ihre Mitarbeiterinnen als faules Pack und die Araber als Kameltreiber zu beschimpfen, wie sie sich über die Kosten, die Arbeitsstunden, die Patienten und die Regierung beschwert – nichts als ein Haufen unfähiger Typen –, wie ihr Mann sie mit einer jungen Sanitäterin betrügt und sie ihn zum Teufel jagt, wie ihre Jüngste große Probleme in der Schule hat und sie Beruhigungsmittel aus dem Arzneischrank entwendet – so sieht er sie, der Vater, in seiner Phantasie.

Er sieht sie, wie sie einmal sein wird, gefühllos, herzlos, glücklos, und er kann sie nicht ausstehen, als sie wiederholt: *Für uns ist damit jetzt Schluss, das müssen Sie anders regeln, da müssen Sie eine andere Lösung finden, wie es Ihnen beliebt, aber ich werde meiner Chefin sagen, dass wir Isaac mittwochs nicht mehr mitnehmen, wir haben schon darüber gesprochen, auf Wiedersehen, Monsieur Dubon.*

Dann knirschen ihre Schritte über den Kies im Park, die Tauben gurren, wie sie es immer tun, und der Vater steht auf einmal allein da.

Nach und nach nimmt der Park wieder sein altes Gesicht an. Der Krankenwagen startet und fährt auf dem Boulevard davon.

Alles schweigt.

Die Welt ist ruhig, wenn der Kleine nicht da ist.

2

Erst denkt er, dass er was in den Augen haben muss. Wiederholt reibt er sich mit dem Ärmel darüber, schüttelt leicht den Kopf und macht sich dann erneut ans Werk. Doch nur wenige Augenblicke später fängt es schon wieder an: Er sieht unscharf, als hätte ihm ein Scherzbold die Augäpfel mit Vaseline oder Fahrradschmiere zugekleistert.

In seinem Alter – er zählt im Frühling dreiundneunzig Lenze (wenn er überhaupt etwas von ihm mitbekommt, vom nächsten Frühling, mit dem Zeug da in den Augen) – ist der Körper eine merkwürdige Maschine. Eine Maschine, die sich jede Woche einen neuen Defekt ausdenkt, irgendein neues, beunruhigendes Geräusch, eine neue kleine Schwäche, um es in einem ohnehin schon nicht gerade reibungslos funktionierenden Getriebe noch weiter haken zu lassen. Schließlich hat er in seinem Alter eine ganze Reihe Schmerzen, mehr oder weniger chronische Krankheiten, im Lauf der Zeit angesammelte oder von vornherein festgelegte Schwächen und das *ein oder andere Wehwehchen.* Das hat Lucie immer gesagt – *Mein Georges, nie ein Wehwehchen. Und so tüchtig – und dabei auch noch lustig, wenn Sie nur wüssten, aber ich will mich nicht brüsten, besser, man redet nicht über sein Glück, sonst macht man den lieben Gott nur eifersüchtig.* Das sagte sie mit einem Funkeln in den Augen – und nicht, um ihm eine Freude zu machen, o nein, sie wusste nicht einmal, dass er es hörte. Das war irgendwann, am Küchenfenster – es war schön an diesem Tag, ein Frühlingstag, der nach Flieder duftete. Sie sagte das zu einer Nachbarin oder einer Freundin, das wusste er nicht mehr genau, aber er hatte ihren Wortschwall zufällig gehört, als er von der Werkstatt durch den Garten zum Haus zurückkam. *Wenn Sie wüssten, wie glücklich er mich macht, mein Georges.* Vielleicht beschönigte er das in seiner Erinnerung, vielleicht war der Frühling in diesem Jahr auch einfach sehr mild gewesen, doch wegen des Zitterns in Lucies Stimme – wie ihr die Worte über die Lippen kamen –, da war ihm durchaus, als würde sie damit dezent das anklingen lassen, was nachts passierte, wenn sie das Licht löschten. Wie fast jede Nacht, seit ihrer Hochzeitsnacht, seit ihrem ersten Mal zu zweit, seit dem einen Mal, als sie beide nach der *Sache* erstaunt, verdutzt, entzückt und atemlos gewesen waren. Er machte sie glücklich, und sie machte ihn glücklich.

Lucie. Das ist vielleicht der größte Schmerz, der tiefgründigste in dieser alten Hülle, diesem Schlachtross, das er noch war. Schließlich streckt er jeden Morgen die Hand zur anderen Seite des Bettes aus, und jeden Morgen berührt seine Hand nur das kalte Kopfkissen, die ordentlichen, unzerwühlten Laken. Und jeden Morgen fällt ihm wieder ein, dass sie nicht da ist, und eine große Leere macht sich in ihm breit.

Das ist schon eine dumme Sache, so ein Kopf. Man könnte meinen, dass ausgerechnet er, der sich an alles erinnert – an die Liste der Departements, die Flüsse und ihre Zuflüsse, die Telefonnummern aller Freunde von früher, aus drei, vier, fünf und schließlich aus sechs Zahlen bestehend, das Schema des Bremskreises für den Peugeot 404 –, dass ausgerechnet er jede Nacht im Schlaf eine Sache vergisst, eine einzige, die allerwichtigste – deine Frau ist tot, Georges, und du bist ganz allein.

Obwohl, nein, das ist kein Unglück. Kein Defekt des Körpers. Keine Wunde. Gar nicht zu vergleichen mit der Wunde, die seinen Handrücken ziert, vier parallele, gut fünf Zentimeter lange und sich deutlich voneinander abhebende Kratzspuren, aus denen sein altes Blut tropft – die kratzen aber auch ganz schön, diese kleinen Biester.

Nein, Lucies Tod war etwas anderes als ein Unglück. Es war sehr viel schlimmer. Unvorstellbar tiefer. Das war ... Nie hat er in Worte fassen können, was es war. So viele Worte hatte er nicht, der Alte, außerdem behinderten ihn die Worte mehr als sonst etwas. Es war zu Ende, Punkt. Stopp. Nichts mehr. Zu Ende – und zu seiner großen Überraschung war er noch immer da und konnte den Gedanken denken, dass es zu Ende war.

Also machte er ganz einfach weiter. Er hatte schließlich das Haus, den Garten und die Werkstatt. Damals war er noch nicht so richtig in Rente gegangen, er schraubte noch an Autos von Freunden und langjährigen Kunden herum. Das konnte er am besten, das war sein Vergnügen, sein Leben, was hätte er auch sonst anfangen sollen? Und dann waren da die Freunde, die Neffen von Lucie, die Leute, die bei ihm vorbeischauten und sagten, er müsse stark sein. Und davor musste er die Beerdigung organisieren und bezahlen, Speisen und Getränke für die ganzen Leute herrichten, Beileidsbezeugungen entgegennehmen und sich bedanken, auch wenn er nicht so recht wusste, wofür eigentlich. Also ja: Lucie war weg, und er machte weiter, obwohl es vorbei war. Ihm war der Motor ausgegangen, und trotzdem fuhr sein Auto noch.

Vielleicht weil er noch etwas Schwung hatte. Aber lange würde das nicht mehr gehen. Von einem Tag auf den anderen würde er stehen bleiben, atemlos am Fuß eines kleinen Hügels liegen bleiben. Er würde noch zwei-, dreimal anruckeln. Ein letzter Funke der Zündkerzen, dann könnte er den Motor endlich abstellen. Selbst sterben, zwei, drei Monate nach ihr. Sie war bestimmt noch irgendwo in der Nähe. Ganz sicher wartete sie auf ihn.

Aber nein. So war es nicht gekommen. Leider. Leider ging das Leben weiter, wie die Leute und die Neffen von Lucie sagten – die immer seltener zu Besuch kamen.

Es ist gar nicht so ohne, dass ein Kerl einfach so, ohne Motor leben kann, ohne Batterie, ohne etwas, das ihn antreibt. Anfangs wollte er ja noch glauben, was man ihm da erzählte. Dass er vergessen würde, dass er sich verändern und die Trauer überwinden würde. Dann wurde ihm klar, dass er nichts vergaß, vor allem nicht den Schmerz. Überhaupt nicht. Er vergaß nur jede Nacht, dass sie tot war. Und spürte jeden Morgen den Schmerz darüber, dass er sie verloren hatte. Noch genauso stark.

So steht der Alte seit dreißig Jahren jeden Morgen auf und macht, was er zu tun hat. Aufräumen, essen, sich um den Garten kümmern, die Post durchsehen, die Zeitung nicht lesen.

Das ist ganz schön viel Arbeit. Früher las Lucie ihm aus der Zeitung vor. Also, sie las ihm nicht tatsächlich vor. Lucie erzählte ihm, was in der Zeitung stand. Sie machte die Nachrichtensprecherin für ihn. Sie fasste die Nachrichten zusammen, stöberte amüsante Anekdoten auf, zitierte die am besten formulierten Sätze. Sie nannte die Großen der Welt beim Vornamen und sprach über sie wie über die Kinder, die sie nie bekommen hatten, in einer Mischung aus Bewunderung und zärtlichem Spott. Als würde sie sich an die Zeiten erinnern, als sie Kniehosen trugen, mit all ihrer Tollpatschigkeit und ihren rührenden kleinen Unvollkommenheiten.

»Weißt du, was er wieder angestellt hat, unser Charles? Ein neues Gesetz, genau das. Und Léonid, dem geht's gerade gar nicht gut. Hast du unsere kleine Grace gesehen? Man könnte glatt meinen, sie heiratet demnächst. Sie sieht ja so verliebt aus. Man muss schon sagen, er ist ein gutaussehender Mann ...«

Und so weiter. Und sie lachten. Wem hätte die Welt nicht gefallen, wenn man die Nachrichten von einer Engelsstimme, von einem fröhlichen Vogelstimmchen zu hören bekommt? Und wer würde dann noch von ihnen erfahren wollen, von den verflixten Nachrichten, wenn sie nur noch Ergüsse in schwarzer Tinte auf grauem Papier waren? Also trägt der Alte seit dem Tag, an dem er Lucie verloren hat, jeden Morgen einen erbitterten Kampf mit der Zeitung aus.

Die Zeitung wird vom Briefträger gebracht, ordentlich gefaltet und von einer Banderole umschlungen. Der Alte legt sie auf den Tisch. An den Tagen, an denen er sich stark fühlt, liegen die großen Überschriften der Titelseite mit dem Gesicht nach oben da. An den Tagen, an denen er ein Wehwehchen hat, legt er sie eher mit den Schlagzeilen nach unten ab – man darf seine Kräfte nicht überschätzen. Dann setzt er sich in seinen Sessel neben den Gasherd und fängt damit an, dieses Käseblatt zu ignorieren.

Nichts zu machen. Da können sich die Schlagzeilen in noch so riesigen Buchstaben präsentieren und die Fotos die Titelseite noch so mit ihren knallbunten Farben überziehen, er liest sie nicht. Der Alte weiß durchaus, wie sehr sich die Nachrichten überschlagen, er weiß von dem Wettlauf des Entsetzens, den die Welt führt, um seine Aufmerksamkeit zu erlangen. Tja, aber das ist ihm schnurz. Er will sich nicht in dieses Räderwerk verstricken. Er weigert sich. Was jucken ihn schon die Ereignisse in einer Welt, in der Lucie nicht mehr seine Nachrichtensprecherin ist. Und es ist ihm wichtig, der Welt das klarzumachen, damit die Welt ihn endlich in Ruhe ziehen lässt. So irgendwie stellt er sich das jedenfalls vor.

Das stumme Kräftemessen dauert eine gute Stunde, manchmal auch länger. Am Anfang sagt die Zeitung nichts, sie gibt sich überheblich. Ist sich ihrer Sache sicher. Schließlich ist sie ja da, um gelesen zu werden. Doch wenn sie bemerkt, dass nichts passiert, niemand sie aufschlägt, wird sie unruhig. Das ist ganz offensichtlich.

Sie versucht, auf sich aufmerksam zu machen. Zunächst einmal wird sie ganz unruhig, bewegt sich dabei jedoch nicht. Nach einer Weile brummelt und knurrt sie. Dann schlägt sie an. Sie verspricht sensationelle Enthüllungen, unerhörte Ereignisse, brandheiße Neuigkeiten. Wenn ihr bewusst wird, dass das nicht hilft, schmeichelt sie sich ein. Betört. Lockt mit den Sportergebnissen, Kreuzworträtseln, dem Horoskop, nichts Kompromittierendes. Nur der Ehre halber.

Der Alte schenkt ihr nicht einmal einen Blick. Das ist ganz schön anstrengend und verlangt ihm einiges an Geduld ab, aber er trainiert ja schon seit Jahren. Er bleibt standhaft.

Zum Schluss bettelt die Zeitung manchmal. Immer freitags, da kommen die Todesanzeigen, und man könnte erfahren, wer von den alten Freunden den Löffel abgegeben hat. Die Zeitung fleht darum, angeschaut, durchgeblättert oder doch zumindest aufgeschlagen zu werden. Angefasst. Aber der Alte lässt sich nicht erweichen. Er will nichts davon wissen. Die Zeitung spielt völlig verrückt, doch er bleibt reglos in seinem Sessel sitzen und sieht sie nicht an.

Und jedes Mal läuft es auf dasselbe hinaus: Irgendwann schweigt die Zeitung. Niedergeschlagen. Gedemütigt. Ernüchtert. Dann steht der Alte auf, nimmt sie zur Hand, zieht die Banderole ab, ohne hinzusehen, und wirft diese in den Müll. Und die Zeitung legt er unter den Stapel der anderen Zeitungen – den Stapel, den er für die Kartoffeln und die Momente aufbewahrt, wenn er sich um Titine kümmert.

Würde ihn jemand dabei beobachten, dann würde er ihm sagen, er solle es lesen, dieses verfluchte Schmierblatt, oder es in den Müll schmeißen oder das Abonnement ein für alle Mal kündigen. Aber dann hätte er ein Loch in seinem Tagesablauf. Außerdem wäre es eine Schlappe – sich einzugestehen, dass die Nachrichten auch ohne Lucies Stimme existieren können. Und da weigert sich der Alte, Schluss, aus, Punkt. Es ist ohnehin egal: Keiner steckt die Nase in seine Angelegenheiten, und er muss sich vor keinem für seine Abonnements rechtfertigen.

Nachdem er seinen stummen Sieg über die Zeitung davongetragen hat, geht der Alte in den Garten. Regnet es zu stark, dann geht er stattdessen hoch ins Schlafzimmer. Sieht aus dem Fenster nach unten in den Garten.

Irgendwann ist es dann an der Zeit für den täglichen Gang ins Badezimmer. Da braucht er so viel Zeit, wie er eben braucht, nicht mehr und nicht weniger. Ist nicht gerade angenehm, so einen alten, steifen und unbeholfenen Körper zu scheuern, aber während dieser Zeit sind die Hände wenigstens mit etwas beschäftigt.

Den restlichen Vormittag verbringt er mit irgendwelchen häuslichen Arbeiten – fegen, die Kaffeeschale vom Morgen spülen. Und wenn der Vormittag noch nicht weit genug fortgeschritten ist, einfach noch mal fegen.

Irgendetwas will immer erledigt werden, man muss nur suchen. In den Garten runtergehen. Den Müll zum Container weiter unten an der Straße bringen. Milch, Fleisch, Eier kaufen. Nach dem Heizkessel sehen. Im Winter Holz holen. Noch mal in den Garten runtergehen für den Fall, dass er da was vergessen hat. Bis ihm einfällt, dass er ja schon vor einer halben Stunde zum wiederholten Mal im Garten war. In die Küche zurückgehen. Einen Teil der unnützen Zeitungen vom Stapel wegwerfen, sie aber abzählen, damit weder zu viele noch zu wenige zurückbleiben. Und so weiter.

Manchmal fragt sich der Alte, wie es einem so verdammt langweilig sein kann, wenn es doch so viel zu tun gibt.

Manchmal ist er auch ganz glücklich über sein Rheuma, seine Rückenschmerzen, sein verdrehtes Knie, seine Wehwehchen – sie verlangsamen ihn nämlich so sehr, dass all diese kleinen, unbedeutenden Dinge mehr Zeit brauchen. Zeit, während der er wenigstens nicht darüber nachdenkt, wie leer sich seine Brust anfühlt, wie leer und tief, wie ein fieser Abgrund neben einer Bundesstraße, und ganz ehrlich, wenn das das Leben ist, dann ist es besser, nicht zu leben (selbst wenn das so Sachen sind, die man nicht sagen darf, die man eigentlich nicht einmal denken darf für den Fall, dass Lucie sie hört, wo auch immer sie gerade ist. Sie wäre sehr unglücklich, wenn sie wüsste, dass ihr Georges seit dreißig Jahren an allen Tagen zu jeder Stunde derartige Gedanken hatte).

Nachmittags, nach dem Essen – aber nicht jeden Tag –, sieht Georges nach Titine. Das ist der einzige Moment, in dem er die Ahnung eines winzigen Aufwallens von Lebendigkeit in seiner Brust verspürt. Deshalb achtet er auch so sehr darauf, nicht jeden Tag dorthin zu gehen.

Das ist ein ziemlich kompliziertes Gleichgewicht. Würde er sie zu häufig sehen, würde ihn das missmutig stimmen: daran zu denken, dass sie da ist, so hübsch, so voller Leben und Begeisterung – und doch für immer eingesperrt … Jedes Mal macht er sich Vorwürfe, sie in der Werkstatt eingeschlossen zu haben, sie nie rauszuholen. Deshalb zieht er es vor, immer eine gewisse Zeit zwischen seinen Besuchen verstreichen zu lassen.

Letzten Winter jedoch (oder vielleicht war es auch ein anderer Winter – in seinem Alter zählt man nicht mehr, die Winter ähneln einander, wie sie im Übrigen auch den Sommern ähneln), irgendeinen letzten Winter in jedem Fall hatte ihn eine hinterhältige Grippe ans Bett gefesselt. Zwei Wochen lang durfte er nicht vor die Tür – Anordnung des Arztes.

Was den Garten betraf, so war das nicht weiter schlimm. Es gab nicht viel zu tun, und eine etwas entfernt wohnende Nachbarin kam nachmittags, um den Lauch und die Kartoffeln zu ernten. Sie versorgte ihn mit Suppe und Unterhaltung – beide waren sie fade und schlugen ihm auf den Magen.

Um Titine machte er sich jedoch Sorgen. Er sagte sich, dass sie verkümmern könnte. Dass er ihr fehlte, daran gab es nicht den leisesten Zweifel. Wer wusste schon, wie sie sich da so fühlte, ganz allein in seiner Werkstatt? Mal ganz abgesehen davon, dass sie, auch wenn sie sich das nicht immer anmerken lassen wollte, doch eher von fragiler Konstitution war. Wenn er sich nicht um sie kümmerte, was würde dann aus ihr werden?

Nach den zwei vom Arzt auferlegten Wochen (er hatte seine Nachbarin nach der ersten Woche hinauskomplimentiert und fühlte sich seitdem so gut, wie es bei einem alten Klappergestell wie ihm eben möglich war) eilte er mit langsamen Schritten zur Garage, um sie wiederzusehen. Als er sie sah, pochte seine vertrocknete Pumpe so heftig, dass er sich an der Werkbank abstützen musste. Ihm wurde schwindlig, und seine fahrigen alten Hände beförderten eine ganze Reihe Schraubenschlüssel zu Boden.

Also nicht zu oft hingehen, wegen all der trübsinnigen Gedanken, die Besuche aber auch nicht zu sehr auseinanderziehen, um bei einem Wiedersehen nicht in Ohnmacht zu fallen.

Überhaupt nicht mehr zu ihr zu gehen wäre natürlich die einfachste Lösung gewesen, aber diesen Gedanken verbat er sich schlicht und ergreifend. Das wäre dasselbe, als würde er die Zeitung kündigen: eine weitere Lücke in seinem Leben, zusätzlich zu dem Loch in seiner Brust.

Schon wieder dieses blöde Zeug in den Augen – er sieht fast nichts, vor allem nicht die dünne Schnur, mit der er seit endlosen Minuten den Leinensack zubinden will. Seine großen Mechanikerhände waren bei filigranen Aufgaben noch nie gut gewesen, und seine Arthritis ist ihm jetzt auch nicht gerade hilfreich. Aber wenn dann auch noch die Augen Probleme bereiten …

Die Katze miaut. Das ist sehr selten. Für gewöhnlich setzt sie sich einfach irgendwohin, wo sie nicht stört. Sie bleibt hier, teilnahmslos, bis Essenszeit ist oder der Alte weggeht. Vielleicht etwas weniger feindselig als die Zeitung, aber nicht viel.

Lucie hatte Katzen geliebt. Im Haus gab es immer ein, zwei Katzen in der Küche, die einem um die Beine strichen, zur Essenszeit miauten und die restliche Zeit auf einer Werkbank oder der noch warmen Motorhaube eines Autos dösten. Immer waren Katzen da gewesen, nur in den letzten Jahren nicht. Als Lucies Atemprobleme beständig schlimmer wurden, hatten die Katzen das Haus verlassen, wie höfliche Gäste, die wussten, wann es an der Zeit war zu gehen.

Mit dieser Katze hier verhält es sich anders. Niemand hat sie eingeladen. Sie ist von allein gekommen, wenige Monate nachdem Lucie verschwunden war. Von Anfang an hat sie ihm ihr verächtliches Schweigen und ihre nahezu beständige Reglosigkeit aufgezwungen. Der Alte dachte nicht daran, sie zu verjagen, genauso wenig wie er auf die Idee gekommen wäre, ein Senfglas oder die Radkappe eines Peugeot 204 in den Müll zu werfen. Das Zeug konnte immer noch jemandem nützlich sein.

Er kommuniziert nicht mit der Katze. Sie isst dasselbe wie er und kaum zu anderen Zeiten. Sie lässt sich auf seinem Sessel nieder, wenn er aufsteht, und verlässt diesen, ehe er zurückkommt. Sie verkehren miteinander und ignorieren sich dabei aufs vortrefflichste. Für Georges ist die Katze kein Wesen, vielleicht gerade mal ein Gegenstand – und ganz bestimmt keine Gegenwart.

Er nimmt im Übrigen an, dass das auf Gegenseitigkeit beruht.

Gar nicht zu vergleichen mit der Verbundenheit mit Titine, bei der ihm ganz warm ums Herz wird – oder dem, was davon noch übrig ist.

Wie lange kann man sterben und leben lassen?

Der Alte geht auf die vierundneunzig zu, genauso gut könnte man auf die fünfundneunzig sagen oder, besser noch, auf die hundert – da ist der Weg zu Ende, das ist die Ziellinie eines Wettlaufs, an dem er nur noch versehentlich teilnimmt, weil er nicht weiß, was er sonst machen sollte.

Er stellt sich vor, wie er eines Tages – gebeutelt von Asthma und Rheuma – eine weiße Linie erreicht, ein Band. Vielleicht überreicht man ihm einen Pokal oder eine Medaille aus Blech, genau wie die, die er von der Stadt erhalten hat, als er in Rente ging und seine Werkstatt offiziell schloss. Dann würde er seinen Körper wie eine durchgeschwitzte Rückennummer wegwerfen.

Aber so, wie es aussieht, ist das leider nicht für morgen vorgesehen.

In seiner Jugend hat der Alte an Langstreckenläufen teilgenommen. Zur Zeit von Mimoun und Zátopek. Zu der Zeit, als er noch rank und schlank war. Wenn er sich heute im Spiegel betrachtet, dann ist der Alte nicht mehr rank und schlank – nur vertrocknet und klapperdürr. Aber damals hätte man mal seine Schultern und die Muskeln unter seinem weißen, nassgeschwitzten T-Shirt sehen sollen.

Lucie hatte ihn im Ziel eines Rennens bemerkt. Er war elfter oder vierzehnter geworden, das weiß er nicht mehr. Nicht einmal ein Ehrenplatz. Aber in Lucies Herz war er als Erster ins Ziel gegangen. Sie hatte ihn angelächelt.

Sie hatte ihn angelächelt, und sechs Monate später hatten sie geheiratet. Weil sie sich sicher gewesen waren. Seit diesem ersten Blick, seit diesem ersten Lächeln waren sie sich sicher gewesen. Sechs Monate, das war ganz schön kurz, aber sie hatten Angst, sie würden eine Dummheit machen, wenn sie noch länger warteten, so begierig waren sie darauf, herauszufinden, wie die Haut des anderen schmeckte.

Und wo er gerade von Dummheiten spricht, er würde ein viertes Mal damit anfangen müssen, mit dieser Schnur herumzuhantieren, um diesen verflixten Sack zuzubinden. Lag es an seinen alten Fingern, an der Schnur, an diesem komischen Schleier, der seine Sicht trübte, oder an der Katze, die in regelmäßigen Abständen ein rauhes, nervtötendes Miauen ausstieß?

Dabei miaut die Katze nachts nicht – da schläft sie: Sie miaut auch nicht, wenn sie Hunger hat – sie wartet, bis der Alte fertiggegessen hat und aufsteht, um ein Glas Wasser zu trinken. Da hüpft sie dann schwerfällig auf den Tisch und frisst seine Reste. Sie miaut auch nicht, um herein- oder hinausgelassen zu werden, das ist ihr herzlich egal. Drinnen oder draußen, sie rollt sich zusammen und schläft, bis es wieder Zeit ist zu fressen oder ein nächtlicher Spaziergang ansteht. Unterm Strich miaut dieses Vieh sozusagen nie. Es sei denn, sie hat Junge bekommen.

So alt, wie sie ist, wie findet sie da noch die Kraft, Junge zu bekommen? Sie ist doch schon mindestens seit dreißig Jahren da.

Nein, das kann nicht sein. Katzen werden nicht so alt. Wenn er so darüber nachdenkt, dann kommt er zu dem Schluss, dass sie die zweite oder dritte einer Reihe Katzen sein musste, die einander glichen wie ein Ei dem anderen. Und die sich genau gleich verhielten.

Ganz schön verwirrend, wenn man so darüber nachdenkt. Glücklicherweise denkt er nie darüber nach. Es sei denn, sie hat Junge bekommen.

Lucie und er haben keine Kinder bekommen. Ob das nun an ihrem Bauch lag oder an ihm – das konnte ihnen der Arzt nie sagen. Keine Bälger, Punkt. Keinen kleinen Knirps, mit dem er herumschrauben oder den er in die Geheimnisse eines Viertaktmotors einweihen konnte. Kein kleines Mädchen, mit dem man im Garten werkeln oder kochen oder etwas anderes machen konnte (Georges weiß sehr wohl, dass er nicht der Typ gewesen wäre, der sein Mädchen zu etwas gezwungen hätte, hätte es etwas anderes machen wollen). Das war natürlich ein bisschen traurig, aber Lucie und er liebten sich so sehr, dass es vielleicht auch so in Ordnung war. Vielleicht gab es bei ihnen keinen Platz für ein Baby. Da passten gerade mal ein, zwei Katzen rein, die Freunde. Die Familie. Sein kleiner Bruder, der Lehrer, mit seiner netten Frau.

Die beiden hatten einen Sohn. Einen goldigen Jungen. Im Sommer verbrachten sie immer ein paar Tage bei ihnen. Der Kleine war unglaublich gern im Wasser, genau wie sein Vater. Zusammen gingen die beiden ins städtische Freibad, das ganz neue, das man erst vor kurzem gebaut hatte. Die gaben vielleicht ein Bild ab, die beiden.

Und dann war Lucie gestorben, und mit der Zeit hatte der Alte keine Lust mehr gehabt, Besuch zu empfangen. Vor allen Dingen keine Kinder oder lächelnde Leute. Und dann war es zu diesem Unfall gekommen und zu dem, was er zu sehen bekommen hatte, als Titine zurückkam.

Noch immer miaut die Katze. Und das Dreckszeug da in seinen Augen – das wurde langsam unerträglich, diese Geschichte. Aber er würde deshalb nicht ins Haus zurückgehen und sein altes Gesicht im alten Spiegel ansehen, um herauszufinden, was mit seinen Augen nicht in Ordnung war, oder doch?

Mal abgesehen davon, dass die Kätzchen im Sack das

nicht so einfach mit sich machen lassen wollen. Sie krabbeln herum und kratzen, als hätten sie verstanden, welches Schicksal ihnen bevorsteht: die große Blechtonne voller Regenwasser, mit dem er den Garten gießt.

Jedes Mal, wenn die Katze Junge bekommt, macht Georges dasselbe. Das muss sein. Das ist die einzige Lösung. Genau wie er knapp die Hälfte des monatlichen Zeitungsstapels wegwirft, nachdem er sie abgezählt hat, damit sie nicht zu viel Platz beanspruchen.

Für gewöhnlich miaut die Katze nicht.

Für gewöhnlich verschnürt er den Sack beim ersten Versuch, nachdem er den großen runden Stein und die Kätzchen darin verstaut hat, ehe er den Sack ins Wasser eintaucht und die Schnur am Fallrohr festbindet. Und am nächsten Tag bindet er den Sack los und vergräbt ihn hinten im Garten.

Für gewöhnlich kratzen die Kätzchen nicht so heftig.

Und für gewöhnlich sieht er vor allem nicht so verschwommen.

Nach einem Moment stellt er den Sack ab, legt ein Brett auf die Öffnung, holt ein großes kariertes Taschentuch aus der Hosentasche und wischt sich das Gesicht ab.

Schon merkwürdig, diese nassen Schlieren auf den Karos des Taschentuchs.

Mühsam erhebt sich Georges. Jetzt will er es genau wissen. Mit langsamen Schritten durchquert er den Hof, steigt die alte Treppe hoch – Stufe für Stufe, wie jeden Morgen und jeden Abend. Er geht den Gang entlang, biegt nach links ins Badezimmer ab. Und erblickt dann sein altes Witwergesicht im Spiegel. Erst da wird ihm klar, was gerade mit ihm los ist.

Er weint, das ist los.

Wie merkwürdig. Er weint.

Er weint wie ein alter Mann. Er beweint diesen Tag, der allen anderen ähnelt, er beweint die Kätzchen einer Katze, die ihm völlig egal ist. Er beweint Lucie, und er beweint sich selbst, er, der niemals weint.

Alter Freund, sagt sich der Alte, jetzt ist es an der Zeit, etwas zu unternehmen. Auf die hundert kommst du nicht mehr, wenn du jetzt anfängst zu heulen. Vielleicht schaffst du es so nicht einmal bis zur nächsten Woche.

Er geht die Treppe wieder nach unten. Zurück in die Garage. Schiebt das Brett weg und macht den Sack wieder auf. Blindlings kratzen ihn die Kätzchen, als er eines nach dem anderen aus dem Sack holt, aber das spürt er nicht. Im Gegenteil, diese Kratzer erleichtern ihn fast schon. Dienen ihm als Ausrede, weshalb seine Augen feucht sind.

Er legt diese kleinen, rosigen blinden Dinger neben die Katze. Soll sie sich doch darum kümmern. Sie wird schon wissen, was zu tun ist. Wenn es sein muss, dann isst er abends eben ein bisschen weniger und lässt ein bisschen mehr auf seinem Teller liegen.

Die Dinge ändern sich also selbst dann, wenn man so gut wie tot ist. Die Dinge passieren dann, wenn man sie nicht mehr erwartet.

Er muss sich um Titine kümmern.

3

»Du bist dick. Du bist bescheuert. Du bist niederträchtig und fett. Denkst, du wärst das Zentrum der Welt. Hältst dich für einen Verführer. Du bist nur ein Besessener. Ein Esel. Du siehst nach nichts aus.«

Der Vater lässt die Beleidigungen vom Stapel, eine regelrechte Litanei.

»Was nutzt dir dein Stethoskop schon, hm? Ein bisschen Arzt spielen? Die Krankenschwestern beeindrucken?«

Er hat die wollüstigen Blicke bemerkt, mit denen Doktor Gallay die Beine der Krankenschwester betrachtet. Natürlich nur, wenn er sich zu ihr umdreht. Trotz seiner beeindruckenden Statur geht Doktor Gallay mit großen Schritten durch den Park, gefolgt von zwei Krankenpflegern und einer Krankenschwester.

»Die ist doch viel zu jung für dich, du Schwein.«

Ein Schwein, das trifft es. Aber weniger rosa, weniger fröhlich. Widerlicher. Noch kein Wildschwein und auch kein Warzenschwein – etwas weniger Wildes. Eher so eine Art großes, exotisches Borstenvieh, so was wie ein Hirscheber. Wie der Vater neuerdings weiß, ist der Hirscheber eine Art malaysisches Schwein, dessen hochstehende Hauer einem Hirschgeweih ähneln.

Vom Hirsch hat Doktor Gallay das ausgeprägte Revierverhalten: Jedes Mal, wenn er sich umdreht, beäugt er das junge Reh begierig, insbesondere die Beine, wohingegen er die beiden jungen Damhirsche im weißen Kittel, die ihn begleiten, nicht einmal anschaut. Als wäre er darauf gefasst, dass sie ihn jeden Moment zum Kampf herausfordern.

Der Vater schüttelt den Kopf. Vor ein paar Wochen hat er wieder damit angefangen, über Tiere nachzuforschen, um, wie er so sagt, seine Inspiration, seine Phantasie wieder aufzufrischen. Er glaubt kaum an diesen Versuch – er weiß, dass seine Inspiration versiegt ist, und er weiß auch, warum, aber was sollte er sonst machen, ganz ehrlich?

In jedem Fall hat Doktor Gallay etwas von einem Hirsch. Oder von einem Wildschwein. Oder von irgendeinem anderen Tier. Irgendetwas Exotisches zumindest. Er hat einen matten Teint, kurze schwarze Haare, die sich kräuseln und glänzen. Funkelnde Augen.

Ein Dickhäuter vielleicht? Alles an ihm ist riesig: die Arme, so füllig wie Parmaschinken, der weiße Kittel, über dem ein Stethoskop hin und her schwingt – ganz unnötigerweise, versteht sich –, und die gewaltige Stimme, die aus seinem fassförmigen Brustkorb erklingt.

»Du übertreibst es«, wirft ihm der Vater an den Kopf.

Aber Doktor Gallay ist das egal. Seine froschähnlichen Glupschaugen hinter den dicken runden Brillengläsern verströmen die ganze Zeit wie selbstverständlich eine Art geschäftige Gutherzigkeit. Er gehört zu der Sorte Mensch, die nichts beeinflusst, der nichts widersteht – weder Kritiker noch Krankheit und auch kein Patient.

Ein kurzes, schallendes Lachen, hochgezogene Augenbrauen, eine schwere, feuchte Pranke auf die Schulter gelegt und hopp, schon leidet man nicht mehr. Wenigstens beruhigt man sich. Tatsächlich würde man sich Vorwürfe machen, würde man sich weiter darüber beschweren, dass man immer noch leidet. Natürlich. Angesichts eines Riesen, eines Kolosses, gibt es nur kleine Wehwehchen, kleine, unscheinbare Krankheiten. Lauter »Das ist nichts weiter« und »Sie sind im Nu wieder auf den Beinen«.

Doktor Gallay ist noch jung – man könnte meinen, der Ausdruck »in den besten Jahren« wäre für ihn ersonnen worden –, aber er spricht von seiner Erfahrung. Er sagt, dass es in drei Tagen, einer Woche, zwei Monaten, fünf Jahren nur noch eine unschöne Erinnerung sein wird. Und natürlich glaubt man ihm. Man hört ihm zu. Er steht mit beiden Beinen im Leben, hat einen kühlen Kopf und ein gutes Herz – kurz, er ist das perfekte Konzentrat eines Arztes, wie ihn jeder Kranke gern hätte.

Schade nur, dass er nicht Onkologe, Chirurg, Notarzt, Anästhesist oder gar Allgemeinarzt wurde, sondern die Psychiatrie als Fach gewählt hat.

»Hat nicht mal das Zeug zu einem richtigen Arzt gehabt«, stößt der Vater aus.

Mit geballten Fäusten kocht die Wut in ihm auf, erdrückt ihn. Er fühlt sich wie ein wilder Hund, bereit, sich auf das riesige Wildschwein zu stürzen. Nicht sehr sicher, dass er dabei die Oberhand behält.

Doch egal wie virulent seine Ausbrüche auch sind, sie verstören den Arzt nicht. Er geht nicht darauf ein. Er hört sie nicht einmal.

Man sollte vielleicht erwähnen, dass sie relativ weit voneinander entfernt sind – vierzig Meter Luftlinie. Ganz zu schweigen von der Scheibe, die sie trennt, und den beiden Stockwerken, denn der Vater schaut vom Wartezimmer neben dem Büro des Psychiaters und Ko-Direktors der Klinik Saint-Rémézy aus zu, wie Doktor Gallay den Park mit großen Schritten durchquert.

Er wendet den Kopf zur Tür des Büros – die permanent offen stehende Tür, als wäre Doktor Gallay beständig bereit, einen zu empfangen, ob er nun da ist oder nicht. In weißen Buchstaben schwebt sein Name auf der Scheibe – Edmond Gallay, Psychiater.

Direktor.

Der Vater seufzt. Ganz eindeutig haben sie keine Zeit verschwendet, ehe sie den Namen des pensionierten Doktor Sarthé entfernt und den Titel auf der Tür von Gallay geändert hatten.

»Hochstapler. Aasgeier. Was für eine Hyäne.«

Aber natürlich, jedes Mal, wenn er dann vor Doktor Gallay steht, traut er sich nicht, etwas zu sagen. Er schweigt. Er lächelt, nickt, um zu zeigen, dass er verstanden hat, und lächelt wieder. Und dann geht er.

Und wenn er nachher geht, wird er sich natürlich auch wieder bedanken. Er wird »Auf Wiedersehen, Herr Doktor« sagen, anstatt ihm eine zu knallen, wie er es so gern tun würde. Seine Feindseligkeit ist nur innerlich. Er behält sie für sich, für den erdachten Dialog, den er mit dem Psychiater führt. In dem er ihn beleidigt, ihn zum Schweigen bringt, ohrfeigt und auf den Kopf haut, wie der Alte in *Benny Hill.*

Benny Hill, ja genau. Genau an den erinnert ihn Doktor Gallay, dem die Krankenpfleger und die Krankenschwester durch den Park folgen. Es fehlt nicht mehr viel, und man würde auch noch den Titelsong *Yakety Sax* hören.

Benny Hill war die erste Serie, die der Vater im Fernsehen gesehen hat. Und zwar bei seiner Tante, nach dem Umzug. Nach dem Unfall. Bei seinen Eltern gab es keinen Fernseher, oder zumindest erinnert er sich nicht daran. An vieles erinnert er sich nicht mehr – aber Benny Hill hat er nie vergessen, genauso wenig wie das wütende Hämmern, mit dem der große britische Komiker dem

Alten mit den dicken Brillengläsern auf den kahlen Kopf schlug. Und auch nicht seine merkwürdig funkelnden Augen, wenn leicht bekleidete Frauen vor ihm herumliefen. Damals kannte der Vater die Bedeutung der Wörter *anzüglich* und *schlüpfrig* noch nicht. Dennoch empfand er beim Anblick der Frauen in Unterwäsche eine leicht beschämende Erregung – oder auch eine leicht erregte Beschämung. Vielleicht auch wegen der Demütigung des alten Mannes.

Der Doktor Sarthé überhaupt nicht ähnelte oder wenn, dann nur sehr entfernt.

Der pensionierte Doktor Sarthé war also alt. Ein alter Mann von gebrechlicher Statur und mit einer ruhigen Stimme – dieser gebildeten und sanften Stimme, die sagte: *Man muss es versuchen, wer weiß, wir werden schon sehen, wir leben von der Hoffnung* und noch einen ganzen Haufen anderer Sätze, alltägliche Sätze, die viel mehr Zweifel und Möglichkeiten als Meinungen und Verbote zum Ausdruck brachten. Er sagte: *Immerhin hat sich Isaac verändert, nicht wahr? Seit seiner Kindheit. Seit dem Anfang. Also können wir das doch versuchen. Wir müssen es versuchen. Das ist unsere Pflicht. Wir können es nicht wissen.*

Doktor Gallay hingegen, der weiß es. Er will sich die Geschichte nicht anhören, wie Isaac als Kind nicht allein essen konnte und dass die Eltern es ihm beigebracht hatten, mit einer Engelsgeduld, Tag um Tag. Er will die Geschichte des Kindes nicht hören, dessen Erbrochenes man einsammeln und wiegen musste, um sicher zu sein, dass es genug gegessen hatte, damit es nicht verhungerte. Er will die Geschichte des Paares nicht hören, das daran zerbrochen ist, die Bruchstücke eines Kindes zusammenzusetzen, das ihnen die Natur in den Schoß gelegt hatte. Er will nicht glauben, dass der Vater sich seit zehn

Jahren weigert aufzugeben. Und die Mutter vielleicht auch. Wer weiß das schon.

Vermutlich würde Doktor Gallay auch nicht glauben wollen, dass sie sich geliebt hatten. Aber sie hatten sich geliebt, so viel ist sicher. Isaac ist der Beweis.

Doch vielleicht täuscht der Vater sich ja auch. Vielleicht bringt er da etwas durcheinander. Vielleicht war es andersherum – war es nicht der Alte, der Benny Hill auf den Kopf schlug? Wie bei so vielem weiß er es einfach nicht mehr.

Und vielleicht änderte sich das auch von einer Folge zur nächsten. Er müsste sich das noch mal ansehen. Immerhin fällt ihm jetzt wieder ein, dass in *Benny Hill* immer ganz kurze Gags und ein Haufen Graffiti an den Mauern vorkamen. Fast schon *strips* – *Comicstreifen*. Da könnte er doch vielleicht ein, zwei gute Ideen abgreifen, jetzt …

Die Klinik Saint-Rémézy liegt ein bisschen abseits des Dorfes in einem Herrenhaus aus den zwanziger Jahren. Außen weißer Stein und Schiefer, Marmor in der Eingangshalle. Überall sonst Linoleum und Gips – damit kann man am schnellsten und billigsten Risse und den Sanierungsbedarf kaschieren.

Stimmen hallen vom Ende des Ganges herüber. Da kommt Doktor Gallay, und jetzt gehen die beiden Krankenpfleger und die Krankenschwester vor ihm her. Vielleicht, damit er ihr im Treppenhaus auf den Hintern sehen konnte. Oder damit die kleine Truppe ihn in den Gängen wie eine Vorhut schützt. Wenn er auch nur ein kleines bisschen mehr Psychologe wäre, dann würde der Psychiater wissen, wie sehr er ihn hasst.

Die Krankenschwester kommt am Vater vorbei. Sie grüßt ihn mit einem Lächeln, das er jedoch erst viel zu spät bemerkt – sein begehrlicher Blick verweilte gerade auf ihren Beinen. Bis ihm klarwird, dass sie ihn angeschaut hat, ist sie auch schon an ihm vorbei, und ihr Lächeln weht leise hinter ihr her. Die beiden Krankenpfleger werden von ihrem Sog mitgerissen, folgen ihr – und dann steht der Vater direkt vor Benny Hill.

Nein. Nicht Benny Hill. Doktor Gallay ist zu jung und zu dunkelhaarig, um an den britischen Schauspieler zu erinnern. Viel mehr erinnert er an einen Südländer. Einen Griechen oder Italiener.

Robert Baccalieri. Das ist es. Doktor Gallay ähnelt Robert »Bobby Bacala« Baccalieri, dem gutmütigen Gangster der *Sopranos*, Schwager des Paten Tony Soprano. Der schließlich in den Gängen eines Spielzeugladens von Kugeln durchsiebt wird.

Doktor Gallay bleibt vor dem Vater stehen und richtet sich mit unerträglicher Gütigkeit an ihn – wenn das Wort *Gütigkeit* überhaupt existiert, denkt der Vater.

»Also, Monsieur Dubon, mir ist zu Ohren gekommen, dass es eine kleine unschöne Szene mit Isaac gab.«

Und jetzt fängt das schon wieder an. Bei Gallay ist alles zwangsweise klein. Ohne Bedeutung. Und es ist keine Krise, kein Anfall, kein Problem. Es ist eine Szene, wie bei *Benny Hill* oder den *Sopranos*.

Der dicke Arzt dreht sich einmal halb um sich selbst, Bauch voran. Er bittet den Vater nicht einmal, ihm zu folgen – er weiß, dass er hinter ihm herläuft wie ein treues Hündchen. Doktor Gallay macht es sich in seinem Büro gemütlich, er schiebt die Ärmel seines Kittels nach oben, verschränkt seine fleischigen Finger und starrt den Vater mit einem Blick an, in dem sich Erwartung, Verständnis und eine enervierende Freundlichkeit mischen. Ein bisschen so, als würde er ihm eine Portion Rigatoni in Fleischsoße anbieten und ihm zugleich nur zwei Tage Zeit einräumen, um seine Schulden zu begleichen.

»Also es ist so …«, setzt der Vater an.

Aber der Arzt unterbricht ihn – er will sich keine Erklärungen anhören.

»Hören Sie, Monsieur Dubon, wir beide wissen doch, wie es um die Sache bestellt ist. Wir können mit der kognitiven Verhaltenstherapie weitermachen, wenn wir in diesem Fall überhaupt noch von Therapie sprechen können, oder aber wir können die Dosis der Sedierung für Isaac erhöhen, um ihn ruhigzustellen …«

Die Stimme des Psychiaters ist so schmalzig und triefend wie die neapolitanische Küche. Die Sätze umgarnen einen. Sie nehmen einen an der Hand, zeigen einem, dass es nur eine mögliche Haltung, nur eine vernünftige Lösung gibt. Sie stützen sich auf merkwürdig gebildete Wörter wie *kognitiv* oder *Sedierung;* sie tätscheln einem den Rücken, richten sich an die Intelligenz, den gesunden Menschenverstand – sie wollen nur Ihr Bestes.

Bis zu dem Moment, in dem das Wörtchen *aber* fällt – wie eine Metalltür, die einem vor der Nase zuknallt.

»Aber ich denke, wir sollten uns den Tatsachen stellen und aufhören, an Wunder zu glauben, Monsieur Dubon. Isaac braucht feste Strukturen und wird diese immer brauchen, Unveränderliches, nicht wahr?«

Unter dem Lebemenschen drängt der Psychiater hervor, der Mafioso unter dem jovialen Italoamerikaner. Der Baseballschläger wird nicht länger hinter dem Rücken verborgen.

»Wenn wir nicht wollen, dass sich die Anfälle wiederholen, dann müssen wir uns den Grund vorknöpfen und ihn ein für alle Mal eliminieren.«

Im Hudson, die Füße in einem Betonklotz?

»Wir müssen vermeiden, Ihren Sohn traumatisierenden Situationen auszusetzen. Und mit traumatisierenden Situationen meine ich unnütze Ausflüge.«

Eine letzte Luftblase zerplatzt an der Oberfläche des Flusses, und Bobby Baccalieri reibt sich die Hände, betrachtet alles ganz aufmerksam. Tony Soprano, der *capo di tutti capi,* würde mit ihm zufrieden sein, wie immer.

»Aber Doktor Sarthé …«, setzt der Vater an.

Niemals mit dem capo *über den* capo *sprechen, den er ersetzt. Und den er vermutlich ermorden ließ.*

»Doktor Sarthé hatte seine Philosophie und, wenn Sie mir das bitte zugestehen wollen, ich habe meine eigene. Ich weiß, dass Sie an Ihren Mittwochstreffen festhalten, aber ganz ehrlich, Monsieur Dubon, Sie verstehen sicher, dass wir Ihnen nicht erlauben können, Isaac völlig sinnlos solchen Ausflügen auszusetzen – von den Sanitätern will ich mal gar nicht sprechen …«

Halt die Schnauze, du neapolitanischer Kotzbrocken. Das ist mein Geld. Ich entscheide hier. Ich …

»Leider mussten wir auch Isaacs Mutter darüber informieren.«

Nein, nicht auch das noch.

Mafiosi, egal wie unerbittlich sie sein mögen, haben einen Ehrenkodex. Aber das hier überschreitet diese Grenze. Jetzt sind wir nicht mehr im selben Universum. Das ist rohe Gewalt, mexikanisches Kartell. Das ist: *Ich bringe dich um, deine ganze Familie und alle, die irgendwann einmal mit ihnen geredet haben.* Das ist der abgeschnittene, mit Dynamit gespickte Kopf des Verräters, der auf einer Schildkröte befestigt ist, wie in *Breaking Bad.*

Der Vater hebt ergeben die Hände. Er ist der Sache nicht gewachsen. Der Psychiater hat gewonnen. Gegen die Mafia hat man nichts in der Hand. Die Bösen triumphieren.

Er kapituliert.

Und natürlich bedankt er sich im Gehen noch bei Doktor Gallay.

Der Vater liest in amerikanischen Serien wie eine Wahrsagerin in ihrer Kristallkugel. Oder wie ein Fernsehevangelist in der Bibel. Die Krise? Der Stillstand der Welt? Der Untergang des amerikanischen Imperiums? All das hat nur eine einzige Ursache: der Tod des Vaters. Das Verschwinden des Vormunds, des männlichen Kompasses (und ist der Kompass mit seinem beharrlichen Anzeigen des Nordens nicht der Inbegriff selbst des Phallus?). Das Verschwinden von Gott.

Das ist doch ganz offensichtlich, oder? In *Sons of Anarchy* heißt der Held Jax – ein Diminutiv von Jackson. Aber was geschieht denn anderes mit diesem Spitznamen, als dass man ihm symbolisch den Vater nimmt, dem Sohn das Sohnsein abspricht? Man schneidet ihm das *son* ab.

Er hätte Psychiater werden können, der Vater. Wenn die Dinge anders gewesen wären, wenn sein Vater … Und man sollte ihm nur nicht damit kommen, seine Auslegungen seien an den Haaren herbeigezogen. Also wirklich, er hatte doch recht. Der Tod des Vaters. Aber sicher doch. Nehmen wir mal *Six Feet Under*. Alan Ball. Fünf Staffeln, die erzählen, wie drei Erwachsene nach und nach, verstrickt in Schmerz und Widersprüchliches, das Erbe ihres rätselhaften, exzentrischen Vaters, eines Leichenbestatters, annehmen.

Die Kumpel stimmen zu. Die Kumpel stimmen immer zu. Vor allem dann, wenn der Vater abdriftet.

Einer von ihnen fängt jedoch an: »Ja, aber …«

Hängt es damit zusammen, dass er zwei Tage zuvor beim Psychiater den Kopf eingezogen hat? An diesem Abend wird der Vater von einer aufbrausenden Wut erfasst. »Ich kann nicht zulassen, dass du das sagst«, unterbricht er den Freund, ehe der überhaupt die Gelegenheit gehabt hätte, etwas zu sagen. »Denk doch mal nach. Harry Potter zum Beispiel führt das Leben, das seinem Vater verwehrt war – ist das etwa nicht genau dasselbe?«

Ein dritter Kumpel – der beste, der Beinahe-Freund, der echte Bruder – beugt sich zur hübschen Brünetten neben ihm, der Neuesten im Bunde, die der Vater seit gut drei Wochen unauffällig betrachtet, und murmelt ihr etwas zu. Der Vater weiß, worauf er es abgesehen hat, und eine kleine Eifersuchtswelle brandet in seinem Magen auf.

»*Harry Potter*«, wirft ein anderer ein, »das ist keine Serie. Und außerdem ist es noch nicht einmal amerikanisch. Das ist englisch.«

Aber man spürt, dass er dem Wortschwall bereits nachgegeben hat, dass er sich davon mitreißen lässt. Ungeduldig wie ein Kind am höchsten Punkt der Achterbahn wartet er auf das, was folgt.

»Und Dexter?«, frohlockt der Vater. »*Dexter* ist genau das. Der tote Vater führt den Helden. Er erstellt eine ganze Theorie über den ›dunklen Passagier‹, der ihm erzählt, dass es gut ist, zu töten, dass es gut ist, solange man die Regeln befolgt. Und genau das sage ich auch: Gott hat den Verstand verloren. Das Ideal des Guten explodiert wie die Twin Towers, wie …«

Die Theorie ist durchaus haltbar. Sie hält sich zumindest in etwa so gut wie der Vater.

Es folgt ein Moment des Schweigens in der Bar, als würden alle darauf brennen zu erfahren, wohin der

Höhenflug des Vaters führt, als würden auch die Leute an den anderen Tischen auf die Apotheose warten.

Und in dieser aufbrandenden Stille erhebt sich die Stimme des besten Freundes, ein Flüstern am Ohr der Brünetten, und plötzlich ertönt: »... seinen Vater. Als er sieben war.«

Und mit einem Mal stellt sich der Vater vor, wie er ihm den Inhalt seines Glases ins Gesicht schüttet.

Nein. Nicht nur das. Er stellt sich vor, wie er sich auf ihn stürzt, wie sich sein Gesicht fratzenhaft verzerrt wie beim Helden von *The Walking Dead.* Er würde etwas in ihn hineinstechen – Schraubenzieher, Messer, Gabel –, ins Auge, in den Schädel, um diesen bösartigen Teil zu zerstören, dieses bisschen Gehirn, das Widerstand leistet und das Monster zu einem Lächeln zwingt, ausgemergelte Lippen, glänzende Zähne, während es das Böse um sich herum verbreitet.

Schließlich weiß der Vater nur zu gut, was der beste Freund da erzählt – genau in dem Moment, in dem er glänzt, in dem er aufleuchtet, in dem Moment, in dem die kleine Brünette ihn mit diesem gewissen Etwas in den Augen ansieht, in dem Moment, in dem er eine Wahrheit streift, die er gar nicht zu besitzen glaubte. Der Freund erzählt eine Geschichte von einem Autounfall und toten Eltern. Eine alte Geschichte. Doch sie schmerzt – noch immer. Und bringt die Theorien über amerikanische Serien zum Platzen. Und manchmal platzen auch Freundschaften.

Etwas erzittert. Vielleicht ist es der Vater. Seine Theorie droht das Gesicht zu verlieren, genau wie er. Die Brünette hat den Blick abgewandt – sie redet mit dem Freund. Von wegen, ein Freund.

Der Vater zuckt mit den Schultern, setzt sich wieder

unter den amüsierten Zustimmungen der restlichen Gruppe. Wortlos trinkt er sein Bier aus. Denkt dabei beständig darüber nach, wie er das bei der hübschen Brünetten doch noch wettmachen könnte.

Aber wenigstens hat er während dieses Moments nicht gehört, wie die Stille in seinem Kopf schreit.

Vielleicht ist es derselbe Abend, vielleicht ein anderer. Es muss ein anderer sein, schließlich ist es draußen noch hell, und außerdem sitzen sie auch draußen, an einem anderen Tisch. Vielleicht ist es sogar eine andere Bar. Allerdings dieselbe Gruppe von Freunden. Mit Ausnahme der Brünetten, die verschwunden ist, und des besten Freundes, der einen, wie jeder beste Freund, der etwas auf sich hält, einfach nur enttäuschen kann.

Es riecht regelrecht nach Verrat. Aber der Vater sagt nichts. Er gibt sich großmütig. Er wird verzeihen. *Bros before hos,* sagt Barney in *How I Met Your Mother*. Erst die Kumpel, dann die Miezen oder etwas in der Art.

Unter Freunden – zumindest unter diesen Freunden – spricht man für gewöhnlich über sehr wichtige oder völlig belanglose Dinge. Man spricht über ein Drehbuch oder eine Liebesgeschichte, über die Schönheit einer Comicseite oder die Hüften einer Frau, über ein Restaurant oder die Bedienung eines Restaurants, man spricht über Politiker – und ist sich immer einig, wer die Guten und wer die Bösen sind, es sei denn, man hat beschlossen, sich aus Jux und Tollerei mal wieder zu streiten.

Man redet über Filme, Malerei, Musik, Affären, die alltäglichen Probleme, wenn man auf Wohnungssuche ist oder den Telefonanbieter wechselt, dann wieder über Affären (wobei man gleichzeitig versucht, sich nicht zu sehr damit zu brüsten, um nicht als totaler Proll durchzugehen). Man erzählt einander von den Reisen. Wohlgemerkt, von den Reisen, nicht vom Urlaub. Urlaub, das klingt nach Tourist, das klingt nach Beamtem, das klingt banal. Nein, in diesem Freundeskreis erzählt man sich von den Trecks, den fabelhaften Tauchgängen in Indonesien, der Freundlichkeit der Peruaner oder der Belgier, von den Farben an diesem einen frühen Morgen im Schnee oder den beiden Holländerinnen, die so gar keine Hemmungen hatten. Kurz, man redet, man erzählt und ist im Grunde genommen trotzdem ein ganz klein wenig – überaus – oberflächlich.

Man taucht in Geschichten aus der Vergangenheit ein, wenn einen die der Gegenwart langweilen. Man kennt sich schon so lange. Zu jedem gibt es Akten, Querverweise. Man kennt die Eigenheiten und Ticks eines jeden. Man scherzt, zieht sich auf, umarmt sich und fängt wieder von vorn an. Man wechselt den Partner, man wechselt die Partnerin, und weiter geht es in die nächste Runde.

An diesem Abend dreht sich die Unterhaltung um Kinofilme. Um die komplizierten Szenarien von *Memento* und *Usual Suspects* und *Interstellar*. Der Vater sagt nichts: Zu Szenarien hat er leider nichts zu sagen. Stattdessen driftet er in Erinnerungen ab.

Vor zehn Jahren fing ebendiese kleine Gruppe an zu arbeiten. Maler-Zeichner-Filmemacher-Musiker, Liebhaber und Geliebte, Dauerstudenten, Träumer, Freunde. Jetzt, zehn Jahre später, sind sie saisonweise als Techniker oder Künstler in verschiedenen künstlerischen Etablissements angestellt, verheiratet, Hobbykünstler, Ärzte, engagiert. Und Freunde.

In gewisser Weise hat es nur der Vater zu etwas gebracht. Also, ehe er zum Vater wurde. Oder eigentlich fast zeitgleich.

Seine kleinen, sich über drei Bilder erstreckenden Zeichnungen, seine *strips*, mit denen er seine Freunde amüsierte, wurden erst in einer bekannten Zeitschrift veröffentlicht, dann von einem großen Comic-Verlag publiziert. Und sie bescherten ihm einen Platz an der Sonne.

Es könnte ein Platz unter der Brücke werden, denkt der Vater, als er zwei noch nicht vollständig betrunkene Punker mit Hund durch die Straßen ziehen sieht.

Dann ein zweiter Band und ein dritter in Vorbereitung. Interviews, Vorträge bei Comic-Conventions. Sogar zwei, drei Fernsehauftritte. Er stand auf Du und Du mit den Artdirectors aller Verlage an der Place de Paris und, um das Maß vollzumachen, auch noch mit denen in Brüssel. In nicht einmal zwei Jahren hatte er ein ordentliches Sümmchen angespart. Und er hatte sich in eine hübsche Blondine mit einem unbeschwerten Namen verliebt.

Sein Verleger rief an, um ihm mitzuteilen, dass sich der zweite Band weniger gut verkauft habe. Das sei nicht sein Fehler – der Geschmack der Leser, die Zeit, der Markt. Mit dem nächsten Band wolle man noch etwas warten. Natürlich könne er sich gern bei der Konkurrenz umsehen, das würde man verstehen.

Er zog mit der unbeschwerten Blondine in eine große helle Wohnung mitten im Zentrum. Sie heirateten sogar – die Freunde waren dabei. Also die Gruppe von damals. Nicht die Familie – die Familie der Blondine war völlig überbesetzt, seine beschränkte sich auf das strikte Minimum. Noch weniger, eigentlich.

Die Konkurrenz zeigte sich begeistert von dem, was der Vater machte, allerdings sei die Zeit der kurzen *strips* inzwischen eher vorbei. Man müsse etwas Umfangreicheres, Längeres ins Auge fassen. Geschichten, Sagas, Serien. Der Geschmack der Leser, nicht wahr? Man freue sich auf seine Vorschläge, aber dieser dritte Band, der sei definitiv nicht für sofort.

Dem Vater wurde klar, dass er völlig unfähig war, sich eine Geschichte auszudenken, die sich über mehr als vier Felder erstreckte. Eine Seite, großes Maximum, und auch das nur mit Schummeln. Indem er verwässerte. Längeres hatte weder Hand noch Fuß. Der Vater war kein Drehbuchschreiber, das musste er zugeben. Die Geschichten zerfielen in seinem Kopf.

Auch egal. Im schlimmsten Fall könnte er sich ja immer noch an einer ihm vorgegebenen Outline entlanghangeln. Außerdem hatte er doch Besseres zu tun. Die hübsche Blondine war schwanger, er musste das Zimmer für das Kind streichen.

Und dann kam Isaac.

Also, um genau zu sein, er kam *nicht*. Nichts ist so gekommen, wie sie es erwartet hatten. *Shit happens*, sagen die Amerikaner. Das Schlimmste ist jedoch immer das, was nicht kommt. Ein Kind bekommen zum Beispiel – der Vater und die Blondine hatten kein Kind bekommen. Stattdessen hatten sie sich Isaac eingefangen. Wie man sich eine Grippe einfängt.

Und seitdem kümmert er sich um ihn. Also, wenn man so will. Er kümmert sich um ihn, weil er sonst nichts zu tun hat. Und er kann noch so viele amerikanische Serien, kilometerlange Sagas und ganze Bücherberge über Psychoanalyse verschlingen, ihm kommt dennoch einfach keine Idee für einen Handlungsablauf. Entziffern, analysieren, schwadronieren – das kann er. Aber er ist völlig unfähig, eine Geschichte zu schreiben, ein Universum entstehen zu lassen, das einen Sinn ergibt.

Vielleicht kommt der Kleine da ja ein bisschen nach ihm, so insgeheim.

Die Artdirectors, mit denen er auf Du und Du stand, schickten ihm Szenarien. Er sollte etwas damit herumprobieren – eine reine Formalität, natürlich, man wisse doch, was er könne.

Es stellte sich heraus, dass der Vater sehr viel weniger konnte als das. Genau dasselbe Problem wie mit der Geschichte: Er hielt nicht lange durch. Die Figuren waren von einem Kästchen zum nächsten kaum wiederzuerkennen. Man verlor sich dabei. Alles ging in die Binsen, der Strich, die Formen, sogar die Geschichte. Der Vater musste zugeben: So funktionierte es nicht.

Mach dir mal keine Sorgen, beim nächsten Mal klappt es, versicherte ihm ein Artdirector, der mit ihm per du war.

Doch beim nächsten Mal war es wie beim vorherigen, und der Artdirector nahm seinen Anruf nicht mehr entgegen. Anscheinend hatte man ihn gefeuert. Der Markt. Die Leser.

Alles nicht schlimm: Da war Isaac, Isaac und seine kaum wahrnehmbaren Fortschritte – aber er macht doch Fortschritte, findest du nicht?

Die Blondine war weniger blond. Weniger unbeschwert. Sie schüttelte den Kopf, und ihre Augen wirkten müde.

Sie hatten noch immer die große Wohnung, das nette Sümmchen. Man würde schon sehen. Sie wollten Isaac bei sich behalten, selbst wenn das hieß, dass sie das Zimmer zum dritten Mal umbauen mussten.

Das Gespräch um den Vater herum wird eindringlicher. Die Unterhaltung sprudelt nur so hervor, wirbelt wie ein Schwarm fröhlicher Mücken durch die Luft und stört dabei kaum.

Dann ging es nicht mehr mit dem Zimmer, und als

Nächstes kam die Kinderklinik. Der Vater schaute zu, wie Isaac zwischen zwei Krankenpflegern wegging. Und wenige Monate später sah er, wie die hübsche Blondine ganz allein wegging. Seinetwegen, wie ihm klarwurde. Weil er unfähig war, sich einzubringen. Sich anzuhören, was man ihm sagte. Eine Geschichte für sie zu erschaffen, was auch immer.

Und dann kam die Klinik Saint-Rémézy. Die Klinik ist sehr weit von der Stadt entfernt – vor allen Dingen ohne Auto –, aber ganz nah an dem Ort, an dem sich die verhärtete und hasserfüllte Fremde niederließ, mit der er das Kind bekommen hatte.

Die Wohnung war zu groß, aber der Vater wollte sie behalten. Dafür verwendete er einen Großteil des verbliebenen Geldes. Und das bisschen, was jetzt noch davon übrig ist, schwindet zusehends für die Bezahlung der Klinik, die Zug- und Busfahrten und die Kosten für den Krankenwagen jeden zweiten Mittwoch.

Die Unterhaltung um den Vater herum dreht sich nicht mehr um Drehbücher, sondern um etwas anderes. Um etwas anderes, das ihn ebenso wenig kümmert. Heute hat er keine Lust zu reden, keine Lust zuzuhören. Er hat nichts zu sagen, Punktum. Und seine Freunde gehen ihm auf den Zeiger.

»Alles klar bei dir?«

Das ist die Stimme des Freundes. Nicht die oberflächliche Stimme, die man hernimmt, um die Augen von Brünetten zum Strahlen zu bringen. Sondern die tiefe und sanfte Stimme aus dem Brustkorb, die Männer für ihre geheimen Momente aufbewahren.

Der Freund ist wieder zurück. Der Freund, der echte, der einen immer enttäuscht – und einen dann *ent-enttäuscht*, um einem besser in Erinnerung zu rufen, weshalb er der Freund ist. Ende des Verrats, sollte es einen Verrat gegeben haben.

Der Vater schüttelt den Kopf. Nein, nichts ist klar.

»Ist was mit Isaac? Oder mit *ihr?*«

Ihr, die man nicht beim Namen nennt.

»Mit beiden. Er hat letzten Mittwoch einen … Anfall gehabt. Im Park.«

»Dabei liebt er den Park doch«, erwidert der Freund – das hat etwas von einer Messe, wenn der Kirchendiener dem Pfarrer antwortet.

Der Kleine liebt den Park ist ein Responsorium, ein heiliges Prinzip. Das steht auf den Gesetzestafeln. Zumindest auf den Tafeln des Vaters.

»Und jetzt macht sie wieder das, was sie immer macht«, fährt der Vater fort. »Du kennst sie ja.«

Ja, der Freund kennt sie. Er kannte die beiden, als sie unbeschwert war, als sie zusammen waren. Er hat die Geburt des Kleinen mitbekommen.

Der Freund sitzt in der Klemme. Seine Rolle als bester Freund, als Vertrauter bringt ihn in der Regel dazu, seinen Anzug als Problemlöser aus dem Schrank zu holen. Mit dem er zum Ausdruck bringt: *Mach dir keine Sorgen, ich weiß, was du alles kannst*, oder auch: *Das geht vorbei, nimm es nicht so hart.* Nur leider, nein, das geht nicht vorbei. Und man kann so gut wie nichts machen. Vielleicht einfach nur zuhören, eine Hand auf die Schulter legen, nicken und mitfühlen. Manchmal müssen Freunde die Erfahrung machen, dass sie nichts anderes tun können, als füreinander da zu sein. Bei den Menschen nennt man das erwachsen werden. Vielleicht auch älter werden, je nachdem.

»Und, was hast du vor?«

»Nichts. Ich kann nichts machen. Ab jetzt gibt es keine Ausflüge in den Park mehr.«

Der Freund entdeckt die winzige Möglichkeit, sich nützlich zu machen. Wenn er schon nicht helfen kann, dann kann er vielleicht helfen, etwas zu akzeptieren.

»Aber es gibt doch einen Park bei der Klinik, oder?«

»Ja sicher. Der Park bei der Klinik«, sagt der Vater. Es klingt wie ein schwaches, trauriges Echo.

Auf seinem Gesicht kann man alles ablesen, was man über den Park bei der Klinik wissen muss – den gepflegten Rasen, die hundertjährigen Bäume, die stillen Alleen. Die Durchgeknallten, die sich dort aufreiben. Die Verrückten, die sich einen runterholen, die Kranken, die sich ins Gesicht schlagen und dabei animalische Schreie ausstoßen. Die Krankenpfleger warten, bis es blutet, ehe sie eingreifen. Da gibt es kein Karpfenbecken und auch keine Kinder, die spielen, nichts. Kein Leben.

Der Park der Klinik hat nichts mit dem amüsanten *Benny Hill* gemein. Jedes Mal, wenn der Vater dorthin geht, bricht ihm kalter Schweiß aus. Aus den Augenwinkeln beobachtet er, wie die Wände auf ihn zurücken und dass die Tauben Zombiemasken tragen.

Und mittendrin sein Sohn.

4

Es ist nicht so, als hätte der Alte niemals geweint. Schmerzen, Sorgen – die hatte er durchaus gehabt. Anfangs hat er immer die Zähne zusammengebissen.

Aber eines Tages sagte Lucie zu ihm: »Du brauchst dich nicht zurückzuhalten. Der Mensch weint nun mal.«

Er hatte nie herausgefunden, ob sie damit Menschen im Allgemeinen, menschliche Geschöpfe, oder einfach nur Männer meinte. Das war ihm egal. Diese Worte an jenem Tag brachen einen Damm in ihm – er fing an zu weinen (war das, weil eine alte Tante gestorben war?). Und die Tränen taten ihm gut, die Tränen auf seinem Gesicht, das war eine Möglichkeit – die einzige –, ihr Ehre zu erweisen, sie zu begleiten, wohin auch immer sie ging.

Auch deshalb hat er nicht geweint, als Lucie starb. Er wollte nicht, dass sie ging.

Die Kätzchen sind inzwischen fast drei Wochen alt. Eines davon, der Streuner, wagt sich immer weiter hinaus. Gestern hat der Alte ihn im Garten vorgefunden. Und hat ihn in die Kiste zurückgebracht.

Er hatte sich fest vorgenommen, sich nicht um sie zu kümmern, ihnen nicht einmal Namen zu geben. Den Kätzchen ist es ohnehin egal, welchen Namen die Menschen ihnen geben. Die Katze zum Beispiel hieß immer nur die Katze. Na ja, nur: Streuner, Felix, Kokettinchen,

Kümmerling und Sphinx waren auf diesem Ohr eben taub.

Anfangs wollte er sich nur um die Katze kümmern. Damit die kleinen Monster sie nicht völlig erschöpften.

»Du bist ja vielleicht ganz aufgeweckt, aber du musst den anderen auch noch was lassen ... Da, schau dir mal deine Schwester an, wie hübsch sie ist, das Herzchen, aber iss doch was, iss, Kleine, solange deine Brüder dich in Ruhe lassen, hör auf, dich zu putzen, du kokettes Ding ... Und du, komm her. Lasst ihn durch, er ist doch so kümmerlich ...«

Felix heißt Felix wegen des schwarzen Flecks über dem Auge, er ist der Katze aus den Illustrierten wie aus dem Gesicht geschnitten. Das findet zumindest der Alte, selbst wenn er die Illustrierten immer nur zerstreut durchgeblättert hat.

Und dann ist da noch Sphinx.

Der Alte redet mit den Kätzchen. Es klingt immer merkwürdig für ihn, wenn er seine Stimme hört, trocken, zögerlich, als suchte er nach Worten – dabei tauchen die Worte in seinem Geist ganz wunderbar in Reih und Glied auf, wie seine Schraubenschlüssel ordentlich nach Größe geordnet sind. Nur der Mund folgt nicht so ganz. Zweifellos mangelnde Übung.

Der Alte redet also mit den Kätzchen, und es ist, als würde die Stille um sie herum dichter werden. Aber Sphinx – das letzte Kätzchen mit seinem sphinxartigen Wesen ... tja, eigentlich ist es vielmehr das Kätzchen, das mit dem Alten redet.

Was läuft morgens auf vier Pfoten, mittags auf zwei und abends auf drei?

Der Alte kennt die Antwort auf diese Frage. Sie kam ihm schon immer ein bisschen bescheuert vor. Er mag keine Symbole, das ist für ihn, als würde man tricksen. Und mal abgesehen davon, geht er etwa am Stock? Ganz und gar nicht. Und was ist mit Madame Chelatte, die den Lebensmittelladen führte? Sie läuft mit einer Gehhilfe. Und dann hat sie was, sechs Füße?

»Sechs Füße unter der Erde«, kokettiert Sphinx. »Außerdem wechselst du gerade das Thema, alter Mann.«

Der Alte zuckt mit den Schultern. Er weiß sehr wohl, dass das hier keine Unterhaltung ist. Das ist allerhöchstens ein Ausbund seiner Phantasie.

»Du machst dir etwas vor … Na, alter Mann, hast du alles erledigt, was du erledigen musst? Bist du so weit?«

Der Alte dreht sich um; sein Rücken knackst – er achtet nicht darauf.

Ob er so weit ist …? Aber natürlich.

Er hat die Schraubenschlüssel aufgeräumt. Zuerst hat er die Regale leer geräumt, die Bretter mit den Löchern, in denen sein Werkzeug hing. Er legte seine Schraubenschlüssel auf die Zeitungen, die er zu dieser Gelegenheit herausgeholt hatte, kleine ordentliche Häufchen mitten in der Werkstatt. Dann putzte er die Regale und Häkchen. Die Schubladen mit Heißwasser und Spülmittel. Schon seit geraumer Zeit hatte der Staub das Fett ersetzt, aber so war er schon immer vorgegangen, alle vier, fünf Jahre. Das Werkzeug rausholen, auf dem Boden ausbreiten, nach Zusammengehörigkeit sortieren; das Werkzeug voller Schmiere in einem Gemisch aus Wasser und Säure einweichen, Abschnitt für Abschnitt von der Werkstatt. Nach ein, zwei Tagen schrubbte er sie mit Bürste und Seifenwasser, sooft es nötig war, bis sie wieder makellos aussahen. Solange das Werkzeug einweichte, wusch er die Werkstatt aus, spülte die Wände und die metallenen Aufsteller ab. Er kalkte die Wände, die es nötig hatten, und kletterte auf eine Trittleiter, um die riesigen Regale zu polieren. In der Werkstatt standen nur die Fahruntauglichen und Titine. Während dieser Tage war die Werkstatt geschlossen, der Alte empfing keine Kundschaft. Das war sein Urlaub, der es ihm erlaubte, sich danach mit frischem, geordnetem, von Staub und Alltagssorgen befreitem Geist wieder an die Arbeit zu machen.

Nach der Reinigung kam der Moment der Vorbereitung: Die Zangen mussten geschliffen, die Kompressoren eingestellt, die Achsen und Naben der Maschinen gefettet werden. Sogar das Leder der Werkzeugtaschen wurde geölt. Er hat sie noch immer, die Taschen. In mehr als sechzig Jahren haben sie sich kaum verändert, sind nur ein bisschen dunkler als am ersten Tag. In den achtziger Jahren, kurz bevor er in Rente ging, wurden die letzten Werkzeugsätze, die er kaufte, in Plastikkästen geliefert. Die haben nicht gehalten. Zehnmal auf- und zumachen, und hopp, schon waren die Ecken angestoßen, schon splitterte das Material, und dann gingen sie ganz kaputt. Die waren im Müll gelandet. Der Alte hatte beim Schuhmacher neue maßgefertigte Taschen bestellt. Das war die letzte Bestellung beim Schuhmacher gewesen, ehe der Laden zugemacht hatte, daran erinnert sich der Alte. Wenig später war er gestorben, der arme Thuriès. Krebs, hatten die Ärzte gesagt. Langeweile, hatte der Alte verbessert. Wenn der Körper nichts mehr zu tun hat, dann geht nichts mehr vorwärts, er sorgt sich, wird übellaunig. War voll schmieriger, schwarzer Flecken, die sich nicht auflösen, auch nicht mit ganz viel Wasser. Und im Fall des armen Thuriès auch nicht mit Alkohol.

»Du hast gut reden, Alter«, sagt da der Schuhmacher, den Hintern an die Tür von Titine gelehnt. »Du hast dir auch ganz gern mal einen hinter die Binde gekippt.«

Sphinx hat es sich auf seinem Arm gemütlich gemacht, in der Armbeuge; Thuriès krault ihn zwischen den Ohren. Leicht verdrossen dreht der Alte den beiden den Rücken zu. Vielleicht auch ein bisschen eifersüchtig.

»Thuriès, mein Freund, wenn man seit dreißig Jahren tot ist, kommt man nicht zurück, um den Hinterbliebenen auf den Wecker zu gehen.«

Thuriès antwortet nicht. Sie kennen sich seit der Grundschulzeit und ziehen einander aus reiner Gewohnheit auf.

Nach einer Weile ist der Alte dann mit dem Aufräumen der Werkstatt fertig. Die Werkzeuge sind in den Ledertaschen, die Regale tadellos, die letzten Maschinen mit Planen abgedeckt. Er hat die Fensterläden an der Fensterfront drangelassen. Nicht weil er sich davor fürchtet, auf die Trittleiter zu steigen, er hat sich einfach nur gesagt, dass es wohl besser wäre, wenn man von draußen nicht sieht, welch merkwürdige Leute sich hier mit ihm unterhalten.

Mitten in der Garage blitzt Titine.

»Bald ist es so weit, kleine Titine. Noch ein kleines bisschen Geduld.«

Damit sie sich keine Sorgen macht, schiebt er sich auf den Sitz, drückt mit seinem riesigen Daumen auf den Startknopf und dreht den Schlüssel im Zündschloss. Titine lässt ihren metallischen Gesang ertönen. Wie ein Uhrwerk. Wie vorher. Der Alte widersteht dem Drang, den ersten Gang einzulegen, die Fliehkraftkupplung kommen zu lassen und ein Stück vorzufahren. Er spürt sehr wohl, dass sie darauf brennt, loszufahren, die Reifen über den Asphalt sirren zu lassen.

»Warte noch ein bisschen, kleine Titine. Ich brauche nicht mehr lange.«

Er schließt die Schiebetür der Garage vor Titine, der Katze mit den Kleinen und den paar Gestalten, die dort ganz friedlich miteinander diskutieren. Der Tag neigt sich dem Ende zu, er kann gerade noch so den Weg zum Werkzeugschuppen hinten im Garten erkennen. Er holt Spaten, Hacke, Gartenhacke, Jäthacke, Blechscheren und alles andere heraus. Er muss zehn, fünfzehn Mal hin- und hergehen, um alles in die Werkstatt zu bringen.

»Es ist schon spät, alter Mann«, protestiert jemand im Inneren. »Mach das doch morgen.«

»Was du heute kannst besorgen, das verschiebe nicht auf morgen«, antwortet der Alte schlagfertig. »Du warst schon immer ein Faulpelz, Kneipenwirt. Deshalb hast du immer erst so spät aufgemacht. Und wer weiß, wo wir morgen sein werden, hm?«

Und daraufhin fängt der Alte damit an, die Blätter zu schärfen, die Holzstiele zu schmirgeln und zu ölen. Ganz bestimmt ist es sehr spät, als er endlich damit fertig wird. Er lässt sich auf einen Schemel in der Werkstatt fallen – dem einzigen in der Werkstatt, hergestellt aus einem Traktorsitz – und tupft sich die Stirn ab.

»Jetzt musst du das alles nur wieder in den Schuppen bringen«, verkündet Thuriès. »Wir würden dir ja helfen, aber ...«

Resigniert zuckt er die Schultern.

»Ihr habt schon die Kätzchen«, sagt der Alte. »Außerdem kümmern sich darum ohnehin bald die anderen. Ich glaube, ich gehe jetzt ins Bett. Bis bald, alle zusammen.«

Und dann geht er durch die kleine Tür, die zum Haus führt. Er schließt sie hinter sich, gewissenhaft – aber nicht schnell genug, als dass er nicht mehr hören würde, wie Sphinx lauthals fragt: »Und den Brief, hat er den geschrieben?«

Wenn man sie sich aus nächster Nähe ansieht, dann ist die Welt nichts anderes als ein Motor. Sicher, ein etwas komplizierter Motor, aber ein Motor. Am Anfang gibt es eine Explosion – über das Wesen dieser Explosion muss man sich nicht weiter auslassen, es explodiert etwas, Punkt. Der Motor läuft an, der Kolben löst sich in der Zylinderlaufbuchse, die Zylinderlaufbuchse im Zylinder, der Zylinder schickt die Kurbelwelle los und alle damit verknüpften Funktionen, Kühlung, Bremsen, Steuerung. Damit sich das Ganze nicht überhitzt. Oder man irgendwo im Graben landet.

Worte funktionieren nicht genauso. Schon die Steuerung derselben funktioniert nicht mehr so gut. Mit seinen ungeschickten Fingern und dem Auge, das immer mehr schielt, tut sich der Alte schwer, den Kuli, den er in einer Schublade gefunden hat, zu führen. Aber das wäre ja nicht weiter schlimm. Da braucht es nur Übung oder ohne Übung eben Geduld, damit die blaue Mine letztlich die richtigen Buchstaben, die richtigen Wörter aufschreibt. Wenn es doch nur so einfach wäre.

Eine Kreuzschlitzschraube ist mehr oder weniger immer dasselbe. Es bleibt eine Kreuzschlitzschraube, egal, ob sie sich im Motor, in der Karosserie oder in der Fahrgastzelle befindet. Aber schon wenn man zum Beispiel das Wort »klein« betrachtet, da macht es doch einen großen Unterschied, ob der Alte nun schreibt: »… ein kleines bisschen gedauert, bis ich dir endlich diesen Brief schreibe …« (da ist das Wort »klein« wie eine verbogene, abgenutzte Schraube mit kaputtem Gewinde, die zu nichts mehr nutze ist), oder ob er schreibt: »Mein Kleiner« – und da ist das Wort dann ganz flüssig, so gefährlich wie ein Luftbläschen im Bremsstromkreis, wie ein schlecht angezogenes Kugelgelenk, das den Alten übel durchrüttelt.

»Wer hat mir eine solche Unordnung hinterlassen?«, brummelt der Alte, genau wie wenn er vor einem schlecht gewarteten Motor oder nachlässig aufgeräumten Werkzeug stand.

Mein lieber Kleiner.

Es hat ein kleines bisschen gedauert, bis ich Dir endlich diesen Brief schreibe …

Der Alte hält inne, schaut sich die beiden unsauber geschriebenen Zeilen an, die vielleicht sogar voller Rechtschreibfehler sind. Sie sind ein Esel, Dubon, sagte der Schulmeister immer. Sie schreiben mir hundert Zeilen bis morgen. Der Alte, der damals noch gar nicht alt war, hatte deshalb eine dauerhafte Abscheu gegen alles Geschriebene davongetragen.

»Sie sind vielleicht ein Esel«, hatte der Schulmeister zehn Jahre später gesagt (damals war er der Alte gewesen), »aber im Schrauben sind Sie ein Genie.«

Man muss dazusagen, dass er gerade seinen Peugeot 404 repariert hatte, wo doch selbst die Fachleute von Peugeot in der Stadt mit ihrer Weisheit am Ende gewesen waren. Das war Balsam für die Seele des Alten gewesen – aber was die Worte betraf, da hatte sich nichts geändert.

… Dir endlich diesen Brief schreibe. Ich hinterlasse Dir alles.

»Alles, das ist nicht gerade viel«, spottet Sphinx hinter dem Rücken des Alten.

Der Alte brummt: »Ich dachte, ich hätte dich mit den anderen in der Garage gelassen.«

»Drinnen, draußen … Das ist doch alles relativ«, schnurrt Sphinx.

Der Alte dreht sich um und entdeckt ihn auf den Knien eines anderen. Sogar zweier anderer. Die beiden erkennt der Alte. Er grüßt sie, leicht beeindruckt. Sie schauen ihn wortlos an.

Das Kätzchen hat nicht unrecht. Sie sind nicht mehr wirklich in der Garage und noch nicht im Haus. Das ist schwierig zu sagen. Alles vermischt sich.

Der Alte wendet sich wieder seinem Blatt Papier zu. Es ist wirklich an der Zeit, dass er damit zum Ende kommt.

… hinterlasse Dir alles. Ich hätte gern mit Dir geredet, aber das ist nicht möglich. Also dann.

Mühselig schreibt er noch weitere Worte und hört schließlich auf. Er zögert. Was noch hinzufügen? Ich hoffe, du verstehst es? Nein, das ergibt keinen Sinn. Er würde ihm gern alles schicken … Alles. Seine Liebe. Seine Leidenschaft. Seine …

Der Kuli fällt auf das Blatt Papier.

»Du hast recht, alter Mann«, flüstert Sphinx. »Er wird es verstehen. Und das ist nicht mehr wichtig.«

Und danach gehen alle schlafen.

»Monsieur Dubon? Hören Sie mich, Monsieur Dubon?«

Da sie keine Antwort erhält, drückt die Krankenschwester die Tür einen Spalt weiter auf, tritt in die überfüllte Küche.

»Halten Sie gerade Mittagsschlaf, Monsieur Dubon?«

Sie stellt ihre Tasche auf dem Tisch ab, legt ihren schweren Schlüsselbund daneben. In dem Moment klingelt ihr Handy, und sie geht ans Telefon. Es ist die Praxis, wegen einer Patientin, die ihren Termin gern verschieben möchte. Mit ihrer freien Hand versucht die Krankenschwester, den Reißverschluss ihrer Tasche zu öffnen. Gar nicht so einfach, vor allen Dingen dann nicht, wenn die Tasche, randvoll bis obenhin, dazu neigt, ständig umzukippen. Schließlich klemmt sie das Handy zwischen Ohr und Schulter und antwortet ihrer Gesprächspartnerin einsilbig. Allerdings spiegeln sich ihre Gefühlsregungen – Überdruss, Genervtheit, Überraschung – auf ihrem Gesicht, als würde sie ihr tatsächlich gegenüberstehen.

»Nein … mmh … ja … nein.«

Mit schiefgelegtem Kopf, um das Handy festzuhalten, gelingt es ihr schließlich, den Reißverschluss aufzuziehen. Unablässig blickt sie umher, zieht dann eine Schachtel Gauloises Blondes und ein Werbefeuerzeug aus ihrer Tasche. Ihr Ohr klebt noch immer am Handy, als sie sich eine Zigarette in den Mund schiebt. Sie redet weiter, hat den Mund jetzt zu einer Grimasse verzogen.

»Erst in einer halben Stunde, frühestens … Ich bin bei Monsieur Dubon, er ist wohl im Bett, bis ich den wach bekommen habe … Mmh …«

Mit leicht offen stehendem Mund stößt sie eine Reihe unartikulierter Geräusche aus, die zeigen, dass sie konzentriert zuhört, während sie die Zigarettenschachtel wieder in ihre Tasche fallen lässt und diese verschließt. Dann richtet sie den Kopf wieder auf, nimmt die Zigarette zwischen zwei Finger.

»Einverstanden. Ich sehe, was ich machen kann. Aber na ja, du weißt schon. Ja. Gut. Mal sehen. Schon, ja. Bis nachher.«

Sie nimmt das Handy und steckt es in ihre Hosentasche.

»Monsieur Dubon?«, ruft sie und klingt dabei etwas unsicherer als zuvor.

Einen Moment wartet sie auf eine Antwort. Da keine kommt, zuckt sie die Schultern, schielt auf die Zigarette, die sie zwischen den Fingern hält. Mit einem Seufzer geht sie durch die Küchentür hinaus und zieht sie hinter sich zu.

Man hört das Schnipsen des Feuerzeugs.

»Sie hat es heute ganz schön eilig«, denkt der Alte. »Sie hat mich nicht einmal gesehen.«

Nach wenigen Minuten kommt sie wieder zurück in die Küche. Die Zigarette hat ihre Wirkung erzielt: Ihre Gesten sind ruhiger, ihre Augen strahlen. Sie riecht nach Zigarette. Überrascht stellt der Alte fest, dass er auch Lust auf eine bekommt. Dabei hat er schon seit langem damit aufgehört. Er rauchte auch Gauloises, aber Gauloises Brunes – die ohne Filter, die Tabakbrösel auf der Zunge hinterließen und deren Duft so wunderbar zu Motorenöl passte. Aber er hat Lucie versprochen, die Finger von dem Zeug zu lassen.

»Als ob das was an deinem Zustand ändern würde«, höhnt Sphinx, ehe er von den Knien des Alten auf den Tisch springt.

Die Krankenschwester zuckt zusammen, presst sich eine Hand auf die Brust.

»Du hast mich vielleicht erschreckt! Was machst du denn hier, du süßes Kerlchen? Und Monsieur Dubon, hält der gerade seinen Mittagsschlaf?«

Als würde das Kätzchen ihr antworten.

Der Alte würde ihr gern bedeuten, dass er direkt vor ihr ist, vor ihrer Nase – aber er weiß, dass das nicht so ganz stimmt.

»Nicht so ganz, genau«, wiederholt Sphinx.

Die Krankenschwester glaubt, dass er miaut, und streckt ihm die Hand hin, um ihn zu streicheln. Das Tier lässt es mit sich geschehen.

»Sie muss nach oben ins Schlafzimmer gehen«, sagt der Alte.

Das Kätzchen springt vom Tisch herunter und saust die Treppe hinauf.

Die Krankenschwester seufzt, schüttelt entmutigt den Kopf. Sie kennt das schon. Sie hat verstanden. Zumindest hat sie so eine Vermutung. Dann steigt sie die Treppe hinauf.

Der Alte ertappt sich dabei, wie er ihr beim Hochgehen auf den Hintern starrt. Ihre Pobacken heben und senken sich abwechselnd, wie Kolben bei einem Doppelzylinder. Mit spitzen Lippen summt die Krankenschwester eine kurze Melodie, bestehend aus vier sich wiederholenden Tönen: *Ta-ta, ta-taa, ta-ta, ta-taa …*

Und obwohl sie nur unartikulierte Töne von sich gibt, hört der Alte merkwürdigerweise, wie sie im Stillen sagt: *Mon-sieur-Du-bon, Mon-sieur-Du-bon …* Als wollte sie sich vor dem schützen, was sie gleich entdecken würde.

Das Zimmer ist perfekt aufgeräumt. Das war dem Alten wichtig. Die Vorhänge zugezogen, das Bett ordentlich gemacht. Der Brief in einem Umschlag auf dem Nachttisch.

Der Alte untersucht sich. Er hat gut daran getan, seinen Anzug anzuziehen – seinen einzigen, den von der Hochzeit. Er konnte Pyjamas noch nie leiden.

Sphinx hüpft geschmeidig auf die Steppdecke neben ihm.

So alt war ich also, denkt der Alte, als er sein Gesicht betrachtet. Spiegel gaukeln einem etwas vor. Darin sieht man nur, was man gern sehen möchte. Gewohnheiten. Erinnerungen.

Jetzt sieht der Alte sich so, wie er ist. So, wie die Krankenschwester ihn sieht. Ein armseliges, zerknittertes Etwas, völlig verschrumpelt. Das ist fast wie ein Schock für den Alten, festzustellen, wie er zum Schluss aussieht.

Die Krankenschwester beugt sich über das ausgestreckte Etwas auf dem Bett.

Sie legt ihre Hand in seinen Nacken, aber ihre Geste lässt keinen Zweifel zu.

»Auf Wiedersehen, Monsieur Dubon«, murmelt sie vor sich hin, und der Alte – der auf einmal gar nicht mehr alt ist – ist ihr dankbar für diesen kleinen, albernen Satz.

Jetzt ist alles geregelt. Vorbei.

Die Krankenschwester stößt einen Schrei aus – einen überraschten, entsetzten Schrei –, als sie die vier toten kleinen Kätzchen und ihre Mutter neben der Leiche entdeckt, alle sauber erstickt.

Sphinx, gleich neben ihnen, leckt sich eine Pfote.

5

»Meine Frau macht in Immobilien.«

Schon zum dritten Mal wiederholt der Notar diesen Satz. Diesmal zwinkert er noch dazu, fast schon anzüglich, und dem Vater fällt wieder ein, dass Notaren der Ruf von Zügellosigkeit vorauseilt.

Das macht ihn doch gleich ein bisschen menschlicher, den da, diesen Notar. Genau wie wenn er sagt: *Tut mir leid, Kumpel, aber das ist fast nichts wert.* Die restliche Zeit über spult er Gesetzesformeln ab, dieselben, die auch in den Unterlagen vor dem Vater stehen – der Notar liest sie vor, wälzt sie in seinem Mund wie ein schlechter Schauspieler beim Versuch der Effekthascherei. Kurz, wenn der Notar arbeitet, ist er nervig; und wenn er sich menschlicher zeigt, dann wird er lächerlich.

»Es gibt ziemlich viel Platz, da stimme ich Ihnen zu, aber um das alles zu renovieren … mal ganz abgesehen von der momentanen Marktlage … Es sieht übel aus für die Region, ich übertreibe nicht, richtig übel. Selbst unter Fachleuten ist beim heutigen Stand der Dinge … es sei denn, Sie wollen selbst dort einziehen. Mit Ihrem Beruf, Monsieur Dubon … was ist denn gleich noch mal Ihr Beruf? Maler? Zeichner?«

Der Vater zögert. Zeichner, das war er nie wirklich gewesen. Er wäre gern Autor gewesen, hätte das gern gesagt, aber gut, ein paar Strips, selbst wenn sie gut laufen, die machen einen noch nicht zum Autor. Es sei denn, man würde die Bezeichnung *Stripper* wählen, die dann aber alle falsch verstehen würden.

Er denkt noch ein bisschen darüber nach. Die letzte Arbeit, der er nachging, die letzte Arbeit, für die er bezahlt wurde, das war eine Illustration. Für eine Werbeagentur. Mittelmäßig bezahlt, sogar ziemlich mittelmäßig, aber da er zum ersten Mal auf das Sicherheitspolster seiner Rücklagen zurückgreifen musste, hatte er ja gesagt.

Der Typ, der ihm den Auftrag erteilt hatte, schien mit dem Ergebnis zufrieden zu sein, mehr aber auch nicht. Er hatte ihm gesagt, er würde sich wieder melden. Fast hätte der Vater ihm geglaubt. Vielleicht sollte er über seine berufliche Zukunft nachdenken, sich neu orientieren. Bestimmt gab es Arbeit für Illustratoren, mehr als für Comic-Zeichner, insbesondere für einen so unfähigen Autor wie ihn, der das Format des Strips einfach nicht durchbrechen konnte. Und außerdem ist »Illustrator« auch eine viel geeignetere Formulierung, wenn man nach dem Beruf gefragt wird.

Und ganz plötzlich wird ihm bewusst, dass der Notar ihn durchdringend ansieht, leicht verlegen, als würde er auf etwas warten.

Scheiße. Er hat vergessen, ihm zu antworten.

»Illustrator.«

Erleichterung beim anderen.

»Illustrator. Genau. Für Sie ist das natürlich was anderes. Ich weiß nicht, wie es um Ihre finanzielle Situation bestellt ist, aber wenn Sie handwerklich etwas geschickt sind … zweihundertdreißig Quadratmeter, das ist schon eine ganz ordentliche Fläche. Schön eingerichtet … meine Frau kennt da Leute, falls Sie Interesse haben.«

Schon wieder seine Frau. Der Vater stellt sie sich bereits vor, seine Frau. Eine fünfzigjährige Mieze, blonde Haare oder Haarteile, gerade Nase, geschminkte Augen. Wenngleich ohne Geschmack, so doch bestimmt teuer gekleidet. Und Stiefel. Vor allen Dingen Stiefel. Soso, sie *kennt also Leute.* Das volle Programm.

»Das Werkzeug, der ganze Kram, hat leider keinen besonderen Wert. Meine Frau hat sich erkundigt. Sehr gutes Material, aber alt. Vielleicht was für den Antiquitätenhändler. Oder für einen Schrotthändler. Genau wie das Auto. Meine Frau hat die Anzeigen durchgesehen, da bekommt man vielleicht noch, ach, nicht viel, von privat an privat, wenn Sie sich selbst darum kümmern …«

Eine Werkstatt. Ein Haus an diesem gottverlassenen Ort, am Fuße der Berge. Werkzeug für einen Automechaniker und ein Auto – der Notar hat nicht gesagt, welche Marke, und der Vater will diese Frage lieber nicht stellen. Um ehrlich zu sein, ist ihm das ziemlich egal, genau wie alles andere, was der Notar so überzogen als *Ihr Erbe* bezeichnet. Er erinnert sich nicht an diesen Ort, hat keine Verbindung dazu. Er wollte nur noch eines: zurückgehen zum Bahnhof und in den Zug steigen, der ihn wieder nach Hause bringen würde.

Nur dass er dafür noch gut zwei, drei Stunden warten muss.

»Am einfachsten wäre es, wenn meine Frau Sie hinfährt.«

Ohne seine Antwort abzuwarten, zückt der Notar sein Handy.

»Du kannst kommen«, sagt er.

Erneut hat der Vater den Eindruck, als hätten die beiden ihren Coup im Vorfeld geplant. Wenige Minuten später steigt er, ein dickes Bündel unterschriebener Unterlagen unter dem Arm, in einen leuchtend roten Fiat.

»Sie sind Alain Dubons Sohn, nicht wahr? Ich erinnere mich an Ihren Vater. Er hat als Jugendlicher häufig seine Ferien hier verbracht. Ich war um einiges jünger als er, aber ich weiß noch, dass er ein sehr hübscher Junge war.«

Die Frau des Notars ist klein, dunkelhaarig, ein bisschen rundlich und geschmacklos angezogen. Sie hatte nichts von der Provinzmieze, die der Vater sich vorgestellt hatte. Hätte der Notar nicht so gedrängt, dann fände er sie vielleicht sogar sympathisch oder zumindest zuvorkommend. Bis sie hinzufügt: »Mein Mann hat Ihnen bestimmt davon erzählt, dass ich im Immobiliengeschäft tätig bin. Vielleicht könnte man Interessenten für ein solches Objekt finden. Man muss natürlich bescheiden bleiben, darf nicht mehr erwarten als …«

Sie verkündet eine Summe, die, wie der Vater überrascht feststellt, ganz merkwürdigerweise genau der Summe der verschiedenen vom Notar aufgezählten Kosten entspricht. Vielleicht war das ein Zeichen des Schicksals – vielleicht auch einfach nur eine gute, alte Abzocke. Wie soll man das wissen?, fragt sich der Vater. Dann hält der rote Fiat vor einem großen Gebäude an. Die Fassade ist grau verputzt, die Farbe an den Fensterläden abgesplittert.

Erst dann kommen ihm wieder die Erinnerungen. Er ist schon mal hier gewesen. Das war mit seinen Eltern, in einem anderen Leben. Vor dem Unfall.

In einem einzigen Moment hat sich seine Welt völlig verändert. Davor hatte es Farben, Zärtlichkeit gegeben. Die Geschichten seiner Mutter. Die Mathestunden seines Vaters. Schwimmbad jeden Nachmittag – oder fast jeden.

Das hat von einem Tag auf den anderen aufgehört. Um die Beerdigung herum hatte es diese farblosen Tage gegeben. Und dann sehr schnell, ohne dass man es ihm erklärt oder ihn darauf vorbereitet hätte – dann wieder hätte ihn natürlich nichts darauf vorbereiten können –, fand er sich in einer kalten und grauen Gegend wieder, die er nicht kannte, in einem größeren Dorfflecken mitten auf dem Land, umgeben von flachen Feldern. Tante Annes Haus war riesig und nie aufgeräumt. Die Mädchen jagten einander durch die Küche. Onkel Christian las seine Zeitung. Tante Anne hing mit irgendeiner Bekannten am Telefon. Als würde das *Drama ihrer Schwester* sie wie ein Heiligenschein umgeben, tat sie zu allem ihre Meinung kund, kommentierte das Geschehen im Dorf, im Land, in der Welt. An den Wochenenden und während der Ferien kam Cousin Yann vom Gymnasium zurück, auf dem er als Internatsschüler war. Yann begegnete ihm abwechselnd mit tiefster Gleichgültigkeit und ausgesuchter Grausamkeit – als würde er nur sporadisch existieren.

Um diesem Tumult ohne jedes Leben zu entkommen, hatte der Vater angefangen zu lesen. Er zog sich auf sein Zimmer zurück und zeichnete viel. Einfache Bilder, mit Filzstiften, vielleicht um die Farben von früher wiederzufinden. *Ein ganz unauffälliger Junge*, wiederholte Tante Anne am Telefon.

Beim Tod seiner Eltern hatte Éric Dubon ihr bisschen Erspartes und den Gewinn beim Wiederverkauf der Wohnung geerbt, die sie auf Kredit gekauft hatten. Dieses Geld war bis zu seiner Volljährigkeit fest angelegt gewesen, abzüglich einer Unterhaltszahlung an seinen Onkel und seine Tante, die eine Beteiligung für seine Erziehungs- und Ausbildungskosten war.

Er verstand nichts von dieser Vereinbarung, die Tante Anne ihm mehrmals im Monat erklärte. Tatsächlich kam er sich von Anfang an vor wie ein *gemietetes* Kind. Ein

Internatsschüler wie sein Cousin Yann – nur dass er in den Ferien oder an den Wochenenden nirgendwohin fahren konnte. Er fühlte sich allein, abseits, wie auch später auf dem Collège, dem Gymnasium und während des Studiums. Falsch. Ein Fisch außerhalb seines Elements – ein Fisch, der allerdings, statt am Strand zu sterben, spürte, wie ihm ein anderes Atemsystem wuchs. So war es ihm gelungen, in diesem Universum zu überleben, das niemals so ganz das seine sein würde. Ein bisschen wie eine Geburt. Oder das Gegenteil davon, schwierig, sich da festzulegen.

Als er volljährig wurde, verfolgte Éric sein Kunststudium, weniger angetrieben von tatsächlicher Motivation als vielmehr, um möglichst viele Kilometer zwischen sich und seine Familie zu bringen. Seine erste Wohnung hat er mit dem Geld seiner Eltern gemietet, mehr oder weniger bewusst in dem Versuch, seinen Onkel, seine Tante und Cousins aus den Augen zu verlieren. Sie kamen zu seiner Hochzeit, zur Geburt des Kleinen. Sie schrieben einander Mails und telefonierten miteinander – bis man von den Problemen des Kleinen erfuhr. Die Kontakte wurden sporadischer. Und nach der Scheidung versiegten sie ganz.

Im Grunde war der Vater noch nie so allein wie heute.

»Das hier ist der bewohnte Teil … Vielleicht erinnern Sie sich ja. Traditionell, sehr gut gemacht. Aber schrecklich alt. Dasselbe Problem. Denn das neu zu gestalten ist furchtbar kostenintensiv. Ein Freund von mir ist Architekt.«

Die Frau des Notars fängt an, dem Vater ernsthaft auf die Nerven zu gehen. Ihre Art, alles ganz subtil in einem schlechten Licht darzustellen, ist natürlich eine Taktik, um ihn zum Verkauf zu drängen, ihn zu vertreiben.

»Für mich sieht das bewohnbar aus.«

Das Lächeln auf dem Gesicht der Notarsfrau verschwindet.

»Bewohnbar? Wollen Sie etwa vermieten? Ich bin mir nicht sicher, ob ein Mieter …«

»Ich könnte hier sehr gut wohnen.«

Sie schweigt. Wirft dem Vater einen überraschten Blick zu.

»Ich hätte nicht gedacht, dass … Ich dachte, dass … Sie sind Freiberufler, nicht wahr? Zeichner?«

»Illustrator«, korrigiert der Vater.

Plötzlich stellt er sich vor, wie es wäre, die nicht mehr ganz so strahlende und zu große Wohnung im Zentrum mit dem unnötigen Kinderzimmer zu verkaufen und sich hier niederzulassen. Weit weg von der Stadt. Weit weg von allem. Eine alte Werkstatt, das könnte doch ein herrliches Atelier werden, oder nicht? Er könnte sich etwas mehr Zeit für seine Projekte nehmen. Sich wieder dem Malen widmen, wer weiß. Er wäre frei. Nichts hält ihn zurück. Er ist frei. Na ja, er ist vor allem allein. Aber wie es scheint, ist das doch dasselbe, mehr oder weniger.

»Sie leben allein, Monsieur Dubon? Also, ich meine, sind Sie Single?«

Täuscht er sich, oder sieht er da Interesse in ihren Augen aufblitzen?

»Ich bin geschieden.« Und da sie ihn so mitleidig ansieht, fügt er rasch noch hinzu: »Aber ich habe, äh … einen Sohn.«

Sie nickt. »Ich verstehe. Lebt er bei Ihnen? Haben Sie gemeinsames Sorgerecht?«

»Ja. Nein. Also … wie man es nimmt.«

Sie geht vor ihm her zur Treppe.

»Die Zimmer sind oben. Es gibt zwei. Wenn Sie sich hier mit Ihrem Sohn einrichten wollen …«

Es gibt tatsächlich zwei Zimmer. Das eine ist tadellos, ohne das kleinste Staubkörnchen. Erstarrt in einer fernen Vergangenheit, mit einer leuchtend rosafarbenen gesteppten Tagesdecke aus Nylon. Ohne Seele. Das andere wiederum …

»Das andere hat eine Seele«, vervollständigt das Kätzchen, das auf der Decke sitzt und sich eine Pfote leckt. »Sogar mehrere, wenn man es genau nimmt.«

»Ach, wie süß der Kleine ist«, gurrt die Frau des Notars. »Aber wie bist du denn hier reingekommen?«

Der Vater wirft ihr einen genervten Blick zu. Er findet es bescheuert, mit Tieren zu reden. Selbst wenn er den Eindruck hat, als wäre hier gerade das Gegenteil passiert.

Na gut. Das muss an der Atmosphäre hier im Zimmer liegen. Dieses war nämlich ganz sicher bewohnt. Auf dem Parkett sind hellere Spuren zu sehen, wo unzählige Schritte es jeden Tag abgewetzt haben. Der Schrank steht leicht offen; das Kopfteil des Bettes weist eine farbliche Veränderung auf, die von der Hand herrührt, die sich über Jahrzehnte hinweg jeden Abend darauf abstützte. Und das Bett …

Da ist die Mulde, in der die Katze liegt. Außerdem hat man die Laken abgezogen und die Decken entfernt, aber die Bettdecke liegt noch da. Um den Fleck auf dem Bettgestell zu verdecken.

»Da ist er … Da hat man ihn …«

Der Vater unterbricht die Frau des Notars mit einem kurzen Nicken. Er hat schon Betten von Toten gesehen. Weiß um die Eigenschaft, die Leichname haben, sehr schnell ihre feste Absicht kundzutun, nicht zu lange in festem Zustand zu verweilen. Das verschiedentliche

Aussickern, das den Lebenden gnädigerweise dabei hilft, Entsetzen angesichts der Toten zu empfinden, wodurch sie ihnen gleich ein bisschen weniger fehlen.

»Er hat einen schönen Tod gehabt«, bemerkte die Frau des Notars platt.

Ohne zu antworten, lässt der Vater sich dieses Bild einen Moment lang durch den Kopf gehen. Ein Toter im Anzug, lächelnd, der dem Sensenmann den Arm hinstreckt, als wäre er ein Lottogewinner. Einen schönen Tod. Das sagt sich so nett. Da wird so beiläufig der Schmerz, das Entsetzen und die Panik erwähnt. Dieses Kreischen der Maschine, wenn ihr klarwird, dass sie gleich stehenbleibt.

Das Kätzchen steht geschmeidig auf, hüpft vom Bett herunter und entfernt sich.

»Du hast nicht gehört, wie ich gesprochen habe«, sagt es zum Vater, ehe es verschwindet.

Und da muss der Vater zustimmen: Er hat tatsächlich nichts gehört.

»Natürlich müsste man ein bisschen renovieren«, plappert die Frau des Notars weiter. »Sie könnten sich hier mit Ihrem Sohn einrichten. Wie alt ist er denn?«

Tausend Jahre alt, antwortet der Vater nicht. Schon von klein auf. Eine Million Jahre, so alt wie ein Felsblock. Dreihundert Jahre wie die Schildkröten auf Galapagos, auf halbem Weg zwischen Lebendem und Mineralischem.

»Ich behalte es«, presst er zwischen zusammengebissenen Zähnen hervor.

In einer Ecke seines Kopfes fängt etwas zu kreischen an, aber er ignoriert die protestierende Stimme bewusst. Natürlich ist das bescheuert. Natürlich ergibt das keinen Sinn, sowohl vom finanziellen als auch vom praktischen

Standpunkt aus betrachtet. Natürlich hat er gar keine Lust darauf.

»Na dann, herzlichen Glückwunsch«, ermutigt ihn die Frau des Notars. »Wollen Sie denn schon bald einziehen?«

»Das weiß ich nicht. Ich behalte es, das ist alles.«

»Das ist alles«, bestätigt das Kätzchen, das doch gar nicht mehr da ist.

Die Frau des Notars stellt wohl in diesem Moment für sich fest, dass ihr Kunde ein wenig *eigenartig* ist, denn sie hakt nicht weiter nach.

»Soll ich Ihnen die Werkstatt zeigen?«

Er geht die Treppe hinter ihr nach unten, folgt ihr durch den Hof und den Garten. Sie müht sich etwas mit dem Schloss der kleinen Tür ab, lässt schließlich davon ab und weicht auf das große Schiebetor aus. Mit ohrenbetäubendem Lärm öffnet es sich.

»Falls Sie daran interessiert sind, eine Werkstatt einzurichten …«, lässt sie scherzhaft vernehmen.

Aber der Vater antwortet nicht. Hinten in der Werkstatt, zwischen leeren Regalen und ordentlich aufgereihtem Werkzeug, entdeckt er die Plane. Er weiß, was sich darunter verbirgt. Auch wenn das völlig unmöglich ist.

Es ist eine Ente. Eine grüne Ente, 2CV6, Baujahr 1973.

»Alles in Ordnung? Sie sind so blass«, bemerkt die Frau des Notars.

»Nein, es ist … das Auto.«

Mit unsicheren Schritten durchquert er die Werkstatt – achtet aufgrund eines erlernten Reflexes darauf, die dicken Dielen zu umgehen, die den Mechanikergraben abdecken. Er hebt die graue Plane an, zieht sie über dem abgerundeten Kotflügel nach oben. Sie ist es.

»Natürlich ist sie es«, sagt Sphinx und hüpft dabei auf die Kühlerhaube. »Glaubst du etwa, der Alte hätte eine andere gekauft?«

Der Vater antwortet nicht. Würde er etwas sagen, dann käme nur Unflätiges heraus. Sehr Unflätiges. Unflätig zu sein stört ihn nicht – aber vor der Frau des Notars mit dem Kätzchen zu reden, das schon.

»So, wie ich Ihren Onkel kenne, funktioniert sie bestimmt noch. Wollen Sie mal damit fahren?«

Die Frau tritt näher, sieht ganz verzückt aus, beugt sich nach vorn, um durch die strahlende Scheibe ins Wageninnere zu sehen.

»Der Schlüssel steckt sogar!«, ruft sie.

Ihre Stimme wird ganz schrill, verrät eine schon fast ins Sexuelle gehende Begeisterung. Sie streckt die Hand nach dem halbmondförmigen Türgriff aus.

»Pfoten weg von dem Schmuckstück, du Schlampe!«, droht Sphinx, ohne sich auch nur einen Millimeter zu bewegen.

Die Frau des Notars hält in ihrer Bewegung inne. Zieht ihre Hand langsam wieder zurück, irgendwie kleinlaut.

»Na ja … Wie Sie wollen. Wenn Ihnen danach ist. Mein Mann hat Ihnen bestimmt gesagt, dass das Auto natürlich auch Ihnen gehört, zusammen mit allem anderen. Ihr Onkel hat es ausdrücklich erwähnt. Ich glaube, dass ihm das wichtig war.«

Der Vater beschließt, zu ignorieren, dass der Notar und seine Frau es mit der Vertraulichkeit nicht allzu genau nehmen. Stattdessen murmelt er etwas über die Leidenschaft seines Onkels für Oldtimer. Aber er sagt nichts über die Ente, die – wie er nur zu gut wissen muss – seit 1984 nicht mehr existiert.

»Ab wann kann ich mich hier einrichten?«

Die Frau des Notars wirkt überrascht.

»Na ja, also, ich weiß nicht, wenn Sie bei meinem Mann alles unterschrieben haben, dann vermutlich wann immer Sie wollen.«

»Schon heute?«

Sie reißt die Augen auf. Ihre Bestürzung angesichts dieses merkwürdigen Typen zeichnet sich unter ihrer Schminke und dem professionellen Lächeln immer deutlicher ab.

»Ähm ... ja, heute noch, wenn Sie wollen. Dem steht nichts im Wege.«

»Dann bedanke ich mich ganz herzlich bei Ihnen. Damit sind wir hier fertig.«

Wenige Augenblicke später braust der rote Fiat davon. Der Vater sieht von der Gartentür aus zu, wie er sich entfernt. Dann kehrt er zurück ins Haus und steigt die Treppe bis zum Schlafzimmer nach oben. Er setzt sich auf das Bett, öffnet den dicken Umschlag, den ihm der Notar überreicht hat, und holt einen kleinen grauen Umschlag heraus, in dem ein Brief steckt.

Mein lieber Kleiner:

Es hat ein kleines bisschen gedauert, bis ich Dir endlich diesen Brief schreibe. Entschuldige bitte. Was das Ersparte und das Haus betrifft – ich hinterlasse Dir alles. Es ist nicht viel, aber es gehört Dir, und ich hoffe, dass es Dir hilft. Ich hätte gern mit Dir geredet, aber das ist nicht möglich. Tja, so ist das. Ich hoffe, dass es Dir gutgeht, dass Du so ein braver Kerl geblieben bist wie als kleiner Junge, als Du in der Werkstatt gespielt hast.

Was die Ente betrifft, das kann ich Dir nicht so richtig erklären. Sie haben sie mir zurückgebracht, damit ich sie

zum Schrottplatz bringe, aber das konnte ich nicht. Ich hatte sie ihnen geschenkt, und danach habe ich mir immer Vorwürfe deswegen gemacht. Also habe ich sie wieder so hergerichtet, wie sie vorher war. Damit Du sie eines Tages bekommst, damit Du Dich an Deine Eltern erinnerst. Damit Du nicht allzu wütend auf mich bist. Ich hoffe, dass sie Dir gefällt. Das war alles, was ich tun konnte.
Ich wünsche Dir alles Gute,

Dein Onkel Georges

Der Vater lässt den Brief auf die Knie fallen, schaut sich im Zimmer um. Er wüsste nicht, aus welchem Grund er sich gerade bewegen sollte.

6

Manchmal sagt sich der Gendarm, dass er nur dann wirklich er selbst ist, wenn er in den Tiefen eines Waldes unterwegs ist.

Der Abend ist fortgeschritten, bald wird es Nacht sein. Die Bäume vermischen sich mit den Wurzeln. Er geht mit kleinen Schritten voran.

Nicht dass er sich fürchten würde zu stürzen. Seine Schritte sind fest. Er erahnt die Steine unter dem verrottenden Laub, die Löcher. Er ist einfach mit dem Hügel verbunden, mit der abfallenden Schlucht. Wenn er müsste, dann könnte der Gendarm mit verbundenen Augen durch das Unterholz rennen. Also, wenn ihn sein Bein nicht am Rennen hindern würde. Wie auch immer. Die Hypothese scheint wenig wahrscheinlich, es ist nur eine Überlegung.

Ein Schritt nach rechts, ein Innehalten. Er wendet den Kopf von links nach rechts. Von weitem hat er vielleicht das Majestätische eines Hirsches. Oder er schaut so dumm aus der Wäsche wie ein Huhn, das ein Messer gefunden hat, wie seine Mutter sagen würde.

Er schließt die Augen einen Moment lang. Nicht mehr sie führen ihn, sondern seine Nase.

Die Nase des Gendarmen prunkt über einem dichten schwarzen Schnauzbart, den er in bester Tradition des Erlasses vom 28. Januar 1841 trägt, das den Soldaten dazu verpflichtete, dieses haarige Abzeichen zur Schau zu stellen, um dem öffentlichen Recht mit Furcht und Respekt zur Durchsetzung zu verhelfen, indem er Autorität und Maskulinität hervorhob – und diese Vorstellung gefällt ihm. Außerdem wird dadurch die Tatsache ein wenig kaschiert, dass seine Nase krumm ist – eine Erinnerung an eine hitzige Aktion in einem Gedränge, als er in seiner Jugend ernsthaft Rugby spielte, im Verein, dreimal in der Woche und jedes Wochenende.

Mittlerweile erlaubt sich der Gendarm an den Wochenenden, an denen er keinen Dienst hat, das ein oder andere Glas guten Wein. Und dementsprechend überzieht ein leicht rötliches Aderngeflecht seine Nase, das abgesehen von der Farbe an eine feine Flechte auf einem Granitfelsen erinnert. Dennoch ist der Gendarm stolz auf seine Nase. Sie scheint ihm das herausragendste Teil seiner Anatomie zu sein, das mit der meisten Persönlichkeit. Vor allem aber ist die Nase des Gendarmen eine Präzisionswaffe, ein Wunderwerk an Instinkt und Technologie.

Die ihm eines ganz deutlich macht: Hier in der Gegend gibt es Steinpilze.

Auf der Heimfahrt von einer unspektakulären Befragung in der Nachbarschaft hält er mit seinem Kombi nahe dem kleinen Wäldchen. Das ist vielleicht nicht laut Vorschrift, aber sein Dienst ist zu Ende oder zumindest fast zu Ende, und die wenigen Fahrer, die zu dieser Stunde hier unterwegs sein könnten, würden verstehen, weshalb er angehalten hat. Lächelnd würden sie an dem geparkten Fahrzeug mit den großen weißen Buchstaben auf blauem Fond vorbeifahren. Einige würden vielleicht zu ihrem Beifahrer oder zu sich selbst sagen: »Sieh einer an, der Gendarm, macht sich ein lockeres Leben. Und das auf Kosten der Steuerzahler.«

Aber in ihrer Stimme würde eine gewisse Zuneigung mitschwingen. Schließlich hat der Gendarm vier Jahre lang in der örtlichen Rugbymannschaft gespielt, bis zu der Geschichte mit seinem Bein. Schließlich begegnen sie ihm jeden Tag auf dem Dorfplatz oder in den kleinen Straßen, die dorthin führen. Und sie wissen, dass er ab und an mal ein Auge zugedrückt hat bei einer Geschwindigkeitsüberschreitung oder einem etwas zu feuchtfröhlichen Abend.

Oder weil sie ihn bei der Arbeit erlebt haben. Bei Autounfällen, die so richtig übel waren. Bei Ehestreitigkeiten, die so richtig schlimm wurden. Weil er derjenige ist, der die Haustür der alten Yvonne aufmacht, die man seit eineinhalb Wochen nicht gesehen hat. Er ist derjenige, der mit Bastier redet, dem von der Borde basse, wenn der sich mit seinen drei 5-Liter-Kanistern Rotwein und seinem Gewehr zu Hause einschließt. Er ist derjenige, der den Gemeinderat Quéveneur wieder zur Ordnung ruft, wenn er, zwar nur in kleinem Kreise, aber dennoch in der Öffentlichkeit, einen sehr unschönen Diskurs hält über *diese Araber, die die öffentlichen Gebäude besetzen* und *denen man mal die Leviten lesen sollte.* Wenn sich die Gemüter über diese widerlichen Ausführungen etwas zu sehr erregt hatten, dann hat man mehr als einmal gehört, wie sich die tönende, nasale Stimme des Gendarmen über die Debatten und das Getümmel erhebt.

»Wir haben vielleicht ein bisschen viel intus und wollen ja nichts sagen, was uns hinterher leidtut«, sagt er dann einfach nur, schließt sich in diesem »wir« mit ein, als würde er dadurch die Auswirkung seiner Worte verringern. »Wir wollen doch die Gesetze hinsichtlich rassistischer Äußerungen und Aufhetzung zum Hass nicht vergessen, nicht wahr? Außerdem verhält es sich doch ohnehin ganz anders. Die Familie Hamoukrane integriert sich immer besser in das Gemeinschaftsleben, da sind wir doch alle einer Meinung, oder?«

In diesem »da sind wir doch alle einer Meinung, oder?« liegt eine subtile Warnung, die immer ausreicht, um die Ergüsse des Gemeinderats einzudämmen. Insgeheim lässt er es sich vermutlich nicht nehmen, den Gendarmen zu kritisieren; aber da der Gendarm ihn insgeheim für eine Riesendumpfbacke hält, sind sie quasi quitt.

Der Begriff »Dummheit« spielt eine zentrale Rolle im Leben des Gendarmen, in seiner Philosophie, wenn er es so zu nennen wagt. So verwendet er zum Beispiel häufig den Ausdruck »dumm wie Brot«, um einen groben Unfug zu beschreiben. Eine »Dummheit« ist für ihn ein Gattungsbegriff, unter dem sich alle möglichen Verhaltensweisen und Vergehen vereinen, alle ebenso verschiedenartig wie bedauerlich, spontan begangen, eher aus mangelnder Überlegung heraus als angetrieben von bösen Absichten. So wird der zwanzigjährige Nachtschwärmer, den er betrunken am Steuer seines frisierten Autos erwischt, sich anhören müssen, dass er besser daran täte, »seine Dummheiten sofort einzustellen«, ehe er noch eine weitere begehen würde, die er im Nachhinein bereuen sollte. Es kommt sogar vor, und das häufiger, als es seinen Vorgesetzten lieb ist, dass eine solche Zurechtweisung die einzige Strafe bleibt, die der Gendarm den Missetätern auferlegt.

Andere würden an seiner Stelle vielleicht Ärger mit der Obrigkeit bekommen. Man würde ihnen Quoten auferlegen, würde Resultate einfordern. Mehr als ein Militärdienstler beschwert sich insgeheim über diese unhaltbare Behandlung, diejenigen, die einem das Gefühl geben, zwischen den Stühlen zu sitzen, zwischen der Kritik des Volkes und den Anordnungen von oben. Gut, das ist nun einmal so, es gehört zum Beruf dazu, Gendarmen hatten schon immer einen schweren Stand, aber trotzdem, wenn man sieht, was hier los ist …

So ähnlich denkt der Gendarm vielleicht, aber er behält seine Meinung für sich. Er hat hier seine Freiheiten. Die Vorgesetzten lassen ihn in Ruhe. Im Dorf ist er übrigens der Vorgesetzte – außerdem ist das Dorf ziemlich abgelegen und so unbedeutend, dass man ihn ungestört schalten und walten lässt.

Diese Nichteinmischung hat einen weiteren Grund. Selbst wenn er das Ereignis von vor drei Jahren, als der Gendarm sich sehr heroisch gezeigt hatte, mit den Worten herunterspielt, dass er »aus reiner Dummheit« gehandelt habe. Er vereitelte den Raubüberfall auf die Bank. Und das, ohne seine Dienstwaffe zu zücken. Und hat sich nebenbei eine Schussverletzung am Oberschenkel zugezogen, die ihn allerdings nur beim Rennen stört. Und wenn der Wind von Westen kommt.

Seitdem lässt man ihn also in Ruhe seine Dienststelle leiten, und es gibt keinen Grund, weshalb sich daran etwas ändern sollte. Wenn er so darüber nachdenkt – meistens nach einer Flasche guten Rotweins –, dann sagt sich der Gendarm im Nachhinein, dass es das fast wert war. Selbst wenn er deshalb mit dem Rugbyspielen aufhören musste.

Der Zwischenfall ereignete sich an einem Dienstag. Er hatte dienstfrei an jenem Tag. Morgens blieb er etwas länger im Bett liegen, ehe er seine Runde über den Markt machte, wie jedes Mal, wenn er dienstags dienstfrei hatte. Er aß allein zu Mittag – Tomaten vom Markt und die Reste der Rinderbacke vom Vortag. Gegen ein Uhr ging er mit frisch aufgebrühtem Kaffee nach unten zu seinen arbeitenden Kollegen, die ihn mit großem Hallo empfingen – der Kaffee des Gendarmen genießt in der gesamten Gendarmerie einen ausgezeichneten Ruf. Sie redeten ein bisschen über die Arbeit – die beiden diensthabenden Kollegen wollten nach dem Brand eines Hofes an der Borde basse (der, wie es schien, ausnahmsweise einmal nicht unmittelbar mit einer der Krisen von Bastier in Zusammenhang stand, denn dem ging es in letzter Zeit deutlich besser) noch eine Zeugenaussage aufnehmen. Etwas später, als er wieder in seiner Wohnung war, hörte der Gendarm, wie der Polizeitransporter anfuhr. Automatisch beugte er sich aus dem Fenster, um seinen davonfahrenden Kollegen zuzuwinken. Sandrine, die junge Praktikantin, blieb in der Gendarmerie zurück, um Anrufe entgegenzunehmen und Besucher zu empfangen.

Es war ein wunderbarer Tag nach einem wunderbaren Wochenende. Der Himmel war von perfektem Blau – das widerwärtigste Wetter für Pilze. Auch egal, dachte der Gendarm: Wenn dem so war, dann würde er eben eine Runde joggen gehen.

Er stellte seinen Teller zum Einweichen ins Spülbecken, wischte den Tisch ab und kehrte die Küche, ehe er ins Schlafzimmer trat, um eine Shorts und ein T-Shirt anzuziehen.

Und dann sagte er sich, dass das Joggen auch noch weitere zwanzig Minuten warten konnte – in dieser Zeit ließ sich hervorragend ein kurzes Nickerchen machen. Das Bett wirkte einladend, und er legte sich direkt auf die gemusterte Steppdecke.

Ein metallisches Geräusch weckte ihn – ein Geräusch, das er nicht kannte, dabei kannte er doch alle Geräusche in der Gendarmerie. Er stand auf, den Kopf noch voller

Träume und den Magen voller Ochsenbacke. Eine merkwürdige Vorahnung trieb ihn dazu, erneut aus dem Fenster zu sehen.

Das große Tor der Gendarmerie war geschlossen. Das war natürlich fast immer der Fall; aber an diesem Tag entdeckte der Gendarm eine riesige Stahlkette, die um den Betonpfeiler und die beiden ersten Stäbe des Tores geschlungen war und so das Hereinkommen verhinderte. Und natürlich auch das Hinauskommen.

Ein schwarzes Auto legte einen Blitzstart Richtung Dorf hin. Im Hof stand Sandrine wie erstarrt neben dem Kombi, die Hände auf den Mund gepresst, wie in einem amerikanischen Film, wenn man Überraschung und Hilflosigkeit ausdrücken wollte.

Der Gendarm rief ihr zu, wieder ins Büro zu gehen und die Kollegen zu informieren. Dann eilte er die beiden Stockwerke hinunter bis in den Hof. Einen Moment lang dachte er darüber nach, in den Kombi zu steigen und ihn als Rammbock für das Tor zu benutzen. Doch er wusste nur zu gut, dass das Tor nicht nachgeben würde – immerhin war es gebaut worden, um einem Angriff standzuhalten.

Die Sonne strahlte sanft, streichelte über seine nackten Oberschenkel in den Shorts. Eine leichte Brise wehte. Genau das richtige Wetter, um eine Runde joggen zu gehen.

Er holte Schwung.

Ohne darüber nachzudenken, erkletterte er das Tor mit bloßen Händen wie damals bei der militärischen Grundausbildung. Als er wieder zu Boden sprang, etwa zwei Meter hinunter, spürte er, wie sich seine Fußgelenke beugten und den Stoß wie zwei mächtige Stoßdämpfer abfederten.

Vielleicht lächelte er kurz. In jedem Fall nahm er sich einen Moment Zeit, um sich zu Sandrine umzudrehen. Sie war zu weit weg, als dass er ihr etwas hätte zurufen können, aber er bedeutete ihr, sie solle sich keine Sorgen machen.

Er lief Richtung Dorf los, entlang der Avenue, die wie jeden Dienstagnachmittag leer war. Im Vorbeilaufen winkte ihm Madame Bru vom Fenster aus zu. Er hob den Arm zur Antwort. Vielleicht ereilte ihn in diesem Moment der Gedanke, dass er seine Dienstwaffe nicht mitgenommen hatte. Aber da war er schon an der Apotheke und der Schule vorbei – zu spät, um noch einmal umzukehren. Er nahm die Rue Concorde, linker Hand, um zum Dorfplatz zu eilen.

Als er unter den Arkaden ankam, vor der Bank der Crédit Agricole, fiel ihm sofort diese merkwürdige Leere vor dem Geldautomaten auf – einem Ort, an dem sich eigentlich gerade eine ältere Dame hätte befinden müssen, die ihre Rente abhob, oder einer der Gemüsehändler, der seine Schecks vom Morgen hätte aufgeben müssen, nachdem er im Café des Sports zu Mittag gegessen hatte.

Aber nein, niemand hielt sich vor der Bank auf. Und obwohl dort alles leer war, zeugte dieser klaffende Raum von einer anormalen Dichte, einer ungewohnten und sehr bezeichnenden Gedrängtheit in den Augen des Gendarmen, der es gewohnt war, Pilze am Geruch und eine Störung der öffentlichen Ordnung mit seinem Instinkt zu erkennen.

Umso mehr als das schwarze Auto, das er vor der Gendarmerie hatte abfahren sehen, mit offenen Türen und laufendem Motor neben dem gegenüberliegenden Gehsteig geparkt war.

Den Schlüssel einstecken, hatte er gedacht. *Das Auto nehmen.* Dann verzog er das Gesicht bei dem Gedanken, dass sich in der Bank sicherlich mögliche Geiseln befanden. Erst da war ihm aufgegangen, dass er es tatsächlich *nur in Shorts* und unbewaffnet mit einer ihm unbekannten Anzahl von Menschen aufnehmen wollte, von denen man annehmen musste, dass sie gewalttätig und möglicherweise sogar bewaffnet waren.

Als hätte dieser Gedanke ausgereicht, um sie herbeizurufen, kamen genau in dem Augenblick zwei magere, nervöse Kerle aus der Bank. Sie zogen an den Strümpfen, die ihre Gesichter verbargen, und blickten wild um sich. Dann sprinteten sie zum Auto auf der anderen Seite der Arkaden.

Und wieder folgte der Gendarm seinem Instinkt, als würde sein Körper schneller reagieren als sein Kopf. Die Reflexe, die er sich als Dritte-Reihe-Stürmer angeeignet hatte, trieben ihn dazu, ihren beabsichtigten Weg vorherzusehen und ihnen diesen abzuschneiden.

Den ersten Kerl rammte er mit einem fiesen Schulterstoß, was bei einem Rugbyspiel sicherlich dazu geführt hätte, dass er kurzzeitig vom Feld gestellt worden wäre. So aus dem Gleichgewicht gebracht, knallte der Mann aus vollem Lauf gegen einen der Arkadenpfeiler. Etwas knackste – der Gendarm zog eine Grimasse bei dem Gedanken, es könnte sich um seine eigene Nase handeln oder um seine Schulter, aber nein, es stellte sich kein Schmerz ein. Mit einem spitzen und leicht lächerlichen Schrei sackte der andere an dem Pfeiler aus Lehmziegeln zusammen. Reglos blieb er dort liegen, klein zusammengekauert, den Kopf zwischen den Armen.

Der Gendarm hatte kaum Zeit, all das aus den Augenwinkeln wahrzunehmen, als ganz in seiner Nähe Schritte unter den Arkaden widerhallten. Er schwenkte rasch herum, stand sicher auf beiden Beinen da und wartete auf den frontalen Zusammenstoß mit dem zweiten Bankräuber, bereit, ihn mit einer seiner Tackling-Aktionen niederzustrecken, für die er in der Region bekannt war.

Ihm gegenüber blieb der kleine Mann stehen. Die Strumpfhose, die er über dem Gesicht trug, war voller Laufmaschen, so dass der Gendarm erkennen konnte, wie schreckerfüllt seine Augen waren. Im selben Moment sah er die Waffe in der Hand des Mannes.

Und er sagte sich, dass dieser Mann gleich eine *Riesendummheit* begehen würde.

Er stürzte sich geradewegs auf den Typen. Umklammerte ihn mit den Armen – spürte dessen Haut an seiner, den Geruch nach Dreck und Angst an dessen Hals. Ein paar Sekunden lang taumelten sie so miteinander herum, wie zwei Bären oder zwei betrunkene Tänzer.

Und dann löste sich der Schuss, ohrenbetäubend, das Echo hallte von den Arkaden der Markthalle wider.

Der Schmerz in seinem Bein war weniger stark als vielmehr überraschend. Irgendwie losgelöst stellte der Gendarm fest, dass er nichts mehr hörte. Die Welt um ihn herum drehte sich, und sein Rubgyspielerschädel knallte gleichzeitig mit dem des anderen Mannes auf den glatt gezogenen Estrich der Markthalle.

Einen Augenblick lang dachte er, dass das, was ihm widerfahren war, so dumm war wie der Tod.

In keinem Moment verspürte er Angst. In den wenigen Sekunden, die das Ganze dauerte, hatte er einfach seine Rugbyspieler-Reflexe genutzt. Als sein Gehirn die Schmerzen in seiner unteren Körperhälfte registrierte, ein Schmerz, der ausstrahlte, sich über seine Hüften, seinen Bauch bis zu seinem Herzen erstreckte, und er dachte, dass er vielleicht sterben würde – aber ohne Wut, ohne Bedauern, nur mit diesem Stich der Bewunderung und des Fatalismus, den man empfindet, wenn der Gegenspieler einen mit einem Täuschungsmanöver für einen Pass verlädt, stattdessen nach innen ausbüxt und einen Versuch verwandelt.

Die Gesichtsfarbe des anderen hat sich direkt vor seinen Augen von blass zu grünlich verändert. Eine warme Flüssigkeit floss an ihren verknoteten Beinen entlang.

Das Herz des Gendarmen wurde noch ein bisschen schwerer, und er sagte sich, dass er sich niemals vorgestellt hatte, in den Armen eines Mannes zu sterben, der noch dazu ein völlig Unbekannter war. Und direkt danach sagte er sich, dass er niemals wieder Pilze sammeln würde und wie schade das doch sei (er erzählte allerdings nie jemandem, dass genau das sehr gut sein letzter Gedanke hätte sein können).

Aber nein, er starb schließlich doch nicht. Sein Kopf wurde wieder klar. Er hörte wieder das Jammern des ersten Kerls – seinem Gebrabbel nach stand er kurz davor, das Bewusstsein wiederzuerlangen.

Er brauchte einen Moment, um den Schaden abzuschätzen. Die Pistolenkugel hatte seinen Oberschenkel durchquert, ehe sie die Kniescheibe des Bankräubers zerschmetterte – der jetzt ausgestreckt mit geschlossenen Augen dalag und gleichzeitig stöhnte und fluchte. Der Gendarm richtete sich wieder auf, wischte sich Shorts und T-Shirt sauber und schaute irgendwie interessiert auf das Blut, das aus seinem Schenkel herausfloss, ohne so recht zu wissen, was er jetzt tun sollte.

In diesem Augenblick der Schwebe und der Unbeholfenheit hüstelte der Bankangestellte, der ganz mutig zu Hilfe gekommen war (und auch recht dumm, wie der

Gendarm ihm später sagen würde, ehe er ihm seinen Dank aussprach), um so seine Aufmerksamkeit auf sich zu ziehen. Der Gendarm drehte sich zu ihm um. Mit einem leichten Nicken wies der Bankangestellte auf die Pistole des Bankräubers, die noch immer auf dem Boden lag, nur wenige Zentimeter entfernt von der Hand des ersten Missetäters.

Und da, das muss man jetzt einfach mal sagen, stand der Gendarm tatsächlich wie ein regelrechter Dummkopf da. Rasch sammelte er die Waffe ein – beim Hinüberbeugen entwich ihm ein Stöhnen –, ehe er sich sagte, dass das ein Fehler war, wegen der Fingerabdrücke und so. Aber da war es schon zu spät, außerdem hatte der Gendarm weder Dienstwaffe noch Handschellen dabei und verfügte zu diesem Zeitpunkt auch ganz bestimmt nicht mehr über die nötige Körperkraft, um die beiden armseligen Typen vor ihm in Schach zu halten oder gar ruhigzustellen.

»Keiner rührt sich«, sagte er, klang dabei allerdings nicht sehr überzeugend, sondern eher wie ein schlechter Schauspieler einer örtlichen Theatergruppe.

Er hielt die Pistole mit ausgestrecktem Arm fest, ohne wirklich zu zielen, senkte sie aber auch nicht, bis seine Kollegen angebraust kamen.

Seit diesem Zwischenfall und obwohl er selbst nur zu einer wenig glorreichen Schlussfolgerung kam, gilt der Gendarm als Held der Region. Ganz bestimmt zeigten sich seine Vorgesetzten deshalb diskret und vermieden es, ihm seine fehlenden Geldeinnahmen durch Ordnungsbußen vorzuwerfen.

Wenn er an diesen Zwischenfall zurückdenkt, so wie heute im Wald, dann durchzuckt den Gendarmen immer eine gewisse Aufregung, die sein Herz etwas schneller schlagen lässt – und auch ein unbestimmtes Gefühl von

Stolz, wenn ihm einfällt, dass er sich in seinem unnachgiebigen Leichtsinn an diesem Tag dumm wie ein Gendarm verhalten hatte.

Plötzlich bleibt der Gendarm stehen. Hier, ganz nah, im moosigen Schweigen des Wäldchens, hatte er den Geruch von Steinpilzen wahrgenommen. Er dreht den Kopf von rechts nach links. Seine Augen sind ihm dabei kaum von Nutzen: Er wird zu nichts anderem als zu seiner Nase. Ein Instinkt. Eine beeindruckende Maschine, die in der Abschüssigkeit des Geländes, dem dichten Blätterteppich, dem Vorkommen der verschiedenen Baumarten, dem Sonnenstand des Tages und der Feuchtigkeit dieser Woche wie in einem offenen Buch liest – ja, ein denkender Kopf, der alle Hinweise synthetisiert, um das geschickt hinter einem Baumstumpf Verborgene zu entdecken, kein gewöhnlicher Pilz, nein, nicht einmal ein großer gewöhnlicher Pilz, sondern ein Steinpilz verbirgt sich dort. Der riesige, der perfekte, sowohl in Form, Reife wie auch Proportionen: der, den man oben auf das Körbchen legt, von dem man fast schon ein Foto machen würde, wenn Pilze fotogen wären. Der, der einen in diesem und in den darauffolgenden Jahren sagen lässt, dass es »ein gutes Jahr für Pilze« war.

Im Grunde verhielt es sich mit dem Pilzesammeln wie mit einer polizeilichen Ermittlung, dachte der Gendarm. Man konnte eine Stunde oder sogar Tage damit zubringen, die Spuren zu verfolgen, die Hinweise zu überprüfen, Himmel und Hölle ganz vergeblich in Bewegung zu setzen, und dann plötzlich stolperte man über die Wahrheit, wie eine Belohnung, ein Geschenk des Himmels – oder durch irgendwelche rätselhaften und unterbewussten Kräfte des Myzeliums des menschlichen Geistes bedingt.

Der Gendarm beugt sich vor, sein Opinel-Messer in der Hand, und faltet fast gleichzeitig die große Stofftasche auf, die er zusammen mit den Alkoholtests und dem Strafzettelblock immer im Handschuhfach des Gendarmerie-Kombis dabeihatte.

Nur dieser Steinpilz – der wäre vielleicht für heute Abend völlig ausreichend, aber er würde natürlich noch die nähere Umgebung absuchen für den Fall, dass dieses Monster noch irgendwelche Sprösslinge gesät hatte.

Doch in dem Moment, als seine Finger sich unter dem schwammigen Hut um den Stiel legen und er sich den Pilz bereits vor seinem geistigen Auge in der heißen Pfanne vorstellt, wie er nach und nach die Flüssigkeit abschüttet, die der Pilz abgibt, ehe er ihn in Öl anbrät – wird die Erwartung des Gendarmen enttäuscht. Seine Hoffnung zerschlägt sich.

Denn der Steinpilz ist hinüber. So, wie er sich unter seinem Griff auflöst – er *zerschleißt*, hätte sein Großvater gesagt –, und dann der Geruch nach Vermoderndem, der mit einem Mal alles beherrscht, als würde er sich über seinen außerordentlichen Geruchssinn mokieren – all das verkündet es ihm, noch bevor er den Stiel ganz unten am Boden abgeschnitten hat.

Warum musste er in diesem Moment höchster Enttäuschung (und jedem Pilzesammler dabei doch so vertraut) an Madame Dubon denken?

Madame Dubon zerschleißt nicht. Sie bricht niemals zusammen. Ihre Gesichtszüge sind von beeindruckender Klarheit. Im kalten Licht der Gendarmerie erstrahlen sie, als befänden sie sich auf einer anderen Ebene der Realität.

Madame Dubon nervt ihn.

In jedem Fall muss der Gendarm – oder vielmehr der Mann, der in diesem Gendarmen steckt – zugeben, dass Madame Dubon fürs Auge eine durchaus angenehme Erscheinung ist, sie sieht sogar – um eine Ausdrucksweise zu wählen, die der Gendarm sich normalerweise nicht zugesteht – *richtig geil* aus. Sie ist *an den richtigen Stellen ordentlich ausgestattet* und ihre *Vorzüge sprechen für sich selbst.* Mal ganz abgesehen davon, dass sie sich geschmackvoll kleidet – feminin und sehr schick. Nicht provozierend, aber auch nicht zu brav.

Ungeachtet dieser ungehörigen Gedanken, die ihm ab und an kommen, wenn er sie anschaut, nachdem sie ihm gegenüber in der Gendarmerie Platz genommen hat, gelingt es dem Gendarmen aber nicht, sie hübsch zu finden. Oder anziehend. Ganz im Gegenteil. Diese Frau bereitet ihm höchstes Unbehagen.

Vielleicht liegt das an der Falte in ihrem Mundwinkel. Oder daran, wie sie den Gendarmen ansieht. Nicht wie einen Mann, sondern eher wie ein Instrument. Ein Instrument ihrer Rache an einem anderen Mann.

Aber natürlich würde Madame Dubon bei dem Wort »Rache« widersprechen. Und damit hätte sie recht, selbstverständlich. Sie ist da in ihrem guten Recht. Das wiederholt sie häufig genug: Sie handelt nur im Interesse ihres Sohnes. *Im Interesse des Kindes*, das sind ihre Worte.

Er legt den großen verfaulten Steinpilz da ab, wo er ihn gefunden hat, faltet seine Stofftasche wieder und steckt sie in die Hosentasche seiner Uniform.

Er fragt sich, ob er je gehört hat, wie Madame Dubon ihren Kleinen beim Vornamen genannt hat. Bestenfalls nennt sie ihn »unseren Sohn«, häufiger jedoch »unser Kind«, meist benutzt sie allerdings die Formulierung »das Kind«.

»Ich muss das Kind abholen, auf seinen Vater kann ich da nicht zählen.« – »Sie müssen doch einsehen, dass mein Ex-Mann das Kind einer Gefahr ausgesetzt hat, oder etwa nicht?«

Der Gendarm erklimmt den Hügel. Die abgestorbenen Blätter rutschen unter seinen dicken Sohlen weg. Er stützt sich mit der Hand an feuchten Rinden ab. Hier ist er zu Hause, in seinem Element.

Er kehrt zurück zum Auto. Das gelbliche Oberlicht ist das erste Anzeichen, das ihn in die Realität zurückbringt. Die Reifen des Kombis schlittern ein bisschen über den Straßenrand, ehe sie im Splitt greifen.

Er schaltet das Radio nicht ein. Nicht gleich. Er will diesen ruhigen Moment noch ein wenig genießen. Er hat seine Pflicht erfüllt, und obwohl er keinen Steinpilz gefunden hat, schwebt er. Er denkt nicht mehr an Madame Dubon.

Notieren Sie das.

Notieren Sie das, sagt sie immer. Nicht: *Notieren Sie das bitte* oder *Notieren Sie das, Brigadier* – noch nicht einmal: Könnten Sie das notieren? Nur: Notieren Sie das.

Natürlich hat sie keinen Grund, freundlich zu ihm zu sein. Sie kommt zu ihm, damit er etwas festhält, damit er dem Gesetz Geltung verschafft. Und auch wenn er, genau wie jede andere Dumpfbacke von Gendarm, weiß, dass ihm sein Beruf nur wenig Achtung einbringt, so kann er manchmal doch nicht umhin, sie als zu hart zu empfinden, die Dubon. Zu kaltherzig. Zu kratzbürstig – nicht weiter verwunderlich, dass …

In seinem tiefsten Inneren weist der Gendarm sich zurecht. Es ist nicht an ihm, die Verantwortlichkeiten zu beurteilen oder überhaupt etwas zu beurteilen. Er hält fest, setzt durch, greift ein. Ob ihm das nun gefällt oder nicht, Madame Dubon stützt sich in diesem beständigen Konflikt mit ihrem Ex-Mann auf ihn.

Notieren Sie das. Fünfzehnter Januar, zwölf Uhr zwanzig. Der Vater des Kindes hat die Besuchszeiten nicht beachtet. Neunzehnter März, nachmittags. Das medizinische Team kann bezeugen, dass der Vater das Kind mit einer Stunde Verspätung zurückgebracht hat. Notieren Sie das.

Und der Gendarm notiert es im Protokoll der Gendarmerie. Er hat keine andere Wahl. Hat nicht die Möglichkeit zu sagen: Ja, okay, da hat er sich verspätet, vielleicht wegen eines Wutanfalls, man kann dem medizinischen Team Glauben schenken, aber der Vater macht doch den Eindruck eines ganz vernünftigen Kerls. Vielleicht wirkt er ein bisschen verloren, lebt irgendwie in den Wolken, aber er ist doch nicht bösartig.

Der Gendarm kann nicht sagen, dass er anstelle des Vaters ganz bestimmt nicht jedes Wochenende zwei Stunden und vierundzwanzig Minuten mit dem Zug fahren, zweiundvierzig Minuten mit dem Bus fahren und die restliche Strecke trampen würde, um seinen Sohn zu besuchen, der ihn nicht einmal ansieht. Der nicht mit ihm redet. Der bestimmt gar nicht weiß, dass sein Vater da ist, falls er überhaupt weiß, was ein Vater ist und dass er einen hat. Einen Vater, der ihn am Samstag von 14 bis 17 Uhr besucht und dann in dem kleinen, nicht sehr sauberen Zimmer des einzigen Hotels im Dorf übernachtet, um den nächsten Vormittag von 10.30 Uhr bis 12 Uhr erneut bei ihm zu verbringen, ehe er wieder zurücktrampt, auf den Nachmittagsbus in Richtung Bahnhof wartet und dann den TER um 18.07 Uhr nimmt, der ihn am frühen Abend nach Hause bringt, wenn alles glattgeht.

Bei der Vorladung auf die Gendarmerie hat der Vater das ganz detailliert geschildert. Genau wie die Tatsache, dass er kein Auto hat. Dass er zeichne, um zu leben, na ja, früher zumindest, momentan laufe es nicht so gut, aber da bestehe keine Verbindung, er habe kein Auto, und in Anbetracht der langen Warterei auf einen mitleidigen Autofahrer, den Bus und einen Anschluss, ja, angesichts dieser Aussicht habe er sich gesagt, er könnte doch einmal ein paar Minuten länger mit Isaac verbringen, ihm sei gewesen, als würde gleich etwas Wichtiges passieren, und Isaac schien so gut gelaunt, und es sei doch noch drei Wochen hin bis zum monatlichen Treffen mit Isaac in der Stadt und im Park, wie sie es mit Doktor Sarthé vereinbart hatten, also ja, vielleicht habe er in der Umgebung der Klinik ein bisschen getrödelt, aber niemand habe sich darüber beschwert, niemand außer seiner Ex-Frau, die lediglich aus dem Besucherheft davon erfahren habe, in das es die Krankenschwester, ohne böse Absichten, eingetragen habe, und es tue ihm leid, dem Vater, beim nächsten Mal würde er besser auf die Uhrzeit achten.

Der Gendarm seufzt. Am liebsten hätte er diese Beschwerde nicht aufgenommen – er hatte versucht, die Dubon an die Klinik zu verweisen, aber sie war in ihrem Recht, also hatte er es notiert, wie immer. Und den Vater am darauffolgenden Samstag gebeten, besser auf die Uhrzeit zu achten.

Er machte sich Notizen, der Vater achtete auf die Uhrzeit. Jeder spielte seine Rolle. Madame Dubon war zufrieden. Also nein, natürlich nicht. Das war sie nie.

Und wenn der Vater an einem Samstag nicht zu Besuch kam, würde die Dubon das dann auch dem Gendarmen melden? Würde sie mit ihrem großen schwarzen Geländewagen zur Gendarmerie fahren und wie so häufig verlauten lassen: *Da sich die Klinik Saint-Rémézy in Ihrer Zuständigkeit befindet, muss ich Ihnen mitteilen, dass …?*

Nein, natürlich nicht.

Ein weißer verbeulter Kangoo kommt dem Kombi des Gendarmen entgegen und grüßt ihn mit einem kurzen Hupen. Das ist Laubugue, vom Hof von Navacel, der Enten aufzieht. Der Gendarm grüßt ebenfalls. Er sagt sich, dass er sich heute Abend doch eine Entenbrust anbraten könnte, selbst wenn er keine Steinpilze dazu hatte. Das würde ein angenehmer Abend.

Aber leider entdeckt er als Erstes, als die Gendarmerie sichtbar wird, den großen schwarzen Geländewagen von Madame Dubon.

7

Ihr Vater nannte sie Lucile Libellule, weil sie ihn an eine Libelle erinnerte, und das würde ihr niemand nehmen können. Sollte man sie doch als kalte Frau bezeichnen, als Krokodilmutter, das berührt sie nicht.

Akribisch reibt sie sich die Hände am dunkelblauen Rock ihres Kostüms trocken. Sie hat keine feuchten Hände. Darauf achtet sie. Ihre Hände sind im Gegenteil eher trocken. Sehr trocken. Wenn sie nach unten auf ihre Finger schaut, erkennt sie Rötungen an den Konturen und zwischen den Fingern. Sie unterdrückt den Drang, sich zu kratzen. Das macht alles nur noch schlimmer.

Aus ihrer auf dem Schoß abgestellten Handtasche holt sie eine kleine Cremetube heraus. Kortisonsalbe, die sie sorgfältig auf die Rötungen aufträgt. Dann steckt sie die Tube wieder ein und holt eine andere, größere hervor, Feuchtigkeitscreme. Sie gibt einen haselnussgroßen Klecks auf ihre Handfläche und verreibt ihn lange zwischen den Händen.

Während der ganzen Zeit hört sie nicht auf zu reden. Der Mann, der ihr gegenübersitzt, folgt ihren Gesten mit dem Blick. Wie hypnotisiert von ihrem Zirkus.

»Sie müssen mich verstehen«, sagt sie, »Sie müssen mich wirklich verstehen, Brigadier, ich will niemandem schaden, absolut niemandem, vor allem aber nicht meinem Sohn.«

Ihre Stimme ist trocken, schrill. Immer wenn sie redet, muss der Gendarm, ohne zu wissen, weshalb, an eine Reihe kleiner, in einem Besteckkasten aufgereihter Löffel denken. Er stellt sich das Besteck vor – aus Edelstahl oder Zinn –, wie es ordentlich verstaut in dem Kasten liegt, abgedeckt mit Kunstleder in Kroko-Optik. Als würde jemand mit dem Finger über diese Löffel fahren, damit sie aneinanderklirren. Genauso klingt die Stimme dieser Frau.

»Sie verstehen mich doch, Brigadier. Ich habe schon so viele Zugeständnisse gemacht.«

In den Augen des Mannes ihr gegenüber erkennt Lucile Zweifel. Sie weiß, dass er sich durch sie gestört fühlt. Er missbilligt das alles. Ihm wäre es lieber, sie würde ihn in Ruhe lassen, sich nicht an ihn wenden. Bestimmt hält er sie für eine Verrückte, ein hysterisches Huhn. Aber das ist ihr völlig egal. Was dieser Mann über sie denkt, perlt an ihr ab wie Wasser an den Schuppen eines Fisches. Sie hat ein dickes Fell. Und das passiert nicht zum ersten Mal. Dieser große, starke Mann mit den friedlich dreinblickenden Kuhaugen beeindruckt sie schon lange nicht mehr. Er ist hier, um dem Gesetz Geltung zu verschaffen – und das Gesetz, damit kennt sie sich aus.

Das Gesetz wurde von Männern für Männer geschaffen. Das beweist der Code Napoléon, die Emanzipation ist noch gar nicht so alt. Und die Bezeichnung als solche verweist auf eine patriarchale Auffassung. Emanzipation. Als hätten die Männer eingewilligt, als würden sie sich dazu *herablassen*, Frauen ihre Freiheit zuzugestehen.

Das Gesetz ist für die Männer gemacht, mit einer winzig kleinen Ausnahme: die Mutterschaft. Das Recht der Mutter auf ihre Kinder. Oh, nur keine falschen Illusionen: Die Väter kommen auch hier nicht zu kurz. Es ist ganz typisch für sie, sich um nichts zu kümmern, nur an sich zu denken, sich um nichts anderes als um sich selbst zu scheren. Dennoch gibt es hier eine kleine Schwachstelle, einen Spalt, an dem die Frauen sich mit Händen und Füßen festkrallen können. Also soll er doch über sie urteilen, wie er will, dieser Brigadier, und sie für ein *Miststück* oder eine *hysterische Henne* halten, ihr ist das völlig schnuppe. Sie ist in ihrem Recht, und das Recht, das muss der Gendarm hier durchsetzen. Da konnte er noch so unwillig sein, sie würde ihn dazu zwingen.

Sie schaut ihm unverwandt in die Augen, oder besser gesagt, sie konzentriert sich auf die Stelle zwischen seinen Augenbrauen. Eigentlich weicht sie dem Blick der anderen immer aus; doch seit sie in einer Frauenzeitschrift gelesen hat, dass es den Leuten häufig unangenehm ist, wenn man ihr *drittes Auge* anstarrt – schließlich erweckte das den Eindruck, man hätte den Blick unablässig auf sie geheftet –, bemüht sie sich, genau das zu machen. Als könnte ihr Blick ein Loch in diese begriffsstutzige Stirn hineinbohren, ein Loch, durch das ihre Nachricht endlich klar und deutlich eindringen würde.

»Was beunruhigt Sie denn?«

»Ich bin nicht beunruhigt. Ich möchte gern eine Meldung machen.«

Dann ballt sie die Hände zu Fäusten und presst sie auf ihren Rock. Sie presst so fest zu, dass ihre Finger ganz weiß werden – zumindest an den Gelenken. Zusammen mit ihrem Ekzem ergeben sich so beunruhigende Motive.

»Madame Dubon …«

»Amiel, Brigadier. Nach meiner Scheidung habe ich meinen Mädchennamen wieder angenommen und wäre Ihnen dankbar, wenn Sie ihn verwenden würden.«

Sie macht eine Pause, hört, wie ihr Satz im bläulichen Büro des Gendarmen nachklingt; fängt ihn wieder ein wie ein herumfliegendes Insekt und korrigiert sich.

»Ich bestehe darauf, dass Sie ihn verwenden.«

Der Ausdruck »auf etwas bestehen« ist besser. Zunächst knallt er, metallisch, wie eine juristische Formulierung, außerdem erinnert er den Begriffsstutzigen daran, dass es nicht darum geht, dankbar zu sein, Dankbarkeit zu zeigen oder jemandem etwa einen Gefallen zu tun. Die Mutter *besteht*. Sie tut nichts anderes, genau wie eine Libelle beim Fliegen. Anmutig, aber in einer unablässigen Anstrengung.

»Wenn ich Sie richtig verstehe, Madame Amiel, dann sind Sie vor zwei Monaten bei mir vorbeigekommen, um mir mitzuteilen, dass die Besuche Ihres Mannes bei Ihrem Sohn Probleme bereiten. Und jetzt möchten Sie, dass ich einschreite, weil er nicht mehr kommt?«

Sie schüttelt den Kopf. Sie hatte bereits mit einem solch miesen Trick gerechnet. Mit diesem Versuch einer Manipulation, kaschiert durch Herablassung. Herablassend, genau das ist er, dieser viel zu füllige Gendarm.

»Mir scheint, Sie werden hier ein bisschen ironisch, mein Herr. Ich hoffe doch, dass ich mich täusche.«

Sie hat ihre Worte sorgfältig gewählt, wie ein Insektenforscher, der die schönsten Käfer – oder Giftspinnen – aus seiner Sammlung heraussucht. Das stand in der Zeitschrift. Seinen Gefühlen Ausdruck verleihen, Aussagen neu formulieren, sich vergewissern, dass man richtig verstanden hat.

»Ich erkläre es Ihnen noch mal: Der Vater des Kindes könnte eine Gefahr darstellen. Eine Gefahr für unseren Sohn und für sich selbst.«

Der Gendarm kräuselt die Nase, stößt seinen Atem

langsam aus. »Es tut mir leid, Madame, aber das stellt noch keine ahndbare Straftat dar. Ich weiß noch nicht einmal, was ich in einer Meldung festhalten könnte. So, wie ich das verstanden habe, sind seine Besuche in der Klinik Saint-Rémézy nicht verpflichtend. Und dann, mal ganz unter uns, verstehe ich vollkommen, dass er diese ganzen Bus- und Zugfahrten allmählich leid ist. Aber ich verstehe natürlich auch Ihre Sorge.«

Lucile beißt sich auf die Lippen. *Ich verstehe natürlich auch Ihre Sorge.* Diese Art, jede Diskussion unablässig auf die Gefühlsebene zu verlagern, das ist ein wichtiger Bestandteil des machohaften Gebarens. Der Phallokratie, um genau zu sein, auch wenn es nicht mehr viele gibt, die diese Bezeichnung noch verwenden. Die Männer glauben, im Besitz der Macht zu sein, weil die Frauen anscheinend viel zu feinfühlig sind. Zumindest geben Erstere das vor, um Letztere in ihrer rechtmäßigen Macht zu beschneiden.

»Das sind keine Sorgen, sondern Tatsachen. Der Vater des Kindes hatte in der Vergangenheit mit schweren Depressionen zu kämpfen.«

Schweigen. Diese Bemerkung war bestimmt nicht schneidend, nicht nachdrücklich genug. Lucile würde dem Gendarmen lieber das Maul stopfen, anstatt sich ein Wortgefecht zu liefern.

»Mein Ex-Mann ist gefährlich.«

Der Gendarm sagt nichts, er sitzt reglos da, den Blick nach innen gerichtet. Er hat ganz eindeutig etwas von einem Rind. Als würde er die Almwiesen in der Ferne betrachten, während er an seiner Futterraufe steht und frisst. Das ist auch so eine Methode – das Schweigen. Aber sie wird nicht zulassen, dass er sich in seine *Komfortzone* zurückzieht. Sie traktiert ihn, wie eine Fliege einer Kuh am Augenwinkel herumsitzt. Unermüdlich. Unbelehrbar.

»Werden Sie nun meine Meldung aufnehmen oder nicht?«

Das Rind schüttelt sich.

»Ich fürchte, dass in diesem Fall keine Rechtfertigung vorliegt. Soll ich Ihren Ex-Mann anrufen, Madame Amiel?«

Sie zögert, leicht verunsichert aufgrund des unerwarteten Vorschlags.

»Wäre das möglich?«

»Wenn Sie das wünschen. Wir könnten sogar einen Mediator einschalten, würde ich sagen.«

Lucile Libellule beißt sich auf die Lippen. Tut sich weh. Sofort lösen sich ihre Hände von den Oberschenkeln, ihre Finger flattern nervös an ihre Lippe. Sie brennt. Vielleicht blutet sie. Vielleicht ist sie aufgerissen.

Nicht sofort antworten. Nur keine Hast, keine Eile durchscheinen lassen. Nicht den Eindruck vermitteln, sie würde auf stur schalten.

»Das wäre denkbar, ja. Auch wenn die bisherigen Mediationen nichts genützt haben.«

Den Rest behält sie für sich. Die zutiefst perverse Persönlichkeit des Vaters. Seine krankhafte Beziehung zum Geld, zu seiner Familie, zu seinen Freunden. O ja, natürlich gibt es dafür Erklärungen. Ausreden könnte man auch sagen. Das Drama seiner Kindheit – er sprach nie darüber, aber das war noch schlimmer, diese Verschlossenheit, dass er es nur als harte Fakten ohne jegliche Gefühlsregung erwähnte. *Meine Eltern sind bei einem Autounfall ums Leben gekommen, da war ich sieben.* Und dann dieser Blick, wenn man ihm sagte: *Das tut mir schrecklich leid, das wusste ich nicht.* Dieser verständnislose Blick … Weshalb tut es dir leid? Sie sind tot, das ist alles.

Wenn sie die Schichten der Wahrheit, die sich angesammelt und über die Erinnerung gelegt haben, nacheinander abschälen müsste, dann würde Lucile zugeben müssen, dass sie genau das ganz am Anfang so verführerisch fand. Diese Traurigkeit, oder vielmehr diese unergründliche Trauerlosigkeit, so romantisch wie eine Berglandschaft bei Gewitter, dass er ein Waise war, den es aufzunehmen, zu umsorgen galt; und dann gleichzeitig diese Lachanfälle und die merkwürdige Anziehung, die er auf ihre Freunde ausübte – als hätte er mehr Platz beansprucht, mehr Gewicht gehabt, eine schwierigere und gehaltvollere Geschichte besessen als jeder von ihnen. Eine Art dunkles Gestirn, vielleicht ein schwarzes Loch, in dieser kleinen Galaxie aufstrebender Künstler und ewiger Studenten.

Der Humor seiner ersten Comicstrips hatte Tausende von Leuten begeistert, so, wie er sie begeistert hatte. Und dann brachen die Dinge nach und nach auseinander. Und der Kleine kam zur Welt. Hinter dem dunklen Gestirn hatte sie das Nichts erblickt. Hinter dem schwarzen Loch das Chaos erkannt, den Zusammenbruch. Éric war krank, das war die Wahrheit (zumindest die neue Wahrheit, die alle vorangegangenen ausblendete). Krank. Genau wie ihr Sohn.

Dass wir uns hier richtig verstehen: Das mit Isaac ist niemandes Fehler. Das wiederholen auch die Ärzte immer wieder. Nichts Genetisches, nichts Erbliches. Irgendeine seltene Krankheit. Und man wusste noch nicht einmal genau, woran es lag, am Kopf, an den Hormonen, einer Fehlbildung. Jedenfalls nicht an den Eltern. *Madame Dubon, machen Sie sich keine Sorgen, wir alle wissen, dass Sie keine Krokodilmutter sind, dass die Störungen Ihres Sohnes nicht direkt mit Ihnen in Verbindung stehen, und wenn wir*

Ihnen anraten, einen Psychologen aufzusuchen, dann nur für Ihr persönliches Wohlbefinden …

Natürlich nimmt sie die unterschwelligen Anklänge darin wahr, aber sie sieht überhaupt keinen Grund, einen Seelenklempner aufzusuchen. Dennoch ist es niemandes Fehler, und *vor allem nicht* ihrer. Das wäre ja noch schöner.

Éric hingegen ist psychisch zutiefst gestört, das ist ihr schließlich bewusst geworden, und alles, was sie zu diesem Thema gelesen hat, bestätigte sie in ihrer Meinung. Sie hätte das von Anfang an wissen müssen. Und dennoch ist es, wenn man den Ärzten Glauben schenkt, auch *nicht sein Fehler*.

Anscheinend. Aber trotzdem.

Kurz, diese Geschichte mit der Mediation, da kann sie nicht nein sagen, sie würde aber auch nicht ja sagen. Und dieses große, dickköpfige Rindvieh von Gendarm hat sich ihre Argumente schließlich angehört. Alles ist gut. Alles unter Kontrolle. Bestimmt blutet auch ihre Lippe nicht mehr.

Sie richtet sich auf, streckt die Hand zu ihrer Handtasche aus, die sie vorhin neben dem Stuhl abgestellt hatte.

»Ich danke Ihnen. Ich verlasse mich auf Sie.«

Der Gendarm nickt. Blickt auf das Blatt vor ihm und notiert ein paar Worte mit blauem Kugelschreiber.

»Ich werde mit Ihrem Ehemann sprechen.«

Sie hätte lieber erneut etwas von *vorladen* gehört. Aber egal, es war ein schöner Sieg. Sie steht auf, verabschiedet sich von dem Gendarmen und geht, ohne sich noch einmal umzudrehen.

Der Gendarm sieht ihr nach, wie sie weggeht. Er legt den Kugelschreiber weg, reißt das Blatt vom Notizblock, auf das er E. Dubon ⇨ geschrieben hat. Das heißt überhaupt nichts. Der Name, gefolgt von einem Pfeil und dann nichts mehr. Wie eine unterbrochene, nicht abgeschlossene Handlung.

Vielleicht ruft er ihn morgen an. Oder am Wochenende. Einfach so, mal ein bisschen auf den Busch klopfen. Überprüfen, ob irgendwas merkwürdig ist – ihm würde das schon auffallen, bei seinem Instinkt. Mal abwarten. Das eilt nicht.

8

Man muss sich klarmachen, dass Isaac gar keine Vorstellung davon hat, was Zeit bedeutet. Für uns, ja sicher, da ist die Zeit wie ein Fluss, es gibt ein Vorher und ein Nachher, das ist kristallklar. Das Wasser fließt von dort ab und kommt hierher, es kann unmöglich zurückfließen oder diesem Lauf entrinnen. Isaac entrinnt der Zeit. Eigentlich ist es eher das Gegenteil, die Zeit entrinnt ihm – aber gewissermaßen ist das ja dasselbe.«

Der Vater schweigt einen Moment, sucht nach Worten.

»Unser Gehirn, weißt du, also unser Gehirn ... das sieht ein Bild und dann ein anderes, und es setzt beide in ein Verhältnis zueinander. *Vorher, nachher, weil, trotzdem* ... Genau das ist es, die Zeit, das sind einfach nur willkürlich gebildete Verbindungen zwischen Ereignissen.«

Doch um das zu verstehen, muss sich das Gehirn selbst denken, *von außen*. Das ist schon ein bisschen schwierig. Aber das Gehirn des Kleinen, der nicht einmal weiß, dass er existiert, dem gelingt das problemlos. Man könnte irgendwie neidisch auf ihn sein. Wenn es einem nicht auch Angst machen würde. Genau das denkt der Vater.

Sein Freund am anderen Ende der Leitung seufzt.

»Hör zu, Éric, ich weiß, dass du eine Pause einlegen, ein bisschen Abstand gewinnen willst, aber ... bist du sicher, dass alles okay ist?«

»Natürlich ist alles okay. Endlich habe ich Zeit für mich. Hey, ich glaube sogar, dass ich wieder anfangen werde zu malen. Also, ich habe zumindest so was versucht, so eine Art Projekt.«

»Willst du mit mir darüber reden?«

»Nein, ich zeige es dir, wenn ich ein bisschen damit vorangekommen bin. Wann kommst du mich denn besuchen?«

»Ich weiß nicht. Ich hab grad ziemlich viel Arbeit … Willst du nicht eher mal bei mir vorbeikommen?«

»Doch. Vielleicht. Demnächst mal.«

Schweigen.

»Weißt du was?«, fährt der Vater fort. »Ich fahre jetzt wieder Auto.«

»Ich dachte, das magst du nicht.«

»Ich hab wieder damit angefangen. Wenn ich schon ein Auto habe …«

»Du hast ein Auto gekauft?«

»Nein, nicht wirklich, es ist eher … Ach, nicht weiter wichtig, das erkläre ich dir, wenn wir uns sehen. Sag mal, könntest du vielleicht bei mir in der Wohnung vorbeischauen und die Blumen gießen?«

»Das kann ich schon machen. Hast du dich jetzt entschieden zu verkaufen?«

»Ich weiß nicht. Ich denke noch darüber nach.«

»Du denkst jetzt schon eine ganze Weile darüber nach.«

»Zeit existiert nicht, sage ich dir.«

»Ja klar. Super. Und Isaac, hast du den mal wieder gesehen?«

»Nein. Darüber denke ich auch noch nach.«

Schweigen, länger diesmal.

»Éric …«

»Was?«

»Bist du dir sicher, dass alles okay ist?«

Der Kleine steht da, unter den Bäumen, ganz dicht am Gitterzaun. Die Bäume und der Zaun sind sehr viel größer als er. Der Himmel ist über ihren Köpfen – oben, denkt man. Aber nein. Das ist nur das Gehirn, es misst die Erdanziehung, um willkürlich ein Oben und Unten festzulegen. Im Weltraum gibt es weder das eine noch das andere. Im Grunde kann man sich vorstellen, wie der Kleine an den Füßen hängt, mit dem Kopf nach unten, und Millionen von schwarzen Löchern seinem Sturz auflauern. Allein die Erdanziehung hält ihn vom Fallen ab, er klebt mit seinen dreckigen Turnschuhen an der feuchten Erde des Parks fest.

»Sollen wir nicht reingehen? Es regnet, weißt du?«

Der Kleine könnte antworten, dass auch die Sonne scheint, irgendwo über dem Park, hinter den Wolken, vorher oder nachher. Doch ob nun chronologisch oder klimatisch betrachtet, der Kleine macht sich absolut nichts aus der Zeit. Für ihn existiert sie nicht.

Für den Vater existiert sie hingegen durchaus, und so langsam macht sich Wut in ihm breit. Außerdem ist er völlig durchnässt, und ihm ist kalt.

Wenn nun aber die Zeit nicht existiert, dann existiert nicht viel. Dann liegt der Arzt vielleicht völlig falsch: Ganz egal, wo der Kleine sich befindet, auf der einen oder der anderen Seite des Zauns, in dem Park hier oder dem dort, umgeben von spielenden Kindern oder beängstigend stillen Kranken, ob er einen Karpfen oder ein Auto auf einem Parkplatz anstarrt. Das ist alles egal.

Und dennoch.

Und dennoch starrt der Kleine durch den Zaun, trotz der Kälte und der großen grauen Bäume, deren Tränen auf sie heruntertropfen, starrt er auf die Scheinwerfer der grünen Ente, genau so, wie er immer auf den Karpfen im

Teich starrte. Wie er es seit einem Monat macht, seit der Vater mit diesem Auto zur Klinik kommt.

Und das Herz des Vaters schlägt einen Moment lang viel zu schnell, wie jedes Mal, wenn ihn seine Phantasie ein bisschen zu weit mit sich fortreißt.

Die Bäume schauen dieser Szene zu, während sie trocknen. Es hat aufgehört zu regnen. Die Autotür schlägt zu, ein einzigartiges Geräusch, das kaum widerhallt. Der Himmel ist grau, aber ein fröhlicheres Grau als vorhin, ein ins Gelb wechselndes Grau, als würde die Sonne, wenn sie die Wolken schon nicht durchdringen kann, doch ein wenig auf sie einfärben. Da wäre also das noch helle Grün der Bäume, der Himmel mit seinem gelblichen Grau. Und das bizarre Grün der Ente, Baujahr 1973.

Der Vater öffnet die Tür zur Rückbank.

»Willst du aussteigen?«

Der Kleine rührt sich nicht. Aber er weint auch nicht.

Da die Zeit nicht existiert und überhaupt nichts existiert, kann sich nichts ändern, und so hat sich auch nichts geändert. Daher brauchte es schon einen ganz besonders durchtriebenen Geist, um festzustellen, dass wir uns nicht mehr auf derselben Seite des Zauns befinden. Und dass es nicht mehr dieselben Bäume sind.

»So langsam wird das Ganze hier interessant«, sagt das Kätzchen.

Ausgestreckt auf der Rückbank, ganz dicht neben dem Jungen, leckt es seine Pfote. Ehrlich gesagt hat es gar keine Pfote, und da ist auch kein Kätzchen. Aber in der Stimme liegt unbestreitbar das Geräusch vom Lecken der Pfote, eine Mischung aus Nonchalance und Konzentration, als wäre diese Aufgabe die wichtigste auf der ganzen Welt und würde es doch gleichzeitig gar nichts angehen.

»Dein Vater denkt nicht geradeaus«, fährt Sphinx fort. »Das ist gefährlich, das kann euch einen üblen Streich spielen.«

Das Kätzchen fährt die Krallen aus und zieht sie wieder ein. Ganz kurz hat diese Bewegung etwas Böses, Bedrohliches – aber das liegt ganz bestimmt nur an dem Lichtspiel hinter den Scheiben der Ente. Es spielt einem manchmal einen merkwürdigen Streich, das Licht am Nachmittag, vor allem wenn es durch das Laub scheint. In jedem Fall könnte man meinen, dass sich das Gesicht von Sphinx, in einem bestimmten Winkel betrachtet, gerade zu einer teuflischen, monsterhaften Fratze verzieht. Glücklicherweise ist da keiner, der es ansehen könnte. Oder anders ausgedrückt, da gibt es nichts zu sehen.

»Aber ich sehe dich doch«, wirft da der Alte ein. »Wir alle sehen dich. Und ich hoffe sehr, dass du nicht gerade irgendeine Dummheit ausheckst, wir haben dich im Auge.«

Die Gestalten, die ihn begleiten, nicken. So gesehen befinden sich ganz schön viele auf der Rückbank dieser grünen Ente. Anscheinend stören sie sich nicht an der unbequemen Eisenstange mitten in der Rückbank, und obwohl sie so zahlreich sind, überlassen sie dem Kleinen den ganzen Platz. Zumindest sieht es so aus. Das Kätzchen windet sich. Wäre es ein echtes Kätzchen, dann würde es sich auch den Allerwertesten ablecken, um klarzumachen, dass es sich keinen Deut um die Drohung scherte.

»Ich sehe dich«, wiederholt der Alte leicht vorwurfsvoll.

»Da kann man ja dann genauso gut sagen, dass mich keiner ansieht«, erwidert das Kätzchen. »Aber mach dir keine Sorgen. Alles müsste gutgehen. Oder zumindest zu einem guten Ende kommen. Ich kümmere mich um alles.«

»Dann stecken wir ja ganz schön in der Scheiße«, grummelt der Alte.

Wir stecken ganz schön in der Scheiße, sagt sich der Vater. Die Aussichten sind schlecht, um nicht zu sagen grauenvoll. Die Chancen stehen gut, dass alles so richtig in die Hose geht. Es geht den Bach runter, das lässt sich mathematisch errechnen.

Allerdings hat der Vater noch nie an die Mathematik geglaubt. Im Gegensatz zu seinem Vater.

Sein Vater erklärte ihm die Welt mit Winkeln, Abständen und Geraden. Wie viel Liter Wasser braucht man, um ein Schwimmbad zu füllen, wie viele Hektoliter, welche Seite muss man abmessen? Die Tiefe und den ganzen Kram.

»Höhe mal Länge mal Breite ergibt das Volumen, Éric, verstehst du?«

Aber Éric verstand nicht. Er dachte an das Schwimmbad, an die Sonne im Schwimmbad bei Tagesende, wenn die Augen brennen und man die Welt aufgrund des Chlors nur noch verschwommen sieht. Mit den Erklärungen seines Vaters verhielt es sich genauso. Alles war verschwommen in seinem Kopf. Alles ungenau. Etwas verschloss ihm die Ohren, wie wenn man im tiefen Becken ganz nach unten taucht. Die Aufgabe auf dem Blatt vor ihm war schwarz, klar und abweisend. Er dachte an das Blau des Wassers, an die Fliesen mit Schachbrettmuster im Schwimmbad, den Sommer.

»Das ist doch jetzt wirklich nicht kompliziert. Wir bleiben so lange hier, bis du es endlich verstanden hast, das kannst du mir glauben.«

Manchmal schwoll die Stimme seines Vaters richtig an, so stark, dass das Bild des Schwimmbads in Érics Gehirn erstarrte. Es kam auch vor, dass ihn sein Vater am Arm schüttelte, als wollte er das schreckliche Gemisch aus Chlorwasser und gedruckten Buchstaben in seinem Kopf in Bewegung versetzen. Manchmal, nur sehr selten, aber manchmal kam es auch vor, dass der Vater dem Kleinen mit der ganzen Wut, die der Liebe entspringt, wenn sie sich querstellt, eine Ohrfeige verpasste.

Dabei war Érics Vater einer der geduldigsten Männer überhaupt. Er konnte allen alles beibringen. Das war im Übrigen sein Beruf – Lehrer. Er unterrichtete ältere und jüngere Schüler, und alle respektierten ihn und fürchteten ihn ein bisschen. Er brachte allen alles bei, nur seinem Sohn konnte er keine Mathematik beibringen.

Das war umso bedauerlicher, als er ihm eine ganze Menge anderer Sachen beigebracht hatte – Lesen, Zeichnen. Auch Schwimmen im städtischen Schwimmbad. Den ganzen Sommer über, bis Brust- und Kraulschwimmen kein Geheimnis mehr für ihn darstellten.

Das städtische Schwimmbad – mit seiner Länge von fünfundzwanzig Metern, seiner Breite von zwölfeinhalb Metern und seiner Tiefe von einem Meter fünfzig bis zu drei Metern zwanzig.

»Fangen wir noch mal von vorn an. Stell dir das Schwimmbad im Profil vor, dein Schwimmbad«, sagte der Vater. »Es ist eine geometrische Figur, Éric, das verstehst du doch?«

Nein. Wie konnte die Sonne auf dem Schwimmbad, seine Haut an der seines Vaters, wenn sie ihr Delphin-

Spiel spielten und er sich an dessen starken Schultern festhielt, während dieser ihn mit kräftigen Armzügen durchs Wasser zog, die Schreie der Leute und der Vögel, das Geräusch der Wasserspritzer – wie könnte all das zu einer trockenen, kalten geometrischen Form werden oder zu einer Zweiteilung? Also hatte er sich sehr schnell geweigert, an die Mathematik zu glauben. Die Mathematik war ein Verrat an der Realität. Wie Gitterstäbe, die einem dahinfließenden Geist vorgesetzt werden. Die Mathematik setzte ihn gefangen, entfernte ihn von seinem Vater, von der Milde seines Vaters, seiner Geduld und seiner Wissenschaft. Manchmal rächte sich sein dahinfließendes Gehirn, indem ein paar Tränen auf der Seite landeten – und die Mathematik wellte sich so vor seinen Augen.

Und dann war da dieses eine Mal, als sein verzweifelter Vater eine unumstößliche Entscheidung traf.

»Du darfst nicht mehr ins Schwimmbad, bis du diese Aufgabe gelöst hast.«

Und er ist nie wieder dorthin gegangen.

Eine der Gestalten neben dem Alten rührt sich. Man spürt, dass sie gern etwas sagen würde.

»Immer mit der Ruhe«, sagt das Kätzchen. »Jetzt ist nicht der richtige Moment. Noch nicht.«

Der Alte murrt. Er, als jemand, der er noch ganz *frisch* ist, der vor nicht allzu langer Zeit noch in der Welt war, weiß nur zu gut, dass man an dieser Stelle das Gefühl der Ohnmacht des Vaters, das sich in Wut verwandelt hatte, erklären müsste. Die Übertragung – wie bei einem Renault, häufig etwas widerspenstig, nicht wie die Fliehkraftkupplung einer Ente –, die Lust, das, was man als das Beste von sich selbst erachtet, weitergeben zu wollen.

Und dann, seien wir mal ehrlich, diese Geschichte vom Schwimmbad, in das der Junge nie wieder gegangen ist, das ist doch einfach unmöglich, da ist sich der Alte ganz sicher. Oder aber es war ganz am Ende des Sommers gewesen, als das Schwimmbad geschlossen worden war und die Schule wieder angefangen hatte. Sein Bruder war schon immer sehr energisch gewesen, aber nicht grausam und ganz bestimmt nicht ungerecht: Es war völlig unmöglich, dass der Lehrer, und sei es nur aus blödsinnigem Stolz heraus, derart hartnäckig an einer Entscheidung, einer völlig willkürlichen Bestrafung festgehalten hatte. Und um ganz ehrlich zu sein, der Alte hätte das selbst nie berechnen können, diese Geschichte vom Schwimmbad, das Volumen und die Hektoliter. Aber natürlich war der Alte auch nicht lange zur Schule gegangen. Sein knapp zwanzig Jahre jüngerer Bruder war immer schon brillant gewesen. Er war der Stolz ihrer Eltern, war sowohl ein guter Sportler – er war ein sehr guter Schwimmer und hätte an Wettkämpfen teilgenommen, wäre das Schwimmbad früher gebaut worden – als auch ein guter Schüler. Der damalige Lehrer hatte darauf gedrängt, dass er weiter zur Schule ging und das Lehrerdiplom absolvierte.

»Ich blicke da nicht mehr durch bei diesen ganzen Eltern, Epochen und Lehrern«, bemerkt Sphinx spöttisch. »Also was jetzt, dieser Junge, hat man ihn bestraft oder nicht? Hat man ihn zu Hause eingesperrt? Und dann dieser Vater, der Lehrer, wie war der eigentlich genau? Ein Tyrann? Vernagelt? Immerhin hat er seinen Sohn geschlagen …«

Das Kätzchen kichert, wirkt dadurch ganz diabolisch. Die Gestalt neben dem Alten wird immer unruhiger. Vielleicht liegt das aber auch am Geruch im Auto – ein

Geruch nach Scheiße, ganz unverkennbar und eindeutig auszumachen.

»Das kannst du doch auch anders machen, verdammt noch mal!«

Der Vater sitzt nach vorn gebeugt da. Er versucht, nicht zu schreien, dennoch klingt seine Stimme angespannt, schießt aus ihm heraus wie ein Pfeil. Sie vibriert vor lauter negativen Schwingungen.

»Das erste Mal, okay, das lasse ich durchgehen, das war mein Fehler, ich hatte es vergessen, ich hatte es nicht verstanden. Aber jetzt, ehrlich, Scheiße, Mann. Scheiße, verdammt noch mal. Ich habe keine anderen Klamotten, verstehst du?«

Während er spricht, spürt er, wie die Wut an ihm hinunterrinnt wie die stinkende Materie entlang der Beine seines Sohnes. Fast würde sie sich in Tränen verwandeln – die Wut, nicht die Scheiße. Doch dann erfasst ihn der Jähzorn von neuem.

»Verdammt, wie sollen wir das denn hinbekommen, du und ich, wenn du immer dann scheißt, wenn dir gerade danach ist? Du bist doch kein Tier, Scheiße, Mann. Wie machst du das denn in der Klinik? Du hast ja wohl keine Windeln mehr an oder wie?«

Er hört, wie seine Stimme zwischen den Bäumen widerhallt, die den kleinen Weg säumen, wo er überstürzt angehalten hat. Ihm wird klar, dass er im Grunde genommen gar nichts weiß. Wenn er mit ihm in den Park ging, wollte der Kleine niemals auf die Toilette gehen. Natürlich sagte er niemals etwas, aber na ja, sie hatten auch niemals einen Unfall gehabt – zumindest keinen in dieser Hinsicht. Vielleicht trug der Kleine ja doch Windeln, und er hat nur niemals davon erfahren.

Und was jetzt? Die Klinik anrufen, um herauszufinden, wie sie es dort handhabten? Sie fragen, ob es ein Zeichen, Uhrzeiten, eine bestimmte Vorgehensweise gab, um mit diesem Problem der … Entleerung fertigzuwerden?

Das war natürlich völlig ausgeschlossen. Die Leute in der Klinik, allen voran der dicke Doktor Gallay, waren jetzt bestimmt ein bisschen sauer, weil der Vater mit dem Sohn ohne Ankündigung verschwunden war, um mit der grünen Ente, Baujahr 1973, einen kleinen Ausflug zu machen. Und vielleicht auch, weil der Vater sein sehr teures Hightech-Handy zusammen mit seiner Kreditkarte in die erstbeste Mülltonne auf der erstbesten Raststätte an der Landstraße geworfen hatte – so vor ein-, zweihundert Kilometern.

9

Sind Sie jetzt mit sich zufrieden?«, fragt sie, und der Gendarm schaut nach unten.

In ihrer Stimme liegt keine Bitterkeit, kein Vorwurf. In ihrer Stimme liegt nichts. Sie ist nur ein Murmeln, ein Hauch. Eine tonlose Stimme, wie man es in Büchern lesen würde. Ohne Kontur oder Modulation. Sie hat die Worte mit einem Seufzer ausgestoßen. Er hat den fragenden Tonfall kaum wahrgenommen; es hätte nicht viel gefehlt, und der Gendarm hätte den Satz für eine Feststellung halten können. Eine niedergeschlagene Feststellung.

Beschwichtigend hebt der Arzt die Hand.

»Ich glaube, wir sollten unsere Besorgnis nicht auf den Brigadier übertragen, denn …«

Der Gendarm hat kaum Gelegenheit festzustellen, mit welchem Geschick der Psychiater ihm, unter dem Deckmantel, ihn zu verteidigen, die Verantwortung in die Schuhe schiebt, denn Madame Dubon unterbricht ihn mit ihrer nach wie vor tonlosen, unbeseelten Stimme.

»Sie müssen ihn finden.«

Sie sieht niemanden an. Sie schaut nach unten auf ihre Hände, diese Hände, die sie aneinanderreibt, als wollte sie Creme verteilen. Sie ließ sich mit diesem »wir« des Psychiaters nicht ködern; sie verweist beide Männer an ihre Verantwortlichkeiten. An ihre Niederlage. Und fügt hinzu: »Er wird ihm etwas antun.«

Diese Worte schweben über dem Schreibtisch des Psychiaters wie eine Sturmwolke, eine Wolke, herangetrieben von der tonlosen Stimme der Frau.

Ihr Gesicht ist regelrecht übersät von roten Flecken. Sie erstrecken sich von den Nasenflügeln bis hin zur Linie ihres spitzen Kinns und betonen dabei ihre Mundwinkel. Sie beginnen zwischen den Augenbrauen, verlaufen in zwei gezackten Streifen zu den Schläfen hin, ähnlich den Flügeln eines Insekts. An ihren Enden zieren diese Streifen weiße, abgestorbene Hautschüppchen, als würde sich die Haut von Madame Dubon nach einem Sonnenbrand schälen.

Sie plaziert beide Hände auf dem Schreibtisch des Psychiaters – ganz flach, ganz reglos und überall von rosafarbenen Flecken und Schrunden überzogen. Sie verkündet: »Ich werde Meldung wegen Fahrlässigkeit und unterlassener Aufsichtspflicht gegen die Klinik erstatten. Dann möchte ich, dass eine Vermisstensuche im Interesse der Angehörigen eingeleitet wird. Das ist eine Entführung, und genau als solche müssen Sie es behandeln.«

Man müsste das Gesicht des Psychiaters in diesem Moment sehen. Wie sich seine dichten Augenbrauen wenige Millimeter heben – ein Ausdruck der Überraschung und zugleich der Verstimmtheit, dem er, mit wundersamer Willensstärke, auf halbem Wege Einhalt gebietet. Allerdings muss er dafür kurz die Zähne zusammenbeißen, was ihm das mürrische Aussehen einer Bulldogge verleiht, die gleich auf einen losgehen wird.

Der Gendarm bemerkt, wie sich erst die Augen des Arztes weiten und dann – als würde er versuchen, diesen Ausdruck seiner Ungläubigkeit zu unterbinden, was ihm aber nur halb gelingt –, wie sich seine *Nasenlöcher* weiten.

Um das Bild zu vervollständigen: Die gesamte Kopfhaut seines Schädels zieht sich mehrfach vor und zurück, wodurch sich auch die Ohren bewegen und witzig aussehende Runzeln auf seiner Stirn zutage gefördert werden.

Eine Bulldogge. Eine verärgerte Bulldogge. Die Unannehmlichkeiten wittert.

Aufgrund seiner Grimasse rutscht ihm die Brille mit den dicken Gläsern über die Nase. Für eine Antwort bleckt er die Zähne. »Madame, ich glaube nicht, dass …«

Madame Dubon unterbricht ihn mit einem merkwürdigen Laut, der zwischen ihren zusammengepressten Lippen hervordringt – eine Art Pfeifen. So was wie ein Ultraschall? Jedenfalls fühlt sich der Psychiater in seinem Elan sofort ausgebremst. Langsam weicht er zurück, sein Oberkörper sackt gegen die Rückenlehne seines Stuhls. Besiegt von der Frau mit der Krokodilhaut.

Fast hatte der Gendarm Mitleid mit ihm. Und doch hat er nicht vor, ihm zu sagen, dass die ganzen juristischen Begriffe und die Selbstsicherheit, die Madame Dubon da an den Tag legt, ihre Drohungen bezüglich der Klinik rein erfunden sind. Man erstattet keine Meldung »gegen« jemanden, und es gibt hier kein Motiv. Er zweifelt jedoch nicht daran, dass sie Anzeige erstatten wird. Außerdem müsste er – es sei denn, er hätte Glück und der Vater würde sich in den nächsten Stunden melden – eine Ermittlung wegen elterlicher Kindesentführung einleiten.

Und das zog nicht enden wollende Scherereien nach sich.

Hat er sich etwas vorzuwerfen? Von einem fachlichen, juristischen Standpunkt aus betrachtet weiß er, dass dem nicht so ist. Er hat sich die wiederholten Bitten der Mutter angehört, auf die strikte Einhaltung der richterlichen

Entscheidung geachtet – Besuchsrecht jedes Wochenende, je nach Empfehlung der verantwortlichen therapeutischen Klinik. Was hätte er sonst noch machen können?

»Mein Ehemann«, beharrt die Krokodilsfrau mit dieser fiependen Stimme, »leidet an einer schweren Neurose.«

Ihre Worte sind präzise, die Konsonanten so schneidend, dass sie kleine Löcher in den Hemdkragen des Klinikleiters zu schneiden scheinen. Besagter presst im Übrigen gerade eine Hand an diese Stelle, als wolle er sich schützen oder eine Krawatte lockern, die er gar nicht trägt.

»Lassen Sie uns mal ganz ruhig bleiben«, setzt er an und versucht erneut an ein »uns« zu appellieren, das nur in seiner Wunschvorstellung existiert. »Das ist ein sehr drastischer Ausdruck, und nur weil die Zeitschriften ihn benutzen, heißt das nicht ...«

»Ich weiß, wovon ich spreche«, unterbricht ihn die Frau. »Mein Mann, mein Ex-Mann, leidet an psychischen Störungen. Ich habe mich diesbezüglich immer sehr bedeckt gehalten, weil ich nicht wollte, dass ihm das zum Nachteil gereicht, schließlich wäre das nur auf unser Kind zurückgefallen. Aber ich habe immer gewusst, dass er zu solchen Handlungen fähig ist. Vor neun Jahren, als ich mit unserem Sohn schwanger war, litt er an einer schweren Depression. Überaus heftig. Ich habe immer gedacht, dass sie in gewisser Weise die Entwicklung unseres Kindes ... beeinträchtigt hat.«

Der Gendarm kann nicht anders, er bewundert sie – sie redet, als würde sie eine Aussage machen.

Die psychiatrische Bulldogge versucht aufzumucken, erneut ihre Kompetenzen, zumindest auf dem Gebiet der Psychiatrie, unter Beweis zu stellen. »Die Depression ist für sich genommen keine Psychopathie. Und was ihren Einfluss auf den Zustand Ihres Sohnes betrifft …«

Die Krokodilsfrau muss nur ein Lid heben, um ihn wieder zum Schweigen zu bringen.

»Sie hätten sehen sollen, was er damals zeichnete. Geschichten von Monstern. Von Geistern. Ich sage Geschichten, aber das waren keine. Einfach nur Bilder. Und er redete ununterbrochen vom … Tod. Von Autounfällen.«

Sie schüttelt den Kopf, und ein paar Hautschuppen flirren über den Schreibtisch.

»Er hat freiwillig um eine Einweisung gebeten, müssen Sie wissen. Und nachts – die Schreie, die er nachts ausstieß … Ich hatte Angst um den Kleinen.«

Sie wendet sich an den Gendarmen, und ihm ist, als würde ihm eine eisige Kaltfront entgegenschlagen. Fast fröstelt ihn.

»Verstehen Sie jetzt, weshalb ich so hartnäckig war? Ich kenne ihn sehr gut. Ich wusste, dass er kurz vorm Durchdrehen war. Seine Abwesenheit, diese ganzen letzten Wochen … Ich wollte Sie vorwarnen.«

Die Bulldogge mischt sich wieder ein, wirft sich nach vorn und verkündet: »Aber das hätten Sie tun sollen! Hätten wir Zugriff auf seine Akte gehabt, hätten Sie sich mit uns ins Benehmen gesetzt …«

Die Stimme der Frau bricht über ihn herein wie ein Hagelschlag.

»Ich dachte, das würde Ihnen von allein auffallen. Zumindest, dass man ihn im Auge behalten musste. Es ist ja wohl wirklich nicht schwierig, das zu erkennen. Wie er darauf beharrte, ihn in den Park mitzunehmen, die Tatsache, dass er jedes Wochenende hier verbringt, dass er keinen Beruf hat. Er ist ein Außenseiter, Doktor Gallay. Ich habe mit Ihnen nicht über seine psychischen Probleme gesprochen, weil ich der Beziehung, die er mit unserem Sohn zu etablieren versuchte, alle Chancen lassen wollte, aber …«

Der Gendarm hört, wie dieser letzte, in ein Korsett gezwängte und von Stacheldraht umwickelte Satz zwischen den Wänden dieses frostigen Büros widerhallt. Die Stirn der Bulldogge wird wieder glatt, das Gesicht ein bisschen länger – als würde der Arzt sich eine Bemerkung verkneifen, als würde er sich für später das Recht vorbehalten wollen, dass es dennoch ein bisschen ihr, Madame Dubons, Fehler sei, was sie jetzt durchmache: Den Ärzten, der Justiz wichtige Dinge zu verschweigen sei nicht gerade clever, ganz egal aus welchen Gründen. Und wenn er es gewusst hätte, wenn er die Unterlagen gehabt hätte, wenn die Vorgeschichte bekannt gewesen wäre, dann hätte er den Vater natürlich beaufsichtigen lassen, oder er hätte es so eingerichtet, dass er mit dem Jungen nicht einfach ans andere Ende des Parks hätte gehen können, in die Nähe des Parkplatzes, wo …

»Und wenn Sie uns zum Ort des Geschehens bringen würden?«, bittet da der Gendarm.

Die drei stehen auf und verlassen das Büro. Ganz bestimmt legt sich eine Schicht Rauhreif auf die Leere, die sie hinterlassen.

Lucile Libellule surrt vor Ungeduld. Angesichts dieses Rindviehs von Gendarm in seinen riesigen Schuhen und des Psychiaters, der seine Inkompetenz hinter seiner Brille verbirgt, würde sie am liebsten explodieren.

»So, hier ist es …«, murmelt der Psychiater.

Sie wirft ihm einen finsteren Blick zu. Dieser Kerl hat ein ganz besonderes Geschick, nur Offensichtliches zu verkünden.

Es ist dunkel. Die Bäume im Park sind in unregelmäßigen Abständen gepflanzt worden. Ganz bestimmt sollen sie einen erhabenen und beruhigenden Eindruck vermitteln; für Lucile stehen sie einfach nur ungeordnet da – und sie stört sich daran. Sie fährt sich mit den Fingern über die Lippen. Sie tun ihr weh. Sie hat ihr Lippenbalsam vergessen. Bestimmt hat sie es auf dem Beifahrersitz ihres Wagens liegen gelassen, den sie hinter dem Gitterzaun entdeckt.

Es ist ganz untypisch für sie, etwas zu vergessen. Und sei es nur Lippenbalsam. Sie hat das Gefühl, als wollten die Bäume sie erdrücken, als würden die Wurzeln unter ihren Sohlen die Erde verdrängen und einen bodenlosen Abgrund aufreißen, der sie zu verschlingen sucht. Sie ist sich sicher, ohne ihr wohltuendes Lippenbalsam werden ihre Lippen aufplatzen. Wenn ihr das passiert, dann quillt bei jedem Wort, das sie sagt, etwas Blut hervor.

Das schmiedeeiserne Gitter, das auf einem Steinmäuerchen errichtet wurde, trennt den hinteren Teil des Parks von der Esplanade mit weißem Kies ab, wo die Besucher ihre Autos abstellen. Das Gitter umgibt den gesamten Park, wird nur von einem doppelflügeligen Tor unterbrochen, das auf die weiße Allee führt, von wo aus man zu den Klinikgebäuden gelangt – und von ein paar kleineren Türen, bei denen man nicht recht weiß, wofür sie da sind. Dazu gehört auch die eine, die sie gerade betrachten und die zu der Seite des Parkplatzes geht, die am weitesten vom Tor entfernt ist.

»Die Klinik ist ein Herrenhaus«, erklärt der Arzt. »Und das hier war ein Dienstboteneingang, vermutlich nutzte der Gärtner ihn. Die Pförtnerloge ist zum Pavillon geworden …«

»Das heißt also, dass sie durch diese Tür verschwunden sind?«, unterbricht ihn der Gendarm.

Lucile sieht, wie der Psychiater ganz offensichtlich blass wird.

»Das ist … das ist tatsächlich möglich. Hier wurden sie zum letzten Mal gesehen. Gestern Nachmittag. Und da die Tür zum Parkplatz führt …«

»Aber wie hätten sie das denn machen sollen?«, ereifert sich Lucile.

Sie beißt sich heftig auf die Lippen. So heftig, dass sie hervorquellende Blutstropfen auf der Zunge schmeckt. Trotzdem beißt sie nach wie vor fest zu. Sie hat Angst, dass die Leere in ihrem Bauch sich plötzlich in einen Schrei verwandelt, einen so langgezogenen Schrei, dass er die Welt zerreißt. Dass er sie alle verschlingt.

Vielleicht hat sie auch nur Angst, sich lächerlich zu machen, wenn ihre Stimme bricht. Wenn ihre Tränen hervorquellen. Lucile Krokodil ist keine, die einfach so weint.

Ein Krankenpfleger, begleitet von einer Gendarmette, gesellt sich zu ihnen. Der Krankenpfleger ist groß und schlank, hat kurze hellbraune Haare. Er trägt einen weißen Kittel über einem blau-weiß karierten Hemd, eine Jeans und Halbschuhe von Clarks. Sein dünner Hals ragt aus dem Kittel hervor; sein leicht vorspringender Adamsapfel erinnert an einen Blutdruckmesser, an dem man sein Unwohlsein ablesen kann.

Die Gendarmette sieht nach gar nichts aus. Die Haltung – das Gesicht schlaff – ohne jede Anmut. Bis sie den Blick auf den Gendarmen richtet, wie Lucile feststellt. Dann nämlich fangen ihre Augen an zu strahlen, und ihre missmutigen, krötenhaften Gesichtszüge verwandeln sich in die einer glücklichen Kröte.

»Brigadier, ich bringe Ihnen Monsieur Bellut. Er ist hier Krankenpfleger.«

»Vielen Dank, dass Sie gekommen sind, Monsieur Bellut. Haben Sie noch weitere Informationen zu …«

Der Gendarm zögert kurz.

»Zur Abfahrt von Monsieur Dubon und seinem Sohn?«

Lucile denkt kurz darüber nach, den Mund aufzumachen, loszublaffen, dass es sich um ein *Verschwinden*, eine *Entführung* handelt. Aber sie hält sich zurück, befürchtet, sie könnte leicht hysterisch klingen. Gut möglich, dass sie, wenn sie den Mund aufmacht, den Gendarmen, seine verliebte Kröte, den Adamsapfel und den Psychiater mit nichts als ihren Zähnen in Stücke reißt.

Der Adamsapfel hüpft ein halbes Dutzend Mal auf und ab, ehe er verkündet: »Heute Morgen, während der Besuchszeit …«

Hoch, runter, hoch, runter.

»Da habe ich die beiden, Monsieur Dubon und Isaac, hier gesehen. Es hat geregnet. Isaac stand vor dem Zaun. Auf dem Parkplatz stand ein Auto, eine grüne Ente …«

Ein Zucken, hoch, runter.

»Und da beide so aussahen, als würden sie die Ente anschauen, habe ich eine Bemerkung über sie gemacht. Und da hat Monsieur Dubon mir gesagt, sie gehöre ihm. Das hat mich überrascht, für gewöhnlich kommt er zu Fuß vom Dorf hierher. Wir haben uns ein bisschen unterhalten, und er hat mir noch gesagt, dass er sie gerade erst bekommen hatte. Er hat ›bekommen‹ gesagt, nicht ›gekauft‹, daran erinnere ich mich noch.«

Der Adamsapfel hüpft weiterhin auf und ab, mit den Ausschlägen nach oben und unten, und der Mann enthüllt dabei, dass er daraufhin wegging, um das zu erledigen, was er an diesem Morgen erledigen musste – eine Runde durch den Park drehen, ein paar Patienten zur Ordnung rufen, die Zimmer abgehen –, und dass Isaac dann zur Mittagessenszeit, nach den Besuchen, nicht da war.

»Ich habe mich nicht sonderlich beeilt, es kommt vor, dass Isaac auf seinem Zimmer bleibt. Außerdem hatte ich seinen Vater gesehen, ich dachte, sie wären zusammen. Ich habe mir gesagt, dass sie vielleicht noch vor der Ente stehen, Sie wissen ja, wie Isaac sein kann, wenn er etwas fixiert …«

Der Adamsapfel hüpft so schnell auf und ab, dass man eigentlich erwarten würde, Musik zu hören. Zumindest ein Dröhnen.

»Und als ich dann hierherkam, war die Ente weg. Wir haben Isaacs Zimmer, die Klinik, den Park abgesucht … Und dann haben wir Sie gerufen, Doktor Gallay. Und das war's. Wir haben Monsieur Dubon auf dem Handy angerufen, aber er hat nicht geantwortet.«

Die Krokodillibelle fängt an loszuschreien. Ihr Schrei verursacht nicht das geringste Geräusch, aber er höhlt den Abgrund in ihrem Inneren noch weiter aus. Die Haut an ihren Fingern brennt: Sie presst den Riemen ihrer Tasche fest an sich, und ihre Hände fahren hastig daran nach unten, um in der kleinen Ledertasche zu verschwinden, in der sie nach dem Cremetübchen suchen wie kleine blinde Tiere.

Flucht, schreit Lucile Libellule stumm. Flucht, Entführung, Kidnapping. Vorsatz. Und wo es Vorsatz gibt, gibt es Verbrechen, und wo es Verbrechen gibt, gibt es Mord, Kindsmord, da ist dieser Mann, der seinen Sohn umbringen wird, weil er völlig verrückt ist, weil er ihn schon immer gehasst hat, schon vor der Geburt, weil er einfach nie herausgefunden hat, wie er sich um ihn kümmern soll.

Glücklicherweise haben die Hände die Tube gefunden und aus der Tasche geholt. Sie finden sich zurecht, die armen, kleinen und ach so anhänglichen Tierchen, die den Deckel abdrehen und sich gegenseitig einreiben, in diesem peinlichen Schweigen, das der Adamsapfel hinterlässt, wenn er aufhört, sich zu bewegen. Dann schließt Lucile die Augen und versinkt in diesem Abgrund – dieser Abgrund, in dem sie weder Libelle noch Krokodil ist, dieser Abgrund, in dem alles verschwindet, dieser Abgrund, der das riesige Biest beherbergt, das sie verschlingt und die Welt mit ihr zusammen verspeist – wären da nicht diese beiden kleinen Hände, die noch herumwuseln und reparieren, einander einsalben, um eine Verbindung zur Realität aufrechtzuerhalten, zumindest mit der Oberfläche der Realität.

Es wird Nacht im Park.

»Alles in Ordnung, Madame Dubon?«, fragt der Gendarm.

Madame Dubon nickt, energisch und rasch. Er dreht sich zum Park um. Feuchtigkeit liegt in der Luft. Unter den Bäumen würde man vielleicht Pilze finden. Nicht viele, aber …

»Worauf warten Sie noch, ehe Sie Alarm schlagen?«, fragt Madame Dubon.

Ein Blutstropfen perlt über ihre Lippen; ihr Blick jagt einem fast Angst ein.

»Das ist eine Entführung, Brigadier. Ich verlange, dass eine Suche eingeleitet wird.«

Der Gendarm sagt sich, selbst wenn er diese Frau in

den Arm nähme, würde das nicht helfen. Er würde ihr keinen Trost spenden. Eher das Gegenteil wäre der Fall. Sie würde ihn stattdessen austrocknen. Ihn rissig werden lassen, zu Puder oder zu Staub reduzieren. Wie eine ansteckende Krankheit. Eine Art Pilz.

Der Gendarm spürt, wie er an einem Strom störender Gedanken entlangstreift. Glücklicherweise kommt ihm die Gendarmette zu Hilfe.

»Die Tür. Sie war offen, oder?«

Der Adamsapfel wendet sich an den Psychiater, der bislang nichts gesagt hat – vielleicht erleichtert ist, weil man ihn in Ruhe lässt, aus dem Ganzen raushält. Und der prompt so reagiert, dass sich auch ja nichts daran ändert.

»Also, Florent? War die Tür zu?«

»Nein ... nicht, als wir hier ankamen. Das stand sie offen.«

Die Augen des Psychiaters funkeln: Ganz offensichtlich will er sich in einer heftigen Kritik gegen Florents Adamsapfel ergehen. Aber der Gendarm, der wieder ganz bei sich ist, kommt ihm zuvor.

»Ich nehme mal an, dass diese Türen eigentlich verschlossen sein sollten, oder, Doktor Gallay? Und das überprüfen Sie doch auch regelmäßig?«

Widerwillig wendet sich der Psychiater ihm zu.

»In einer Klinik wie der unseren ...«

Er hält inne, als würde er hören wollen, wie seine Worte unter den Bäumen widerhallen.

»... selbst wenn die Sicherheit unserer Patienten ...«

Die Worte fallen auf den Rasen, ohne jede Anmut, wie die Pollen von irgendeinem Unkraut.

»... äußerst wichtig ist, so ist unsere Einrichtung doch kein ... Gefängnis ... keine Haftanstalt ...«

Der Gendarm zügelt seinen Drang, den Arzt am Kragen zu packen und durchzuschütteln, um ihn so zu nötigen, die Worte schneller auszuspucken.

»… Sie verstehen sicherlich, dass die Überwachung … zwar nicht unmöglich, aber doch … und wir müssen unsere Patienten doch vor allem vor sich selbst schützen. Das Gitter hier ist hauptsächlich symbolischer Natur, und nur sehr wenige, also wirklich, nur sehr wenige unserer Patienten versuchen, ich würde sogar sagen, denken überhaupt daran, von hier wegzugehen, selbst wenn das Tor weit offen stünde, und …«

»Das Tor wird von Kameras überwacht«, unterbricht ihn die Gendarmette kurz und bündig, wie es ihre Art ist.

Ihr Einwurf lässt den Psychiater jäh verstummen.

»Diese Tür hier«, fährt der Gendarm beharrlich fort und zeigt auf die schwarze, schmiedeeiserne Platte. »Sollte die eigentlich abgeschlossen sein?«

Der Adamsapfel antwortet.

»Ja. Zu und abgeschlossen. Niemand benutzt sie. Ich habe im Übrigen den Schlüssel dazu noch nie gesehen. Aber ich kann Ihnen versichern, dass letzten Monat …«

Der Gendarm geht auf die Tür zu. Hohe Gräser und abgestorbene Blätter säumen den unteren Rand.

Er drückt die Klinke herunter und lehnt sich gegen die Tür. Sie quietscht und lässt sich problemlos öffnen, nur die hohen Gräser leisten etwas Widerstand.

»Wirklich, abgeschlossen?«

Im hohen Gras amüsiert sich ein Kätzchen vortrefflich. Doch weder der Gendarm noch Lucile oder einer der anderen scheinen es zu sehen.

»Einverstanden«, sagt der Gendarm widerstrebend. »Ich werde eine Suchmeldung rausgeben.«

10

Richtig übel fanden wir Ted Kramer. Dustin Hoffman als Ted Kramer in *Kramer gegen Kramer.*«

Der Vater schwadroniert ohne Punkt und Komma. Seine rechte Hand flattert herum, nach oben, nach unten, unterstreicht, was er sagt. Immer wieder wirft er einen Blick in den Rückspiegel. Nie reagiert der Kleine, natürlich nicht, das hindert den Vater allerdings nicht daran, weiterzureden und in den Rückspiegel zu sehen, als würde er den Kleinen zum Zeugen nehmen wollen. Was er hingegen nicht zu bemerken scheint, sind die Gestalten neben dem Kleinen. Oder aber er ignoriert sie absichtlich.

»Nie hat sich der Typ um seinen Sohn gekümmert. Also na ja, schon, um mit ihm in den Park zu gehen, denke ich mal, aber was soll's, er kann nicht kochen und auch sonst nichts. Aber er lernt. Er lernt, wie man Pancakes macht, geht ihn von der Schule abholen. Er wechselt sogar den Job für ihn – er hat ein einziges Bewerbungsgespräch, und der Typ fragt ihn: *Sind Sie sich sicher? Ihre Kompetenzen sind, also Sie sind überqualifiziert für die Stelle* – und Ted Kramer lächelt sein Siebziger-Jahre-Lächeln, feminin, sehr anmutig, und sagt: *Ja, ich bin mir sicher.* Und sprechen wir hier mal nicht von den Raten für seine Wohnung und auch nicht von seinem Lebensstandard. Man weiß nur, dass er aus einem Vorort kommt, vielleicht aus einem Getto, dass die Teenagerjahre nicht gerade einfach für ihn waren und er einer Welt voller Brutalos, einer Männerwelt entflohen ist. Und als seine Frau dann verschwindet, wird er … zu einem Mann. Zu einem perfekten Mann. Eins a.«

Hin und wieder wendet der Kleine den Kopf, ganz leicht, nach links oder rechts, als würde er aus dem Fenster sehen. Ein Teil des Gehirns vom Vater, der nicht mit diesem langatmigen Monolog beschäftigt ist, in dem er sich vor einem imaginären Publikum rechtfertigt, registriert dieses Zucken und fragt sich, ob es nicht *neu* ist. Für gewöhnlich gibt es beim Kleinen nichts *Neues*. Der Vater hat Monate, Jahre damit zugebracht – zumindest die Wochenenden und die Mittwoche, an denen er Besuchsrecht hatte –, einer Neuigkeit aufzulauern.

»Aber das Problem des perfekten Mannes, das Problem mit Ted Kramer ist, dass es ihn nicht gibt. Schlimmer noch. Dass es ihn geben könnte.«

Der Vater macht eine kurze Pause, während er einen Gang zurückschaltet, in den dritten, als sie am Fuß eines zu erklimmenden Hügels ankommen. Der Nachmittag ist schon weit fortgeschritten. Man könnte meinen, der Wald beschützt sie. Nur wenige Autos kommen ihnen entgegen. Liegt es daran, dass der Vater sich verirrt, oder ist es im Gegenteil etwas, etwas in ihm, das ihm zuraunt, wenn sie sich an diese Umwege, diese Landstraßen, diese Nebenstraßen halten, die sich zwischen den Bäumen verlieren, dann sind sie vor den Suchaktionen in Sicherheit?

Er wirft einen Blick in den Rückspiegel – und dieses Mal ist er sicher, dass der Kleine aus dem Fenster schaut. Zumindest Richtung Fenster.

»Gefällt dir das? Das ist der Wald. Wir müssten mal anhalten. Falls du aufs Klo musst. Aufs Klo, du weißt schon? Jetzt, wo wir das verstanden haben. Jetzt, wo wir wissen, wie es geht. Willst du? Nein? Später?«

Der Kleine wendet den Kopf und starrt in die Leere vor sich.

»Nicht jetzt, okay. Später.«

Inzwischen ist der Kleine mit einer einfachen Decke im Schottenmuster bekleidet, einer alten, aber sauberen Decke, die der Vater im Kofferraum der Ente neben einem großen Stapel alter Zeitungen gefunden hat, die wegzuwerfen er nicht für nötig erachtet hatte. Die Zeitungen mit den riesigen Schlagzeilen in antiquierten Buchstaben, den Ausrufezeichen, den Fotos von längst vergessenen Gesichtern hatte er benutzt, um die Rückbank zu säubern, ehe sie neben einem Bach unter einem Stein landeten. Der restliche Stapel polstert inzwischen die Rückbank und ein paar strategische Stellen im Fahrzeug aus. Die schlechten Nachrichten von vor dreißig Jahren oder mehr helfen, zukünftige Scherereien zu vermeiden; der Vater sagt sich, dass das etwas Beruhigendes hat.

»Und weißt du was? Ted Kramers Sohn verschüttet Orangensaft über superwichtige Unterlagen. So was wie Fotoabzüge oder so, glaube ich. So was gibt es gar nicht mehr – aber damals waren solche Sachen wertvoll. Der Kleine hat gerade viele Stunden Arbeit ruiniert. Außerdem gefährdet er damit den Job seines Vaters. Zerstört dessen Leben auf diese unschuldige Art. Genau. Er ruiniert das Leben seines Vaters, das wunderbare Hochglanzleben des Ted Kramer. Der Kleine kommt, er meckert, verlangt Pancakes, verschmiert alles mit Orangensaft – er ist widerlich, abscheulich. Selbst seine Mutter erträgt ihn nicht mehr, deshalb haut sie ab. Wie siehst du das? Nicht wegen Ted. Wegen des Kleinen. Und trotzdem wird Ted Kramer nicht sauer. Niemals. Allerhöchstens ein kurzer Aufschrei, und dann entschuldigt er sich. Also mal ehrlich, glaubst du das?«

Die Hände des Vaters flattern herum, um seine Gedankenflüge zu bekräftigen. Während er redet, denkt er zumindest an nichts anderes. Allerdings schlängelt sich die Straße dahin – sie schlängelt sich derart dahin, dass sie ihn in einer Kurve überrascht und das Auto ins Schleudern gerät. Der Vater muss mit der ganzen Kraft, die in seinen Händen und Schultern steckt, dagegenhalten, um das Bakelit-Lenkrad ein paar Grad nach rechts zu drehen. Einen Moment lang, einen winzigen Moment lang, setzt sein Herzschlag aus, und er sagt sich, dass er die Kurve nicht bekommen und gegen einen Baum fahren wird. Oder im Graben landet. Oder in einem Abgrund. Das passiert ihm nicht zum ersten Mal. Der Vater kann nicht gut Auto fahren. Er hat seine Fahrprüfung gerade mal so bestanden, und das liegt schon lange zurück. Das und die alte Steuerung, mal ganz abgesehen von seinen herumflatternden Händen, und schon zeichnen sich zwei große feuchte Flecken unter den Achseln seines Hemdes ab.

»Hoppla!«, ruft er mit erzwungener Fröhlichkeit, als hätte er alles unter Kontrolle. »Vorsicht beim Abheben.«

Jemand lacht hinter ihm. Zumindest meint er, ein Lachen zu hören. Ein Geräusch, das einem Lachen ähnelt. Der Kleine? Die Federn der Rückbank? Seine Phantasie? Erneut schaut er im Rückspiegel zu dem Kleinen. Der schaut ihn nicht an – sein Blick ist starr auf seine Hände gerichtet. Man könnte sogar meinen, dass sein Kiefer verspannt ist. Man könnte meinen, dass er den Kopf schüttelt. Dass er versucht, sich mitzuteilen.

»Du willst scheißen, ist es das? Auf die Toilette gehen?

Halte dich zurück, halte dich zurück, ich bitte dich, ich finde ein Plätzchen für dich, irgendwas, pass auf die Decke auf, halte dich noch zurück, gleich sind wir da, bitte …«

Während er sein Gebet an die Götter der Hygiene und der Annehmlichkeiten herunterleiert, durchforstet der Vater eingehend die Umgebung der Landstraße, die sich zwischen den Bäumen dahinschlängelt. Natürlich könnte er irgendwo am Straßenrand stehen bleiben. Aber er hat letztendlich begriffen, dass der Kleine sich weigert auszusteigen, wenn das Auto zu nah an der Fahrbahn steht. Außerdem wäre es durchaus möglich – wenngleich höchst unwahrscheinlich, aber der Vater glaubt ja nicht an Wahrscheinlichkeiten –, dass ein Auto vorbeikommen und die grüne Ente am Straßenrand bemerken würde. So verwirrt der Vater auch ist, er weiß, dass man sie besser nicht bemerken sollte.

Ein weiterer Blick in den Rückspiegel. Der Kopf des Kleinen wiegt sich ganz eindeutig hin und her. Der Vater beißt die Zähne zusammen. Manchmal hasst er diesen Balg einfach. Manchmal verkrampfen sich seine Hände, als würde Elektrizität durch seine Gliedmaßen fließen. Ach, Ted Kramer, wie ist der herrlich, dieser Mistkerl von Ted Kramer, mit seiner kleinen, zivilisierten Wut, wie süß, während ihm der Sohn das Leben kaputt macht. Den würde man gern plattmachen, den Kramer, wenn man ein echter Vater ist, der Pancakes anbrennen lässt und den die Wut wahnsinnig macht. Völlig wahnsinnig. So wahnsinnig, dass man seine Kinder schnappt und sie anbrüllt. Sie schüttelt, sie heftig schüttelt, damit sie mit ihren Dummheiten aufhören – oder aber, im Falle des Kleinen, damit sie endlich welche machen, Dummheiten. Dass sie reagieren. Dass sie etwas sagen, sich bewegen, schreien, wenn man sie füttert, wenn sie aufwachen, wenn sie ihren Körper entleeren. Dass sie da sind, verdammt noch mal, dass sie etwas anderes sind als dieser leere Blick, der einen durchbohrt, der einen Teil der eigenen Seele anstarrt, den man nicht kennen will.

»Das war gar nicht so heftig«, murmelt der Vater vor sich hin, seine Finger wie betäubt am Lenkrad. »Sie hat sich getäuscht, ich hab ihn gar nicht so heftig geschüttelt. Ich hab dich gar nicht so heftig geschüttelt. Und du warst schon … Ich hatte bereits bemerkt, dass du …«

Die Wut löst sich auf – zumindest löst sie sich in einer Art flüssiger Verzweiflung auf. Hastig biegt die Ente auf einen Weg unterhalb der Straße ab. Sie holpert noch ein paar Meter weiter, bleibt quietschend stehen. Der Vater springt aus dem Wagen, reißt die hintere Tür auf. In der Luft ein Geruch nach feuchter Erde. Der Himmel hinter den großen Bäumen ist hellgrau, das Licht nimmt ab. Es ist kühl.

»Komm schon, raus mit dir. Bitte. Mein Schatz. Komm raus. Ich habe keine andere Decke mehr. Ich weiß nicht, wo wir schlafen werden. Und ich will nicht, dass dir kalt ist. Ich habe Angst, dass du Angst haben könntest. Komm raus. Rede mit mir.«

Er legt seinem Sohn eine Hand auf die Schulter.

Sphinx fährt die Krallen aus. Wenn er das macht, sieht er nicht mehr aus wie ein kleines Kätzchen. Sein Fell sträubt sich im selben Moment, in dem der Kleine erstarrt. Voll und ganz.

Dem Vater wird bewusst, was er gerade gemacht hat. Er zieht seine Hand nicht zurück. Er hält den Atem an.

Aber nichts geschieht. Nicht einmal ein Klick. Nur ein Säuseln unter den Bäumen – man könnte es für das Fauchen einer Katze halten.

»Also ehrlich, du könntest wenigstens nett sein«, widerspricht der Alte. »Sie sitzen doch schon in der Scheiße, oder nicht? Und wir haben sie da reingeritten.«

Der Alte sagt »wir«, denkt aber »du«. Er versucht einfach nur, diplomatisch zu sein – man kann ja nie wissen, mit diesem Vieh da. Aber sie machen ihn traurig, die Krisen des Vaters mit dem Kleinen. Und dann, na ja, Kacke, die lässt sich nur schwer von der Rückbank einer Ente entfernen.

Sphinx fährt die Krallen wieder ein, streckt sich, legt sich wieder hin. Wird wieder zu einem Kätzchen.

Der Vater murmelt: »Isaac? Willst du aussteigen?«

Die auf den Knien ruhenden Hände des Kleinen umklammern etwas. Der Vater beugt sich vor, um zu sehen, worum es sich handelt.

Das Handy. Das alte Handy ohne SIM-Karte, das er doch endlich gekauft hatte. Das hatte er ganz vergessen.

Der Kleine hält den Daumen auf eine Taste gedrückt. Der Vater will glauben, dass er den Bildschirm in seine Richtung dreht. Ein Bildschirm, auf dem gelb, pausbäckig, mit obszönem Lächeln ein knallgelber Smiley zu sehen ist.

»Du … du willst also aussteigen?«

Gelbes Smiley.

»Soll ich mitkommen? Musst du … musst du aufs Klo?«

Der Daumen verschiebt sich leicht. Der gelbe Smiley wird rot. Sein Mund hat sich umgedreht.

Der Vater sagt nichts. Er tritt zurück. Wenige Sekunden später steigt der Kleine aus.

Da ist dieser Moment der Stille, dieser Moment der Schwebe, in dem dem Vater klar wird, dass er endlich einen Weg gefunden hat, um mit seinem Sohn zu kommunizieren. Er hatte recht. Er hat recht, allem und jedem zum Trotz. Gelbes Smiley, alles in Ordnung. Rotes Smiley, Achtung.

Ihr Leben, das Leben mit einem großen »L«, fängt endlich an. Gelbes Smiley.

Und da, gleich neben der Tür, mit einem fast schon freudigen Laut, nässt der Kleine sich ein. Die Decke wird schwer in Mitleidenschaft gezogen.

»Das hättest du dir echt sparen können«, knurrt der Alte, an Sphinx gewandt. »Du hättest dir etwas Mühe geben können.«

»Was lässt dich glauben, ich würde den Kleinen und seine Gedärme dirigieren, alter Ahn?«, fragt das Kätzchen.

Der Alte antwortet nicht. Je mehr diese Geschichte voranschreitet, umso mehr Fragen stellt er sich zu diesem Vieh da. Bis hin zu der Frage, ob es eine gute Idee war, es in die Geschichte einzubinden.

»Außerdem«, fügt Sphinx noch hinzu, »wäre es doch schade, eine so schöne Wut verstreichen zu lassen. Findest du nicht, alter Ahn?«

Und etwas in seinem Tonfall würde dem Alten einen Schauer über den Rücken jagen, wenn er noch einen Körper hätte.

Es gibt Millionen Möglichkeiten zu verschwinden. Milliarden Möglichkeiten vielleicht. Manche beeindruckender als andere.

Dazu gehört die Möglichkeit, in einem Linienflugzeug zu verschwinden – nehmen wir zum Beispiel eine Boeing 747 auf dem Weg nach Malaysia. Die gesamte Welt richtet ihre Aufmerksamkeit, reihenweise Radargeräte und Satelliten genau darauf, eine nahezu perfekte Nachbildung eines göttlichen Auges, das uns dabei doch, wie die moderne Wissenschaft zeigt, so schrecklich fehlt. Denn die Boeing ist nicht mehr zu sehen. Sie verliert sich im Meer, in einem Dschungel aus Hypothesen, in möglichen und unmöglichen Spuren, aufgestellten Theorien. Die ganze Welt spricht über ihr Verschwinden, und nach und nach wird sie vom Echo der Stimmen überdeckt. Als würde sie erneut verschwinden – dieses Mal nicht von den Radargeräten, sondern aus dem Bewusstsein.

Manche Dinge verschwinden, ohne Spuren zu hinterlassen, ohne sich jemandem zu offenbaren. Ohne etwas von dem zu enthüllen, was sie waren. Sie zersetzen sich langsam, sehr langsam, unter einer Blätterdecke neben einem Bach. Zum Beispiel eine alte Decke mit Schottenmuster voller Exkremente.

Was für den Luftverkehr und Decken mit Schottenmuster gilt, gilt auch für Menschen. Zunächst einmal fehlen sie einfach: Ihre Abwesenheit reißt ein Loch in den Stoff der Realität. Man wendet sich der Stelle zu, die sie innehatten, sucht sie mit Blicken, ehe einem klar wird, dass sie nicht mehr da sind. Unsere Reaktion fällt je nach empfundenem Grad der Verbundenheit, der Zuneigung, der Passivität oder der Wut aus, in dem sie uns zurückgelassen haben.

Es gibt tausend Möglichkeiten, um zu verschwinden, und der Kleine hat sich die schlimmste ausgesucht, die es gibt. Die, niemals da zu sein. Niemals aufzutauchen. Auch wenn, na ja, der Geruch bleibt, ganz unbestreitbar.

An all das denkt der Alte, unterschiedslos, als wären es Strömungen in dem Kopf eines alten Mannes, der selbst gar nicht mehr wirklich da ist. Plötzlich hört er eine Art Knacksen. Er schaut zu Sphinx; das Kätzchen mit dem merkwürdigen Betragen kaut an einem weißen Gegenstand herum.

»Was ist das da für Zeug?«, meckert der Alte. »Wo hast du das her? Das hattest du doch vorher noch nicht.«

»Lass gut sein«, miaut das Kätzchen und zieht die Lefzen hoch.

Der zerkaute Gegenstand ist jetzt irgendwie formlos. Er erinnert dennoch an eines dieser Spielzeuge, die in den Waschpulverpackungen waren, zu der Zeit, als der Alte noch nicht alt war. Vielleicht ein kleines Auto. Oder ein Flugzeug. Ein schneeweißes Flugzeug.

»Kümmere dich um deinen eigenen Kram, ja?«, raunzt das Kätzchen und kaut erneut auf dem Gegenstand herum.

Und da der Alte es weiterhin misstrauisch ansieht, setzt es hinzu: »Hast du noch nie was von Entropie gehört, alter Mann? Alle Dinge verlieren irgendwann ihre Form. Damit sie verschwinden, und …«

Der Gegenstand zerbirst zwischen seinen Zähnen.

»… und ich, na ja, das ist ein bisschen mein Job.«

Wenn eine Boeing verschwinden kann, denkt der Vater, eine Boeing, die von überall her überwacht wird, die mit elektronischem Zeug, Blackboxes und Passagieren bestückt ist, wenn sie ganz plötzlich von den Radarschirmen getilgt werden kann, wieso sollte es dann für eine grüne Ente so schwierig sein, unsichtbar zu werden?

Der Vater beschleunigt auf der Geraden. Ein Fahrzeug kommt ihm entgegen – ein kleines modernes Auto. Der Typ darin lacht ihn vergnügt an, hält im Vorbeifahren bewundernd einen Daumen hoch.

Genau deshalb. Es gibt sehr viel mehr Boeings, als es Enten im Verkehr gibt. Abgesehen davon sind sie weit oben im Himmel, und fast alle sind weiß. Kurz, weniger sichtbar. Und wie soll man den Ozean oder den Dschungel finden, wenn man gerade auf einer Landstraße unterwegs ist?

Es gibt Hunderte Möglichkeiten, zu verschwinden. In einem so auffälligen Auto herumzufahren gehört ganz bestimmt nicht dazu. Abgesehen davon, dass sie jetzt einkaufen müssen, Kleidung und Feuchttücher. Vor allem Feuchttücher.

Der Vater denkt nach. Er könnte ein unauffälligeres Auto stehlen – das würde der Held in einer amerikanischen Serie machen. Aber dazu ist er ganz bestimmt nicht in der Lage. Er hat nicht die leiseste Ahnung, wie er es anstellen sollte. Auch wenn sein Onkel Automechaniker war, weiß er nur so viel, dass es ganz bestimmt ein bisschen komplizierter ist als im Fernsehen, wenn der Bösewicht zwei Kabel miteinander verbindet und das Auto startet. Außerdem würde der Kleine die Ente nicht verlassen wollen.

Es ist fast 19 Uhr, und der Tag neigt sich dem Ende zu. Der Vater versucht, seinen nagenden Hunger zu ignorieren.

Die Nacht ist kein Problem. Nachts schläft der Kleine vielleicht nicht, aber wenigstens rührt er sich auch nicht. Zumindest vergangene Nacht war es so. Aber da hatten sie ja auch die Decke mit dem Schottenmuster.

Der Vater stellt sich das Gesicht eines gestrengen Richters vor.

»So wollten Sie Ihrem Sohn also helfen, Monsieur Dubon, ihn beschützen? Sein Leben verbessern?«

»Ja, Euer Ehren.«

(Euer Ehren sagt man nur in amerikanischen Serien, aber dieser Richter da, dieser imaginäre Richter, verborgen hinter seinem Hammer, umgeben von hellem Holz, hat ein fürchterliches Gesicht, einer amerikanischen Serie durchaus würdig.)

»Und in Ihrer Obhut war er ohne Nahrung, ohne Kleidung, ohne Heizung und ohne Dach über dem Kopf? Und so etwas nennen Sie sein Leben verbessern?«

Was das Dach betrifft, darüber kann man diskutieren. Das hängt davon ab, wie man das Rolldach einer Ente definiert. Und was die Kleidung betrifft, da wäre das lange T-Shirt des Vaters und das zweifelhafte Zeitungspapier. Aber was das Essen betrifft, das kann er nicht leugnen. Das Päckchen Feigenkekse aus dem Handschuhfach ist schon seit langem leer. Seit dem ersten Tag, genau genommen.

»Ja, aber …«, antwortet der Vater, »das war doch eine Ausnahme. Das war nur vorübergehend. Bis ich sie finde.«

»Bis Sie was finden?«, dröhnt der imaginäre Richter.

»Eine Lösung.«

Im Auto befindet sich, geschickt mit Drähten am Handschuhfach befestigt, ein Autoradio. Als wollte der Vater sich dem Fortschreiten der Nacht und den Bedrohungen, die sie bereithielt, entgegenstellen, schaltet er den Radiorekorder ein. Ein kleines, ältlich wirkendes orangefarbenes Licht erscheint im Auto.

Und von überall her wird applaudiert.

Eine blecherne Note erhebt sich. Eine Stimme begrüßt die Menge.

Der Vater erkennt die Stimme sofort. Diese Musik. Diese Stimmung. Das ist die Kassette des Konzerts von Simon & Garfunkel im Central Park.

Slip slidin' away … Slip slidin' away …

Er hasst dieses Album. Es war das Lieblingsalbum seiner Eltern. Sie sangen die Stücke aus voller Kehle im Auto, wenn sie in den Urlaub fuhren.

I know a man … he came from my home town … he wore his passion for his woman like a thorny crown.

Dieses Lied hat er seit ihrem Tod nicht mehr gehört.

Er drückt auf den »Auswerfen«-Knopf – er kennt diesen Radiorekorder, natürlich, er kennt ihn in- und auswendig, von klein auf. Aber die Kassette will nichts davon wissen, sie läuft einfach weiter – da kann er noch so sehr auf FM drücken, einmal, zweimal, oder auch auf AM oder LW, wie sein Vater es ihm ab und an erlaubte, nichts tut sich.

Slip slidin' away …

Der Kleine neben ihm fängt an, sich vor und zurück zu wiegen. Als würde er tanzen. Oder als würde er gleich losschreien.

Der Vater stellt den Ton ab. Ihm ist, als würde der Song noch sehr lange nachhallen, auch nachdem er den Radiorekorder ausgeschaltet hat.

An der nächsten Kreuzung biegt er nach links ab. Das Straßenschild weist auf eine relativ große Stadt hin. Und er hat die Absicht, genau dorthin zu fahren.

Man muss sie doch gesehen haben. Man muss sie finden. Sie müssen doch irgendwo sein. Man verdrückt sich doch nicht einfach so. Man verschwindet doch nicht einfach so von der Bildfläche.

Mit einer unwirschen Geste schaltet der Gendarm das Radio auf seinem Schreibtisch aus, das einen beständigen Schwall von Informationen ausstößt. Etwas von einer verschwundenen Boeing erzählt.

»Aber irgendwo müssen sie doch sein«, murmelt er vor sich hin.

Im Geiste geht er alle Anrufe durch, die er getätigt hat, alle Personenbeschreibungen, die er durchgegeben hat. Vermisstensuche im Interesse der Angehörigen. Alter, Größe, Gewicht. Zum letzten Mal mit folgender Kleidung gesehen.

In der offiziellen Suchmeldung wird nicht erwähnt, dass der Kleine abwesend wirkt. Wenn man das Foto von weitem sieht, hält man ihn für einen normalen Jungen. Bis man auf seine Augen schaut. Dieser Blick ... er bereitet dem Gendarmen Unbehagen. Glücklicherweise fällt die Leere in diesem Blick aufgrund der Unschärfe des Fotos weniger auf.

Trotzdem. Die können nicht unbemerkt bleiben, zwei Typen in einer grünen Ente. Irgendwo müssen sie doch sein. Sie mussten doch bestimmt mal anhalten. Um zu essen, zu pinkeln, zu schlafen. Sie mussten doch irgendwelchen Leuten begegnen. Éric Dubon musste doch mal sein Handy oder seine EC-Karte benutzen.

Aber nein. Trotz aller Fühler, die er ausgestreckt hatte, aller Anrufe, die er getätigt hatte, kommt keine Meldung rein. Letzte Geldabhebung – die Höchstsumme, die man auf einmal abheben darf – im Dorf, wenige Minuten vor der Besuchszeit in der Klinik Saint-Rémézy. Der Lebensmittelhändler sagt, Dubon habe eine Flasche Wasser und eine Schachtel Kekse gekauft – Feigenkekse, hat er hinzugefügt, als wäre das wichtig, als hätte es etwas Heroisches, sich an dieses Detail zu erinnern.

Es sei denn ... diese Gegend ist tückisch, wenn man sie nicht gut kennt. Sie sieht so gemütlich aus, aber nein, sie hat ihre Tücken. Die kleinen Sträßchen, der Wald. Die Felswände. Die Abgründe. Mehr als einmal ist ein Auto einfach so verschwunden. Von jemandem, den man seit zwei, drei Tagen nicht mehr gesehen hatte. Der nicht mehr im Café auftauchte und nicht zu seinen Verabredungen erschien. Tja, da würde man mal nachsehen. Man ging bei demjenigen vorbei, stellte fest, dass er nicht da war. Besuchte er irgendwelche Cousins und hatte vergessen, es zu erwähnen?

Für gewöhnlich war es ein Jäger oder Pilzsammler, der das Autowrack dann fand. Manchmal erst mehrere Wochen nach den ersten Fragen.

»Der hat da oben wohl die Kurve nicht gekriegt. Von der Straße bis hierher, das ist ein gutes Stück runter.«

Manchmal rief man den Hubschrauber. Manchmal reichten ein paar Traktoren. Aber ja, die Straßen waren tückisch hier in der Gegend. Abgesehen davon, dass eine Ente, wenn der Gendarm sich recht erinnert, keinen guten Wendekreis hatte. Und dass der Vater, der Ex-Frau nach, nicht viel Fahrpraxis hat. Außerdem würde es ausreichen, dass es den Jungen überkommt, dass er eine Krise hat – das kommt durchaus vor, wie der Psychiater sagt. Der Vater dreht sich um, schaut in den Rückspiegel, schaut nicht mehr auf die Straße … und zack, schon kommt die Ente von der Straße ab.

Die Ente. Noch so ein Rätsel. Nirgendwo wurde ein Diebstahl gemeldet. Der Krankenpfleger hat von einem alten Nummernschild eines anderen Departements gesprochen. Aber kein Hinweis auf eine Ummeldung des Fahrzeugs durch Dubon. Woher kommt sie, diese Ente?

Das Telefon des Gendarmen klingelt. Er zuckt zusammen, ehe er abhebt.

»Hallo, guten Tag … Wie bitte … Brigadier? Hier spricht Florent Bellut. Von der Klinik. Hören Sie, ich habe gedacht … Ich habe mir erlaubt, mir die Aufnahmen der Videoüberwachung anzusehen … Ja, das haben wir, die sind obligatorisch, für die Versicherung ... Wir bewahren das alles digital auf. Und wenn wir daran denken, dann löschen wir die alten Dateien.«

Der Gendarm flucht. Davon habe ihm keiner erzählt.

»Na ja, Sie haben auch nicht wirklich gefragt ... Außerdem denken wir da einfach nicht dran. Aber tatsächlich sieht man den Vater mit dem Sohn ins Auto steigen. Vorgestern, um 15.34 Uhr.«

Der Gendarm knurrt ins Telefon. Diese Information ist quasi unnütz, abgesehen davon, dass er eine Bestätigung für etwas hat, woran er nie zweifelte – ihre Abfahrt, die er jetzt auf die Minute genau belegen kann. Mit anderen Worten, das Bild der Videoüberwachung ist nutzlos. Es sei denn ...

»Können Sie heranzoomen? Das Auto, meine ich. Kann man vielleicht das Nummernschild erkennen?«

Sein Gesprächspartner räumt sein Unwissen ein. Das habe er noch nie versucht. Er kenne die Software nicht. Er versuche es. Werde mal nachsehen.

»Ah ... nein, so nicht ... Da auch nicht, nein ... Es sei denn ... Vielleicht ... Auch nicht ... Näher ran, noch näher ... Ich sehe nicht ... Warten Sie, ich schaue mal hier nach ...«

Während der Krankenpfleger seine Suche mit unnützen Worten untermalt, denkt der Gendarm an Madame Dubon. Er nimmt an, dass das Vorhandensein von Bildern einer Videoüberwachungskamera sie etwas beschwichtigen wird, zumindest ein bisschen.

»Brigadier? Ich habe die Zoom-Funktion gefunden. Aber das ist total verschwommen, da sieht man gar nichts ... außer vielleicht ... Warten Sie ...«

Der Wortschwall des Krankenpflegers wird langsamer, als verstünde er nicht, was er da sieht.

»Gibt's das noch, Nummernschilder mit nur zwei Zahlen?«

»Nur zwei Zahlen?«

»Nein. Zwei Zahlen, zwei Buchstaben, zwei Zahlen. Alles mit ziemlich viel Abstand.«

»Bei einer Ente?«

»Ja, sieht ganz danach aus.«

Hätte er neben ihm gestanden, dann hätte der Gendarm den Krankenpfleger vielleicht gepackt und durchgeschüttelt.

»Das ist möglich, ja. Es ist ein altes Auto. Können Sie das Nummernschild lesen?«

»Ich denke …«

Der Krankenpfleger verkündet eine Abfolge von Zahlen und Buchstaben. Die tatsächlich sehr alt zu sein scheinen.

Der Gendarm bedankt sich bei ihm, ehe er mit aufkeimendem Enthusiasmus auflegt. Wir werden es finden, dieses Auto. Zwangsläufig – mit dem Nummernschild. Also, wenn es nicht in irgendeinem Straßengraben gelandet ist …

Er gibt die Zahlenabfolge in seinen Computer ein. Befragt die Datenbank des zuständigen Landratsamts.

Höchst erstaunt stiert er auf seinen Bildschirm.

Der 2CV6 E, Baujahr 1973, Farbe Palmengrün, in den Vater und Sohn Dubon auf den Bildern der Videoüberwachungskamera einsteigen, ist als vor dreißig Jahren verunfallt gemeldet. Ein Totalschaden bei einem Verkehrsunfall, der zwei Menschen das Leben kostete: einem Monsieur und einer Madame Dubon.

Einen Moment fragt sich der Gendarm, ob es das gibt, ein Phantomauto.

Es gibt unendlich viele Möglichkeiten, um zu verschwinden. Ihre liebste ist, sich in die Sonne zu setzen.

Marion wirft den Kopf nach hinten – nur ein bisschen, gerade so weit, dass der Sonnenstrahl auf ihre Wange knallt. Andere würden sagen, dass eine Liebkosung nicht knallt; aber was Liebkosungen und Schläge betrifft, damit kennt sich Marion sehr viel besser aus als andere. Ein Windstoß, der zwischen den Bäumen hindurchgleitet, wischt ihr eine Strähne ins Gesicht. Das ärgert sie ein bisschen, wie sie die Gedanken ärgern, in denen sich Faustschläge und Liebkosungen mischen. So kann man nicht verschwinden.

In der Sonne zu verschwinden ist eine regelrechte Kunst. Eidechsen sind wahre Meister darin. Das nimmt man zumindest an: Wenn man eine Eidechse sieht, dann häufig, weil sie sich bewegt, wenn man sie gestört hat. Man kann jedoch davon ausgehen, dass da Millionen von Eidechsen sind, ganz in unserer Nähe, wenn wir spazieren gehen. Völlig reglos. Völlig unsichtbar. Mit der Umgebung verschmolzen. Besser als tot.

Genau das wäre es, das Glück. Ein Zustand der Gnade. Mit der Welt verschmelzen, ohne dass sich etwas bewegt oder stört. Oder schlägt. Wie das Herz zum Beispiel.

Sagen wir, dass die Liebe, das, was man gemeinhin Liebe nennt, nichts als eine Möglichkeit ist, den Kopf durcheinanderzubringen. Da steht man quasi kopf. Also bewegt man sich, natürlich, man taucht wieder auf in den Augen der Welt. Und sobald die Welt einen einmal aufgetrieben hat, lässt sie einen nicht mehr verschwinden. Gar nicht so einfach.

Marion stößt ein Murren aus. Sie hätte verschwinden können, hier, auf der Holzbank, den Rücken an den Tisch gelehnt. Aber dieser schiefe Sonnenstrahl und der kleine Windstoß haben sie daran gehindert. Das ist nicht einfach. Vielleicht braucht man etwas, eine Art Zauberstab. Eine Zigarette vielleicht. Eine verbesserte Zigarette. Ja, gut, sie hat sich versprochen, die verbesserten Zigaretten für später aufzubewahren, wenn es dunkel ist, wenn die Thénardiers schlafen, wenn ihr Dienst zu Ende ist. Aber ehrlich, der Dienst, die letzten Tage … Außerdem scheißt sie sich was auf die Thénardiers. Ein Joint wäre gut, um zu verschwinden. Um das Denken zu vergessen.

Tatsächlich funktioniert das aber nicht: Wenn sie raucht, dann denkt Marion an einen ganzen Haufen Sachen. Ihre Gedanken stieben in alle Richtungen davon, wie eine Eidechse in einem Ameisenhaufen, so was in der Richtung. Ja, wenn sie raucht, dann denkt sie viel, vielleicht sogar mehr noch als sonst. Aber sie denkt *von woanders*. Da ist sie an einer Stelle, die sie gern besser kennen würde, um sie an den Tagen auf Befehl zu finden, wenn die Welt sie ärgert, sie nicht verschwinden lässt.

Ja, ein Joint wäre eine gute Sache, das würde den Nichtangriffspakt zwischen ihr und der Welt besiegeln. Das würde keine Risse verursachen, keine Angriffsfläche, wie man sie stören konnte. Aber sie hat ihren Kram in der Nachttischschublade in ihrem Zimmer oben an der Treppe hinter dem Gemeinschaftsraum verstaut, und sie hat keine Lust, daran vorbeizugehen, keine Lust, die Treppe hochzugehen, keine Lust, in ihr Zimmer zu gehen mit der Blütentapete, die sie deprimiert oder ihr Schwindel verursacht – je nachdem, wie viele verbesserte Zigaretten sie geraucht hat. Also bleibt sie einfach da, angelehnt an den Holztisch, den Hintern in der Lücke zwischen Bank und Tisch, die schiefstehende Sonne auf dem Gesicht und die Strähne, die sie ärgert wie die Welt, die sich weigert, sie ziehen zu lassen.

Marion, Marion, ruft eine Stimme, und natürlich ist es die Stimme der Welt, die sie genau dann stört, wenn sie versucht zu verschwinden. Die Stimme von Thénardier.

Sie nennt sie aus Bequemlichkeit Thénardier. Sie heißen Thinard, wie alle – also, natürlich nicht wie alle, aber ihr Name erinnert nur entfernt an den des Protagonisten des Musicals, das Marion als Streaming gesehen hat.

Wenn man so darüber nachdenkt, dann haben sie im Übrigen nicht viel mit den Thénardiers gemein. Sie sind eher nett, würde Marion sich sagen, wenn sie darüber nachdenken würde. Aber sie denkt lieber nicht darüber nach, außerdem hat ihre Mutter immer gesagt: *Wer nett ist, den bestraft das Leben*. Genau wie der Hund eines cholerischen Kindes fürchtet sich Marion vor Nettigkeiten: Sie weiß, dass die Schläge nie weit von den Liebkosungen entfernt sind.

Ja sicher, die Thinards nerven sie nicht allzu sehr, verlangen nicht viel von ihr – sie muss nur ein bisschen verfügbar sein, sich etwas einbringen, im Gegenzug für Unterkunft, Verpflegung und ein paar Euro im Monat. Aber genau deshalb – vielleicht aufgrund der ein wenig zu einfachen, zu perfekten Bedingungen, hat Marion keine Lust, sich für sie einzubringen.

»Marion, Marion, bist du da? Wir haben Gäste.«

Sie antwortet nicht; aus den Augenwinkeln ihres halbgeschlossenen Auges folgt sie dem Flattern eines gelbroten Schmetterlings am Rand des Tisches. Ein Dummkopf von Schmetterling, der sich Marions Nase nähert. Mit einem angewiderten Aufschrei springt sie auf. Nichts mehr mit Verschwindenwollen. Außerdem hatte sie ohnehin keine Lust mehr darauf.

»Ist ja schon gut, ich bin da, ich komme ja schon«, platzt sie heraus.

Der Schmetterling fliegt davon, seine Aufgabe ist erledigt. Marion geht zum Gasthof zurück.

11

Der Vater war schon einmal hier. Da ist er sich sicher. Fast. Als er klein war, mit seinen Eltern. Im Sommer nahmen seine Eltern ihn überallhin mit. Also, was ihm damals als überallhin erschien: zum Werkstatt-Onkel, in die Gorges du Tarn, zur Pont du Gard, zu den Cousins … Sie waren ein bisschen wie Zigeuner, sie drei in ihrer grünen Ente. Außerdem war es ein witziges Auto – die Leute in den Autos, die ihnen entgegenkamen, kniffen sich. Man sah, wie ihre Münder die Worte *Grüne Ente ohne Rückfahrkarte* formten, wie sie die Hand ausstreckten, um den anderen zu kneifen. Damals war das wie ein Spiel.

Also sind sie überallhin gefahren. Und ganz bestimmt auch in diese Stadt. Sie erinnerte an ein Becken, das weiß der Vater noch. Seit damals ist die Stadt gewachsen, und das Becken ist übergelaufen. Aber der Vater ist sich fast sicher: Würde man ins Zentrum fahren, dann fände man dort Fußgängerzonen vor, quadratische Plätze, die Überreste der Stadtmauer.

Allerdings ist es nicht in ihrem Interesse, sich dem Zentrum zu nähern. Das wäre viel zu riskant. Und kompliziert. Das übergelaufene Becken hindert sie daran. Man müsste die riesigen Parkplätze der Einkaufszonen ignorieren, die errichteten Barrieren der metallischen Lagerhäuser, der Supermärkte, der unzähligen Schilder und Plakate überwinden, die zum Kauf animieren.

Kurz, der Landstrich um die Stadt ist nun das, was man eine urbane Randzone nennt. Gibt es einen besseren Ort, um in der Menge unterzutauchen? Selbst der Geruch ist günstig – man hat sie anstelle der Fabriken errichtet, deren Rauch die Luft völlig unerträglich machte. Der Geruch ist geblieben, und er ist den Leuten egal – sie sind nicht da, um frische Luft zu schnappen, sondern um einzukaufen.

Es ist dunkel. Bald wird es noch dunkler sein. Die Scheinwerfer der Ente kämpfen gegen die Dunkelheit an, die das Neonlicht der Laternen erbarmungslos durchdringt. Natürlich sollten sie etwas essen. Er hat Geld dabei – ein Bündel Geldscheine, das in seiner Hosentasche steckt, das Geld, das er vom Geldautomaten abgehoben hat, ehe er seinen Sohn besuchen ging. Ein Zufall, natürlich, selbst wenn der unnachgiebige Richter aus einer amerikanischen Serie ganz bestimmt von Vorsatz sprechen würde.

Sie mussten also einkaufen gehen. Aber dafür müsste der Kleine angezogen sein – also, anders angezogen als mit dem letzten T-Shirt des Vaters, das wie ein weißes Kleid bei ihm aussieht und bis zur Mitte der Oberschenkel reicht. Außerdem müsste der Kleine dazu bereit sein, sich mehr als zehn Schritte von der grünen Ente zu entfernen, ohne loszuschreien.

Sie könnten natürlich zu einem *Drive-in* fahren, sicher. Der Vater entdeckt sehr bald einen – das Schild ist groß genug, eigentlich sieht man fast nichts anderes. Aber dann müsste man sich in eine Schlange einreihen, am Steuer eines Fahrzeugs, das jedem auffällt; man müsste einem Typen, der hinter seiner Scheibe einen tiefen Einblick in den Innenraum der Ente hatte, eine Handvoll zerknitterter, stinkender Scheine überreichen. Und das löste auch nicht das Problem mit der Toilette, der Kleidung oder damit, was sie am nächsten Tag tun sollten. Aber trotzdem, man könnte es versuchen. Später vielleicht. Wenn weniger Leute da wären. Wenn der Typ hinter seiner Scheibe schon so viele Autos vorbeifahren gesehen hat, dass seine Augen nicht mehr viel wahrnehmen. In der Zwischenzeit fährt der Vater zwischen den Gebäuden des Industriegebiets herum.

Nach und nach werden die Autos weniger. Die Läden leeren sich und schließen einer nach dem anderen. Schon bald sind nur noch die bunten, glänzenden Neonlichter der Restaurants mit ihren exotischen Namen da. Das und ein paar weiße Lieferwagen, die von einer Ecke zur nächsten fahren.

Plötzlich, durch Zufall, erblickt der Vater den Fahrer eines dieser Lieferwagen. Nur eine winzige Sekunde, aber er sieht ihn. Der Kerl, der fährt, ist gar kein Kerl. Es ist ein Kind. Bestimmt ist er nicht älter als zwölf, er steht, um das Lenkrad festzuhalten und gleichzeitig an die Pedale ranzukommen. Der Vater glaubt, schwarze Haare, eine ziemlich dunkle Haut, ein halb begeistertes, halb verschmitztes Lächeln zu erkennen.

Der Vater parkt das Auto zwischen zwei Containern und bleibt hinter dem Lenkrad sitzen, um sich die Parade der weißen Lieferwagen anzusehen. Er zählt ein halbes Dutzend – aber er kann sich natürlich auch täuschen. Er entdeckt den, den der Junge steuert: Er fährt im Slalom um die zusammengeschobenen Einkaufswagen herum, verschwindet, kommt jedoch immer wieder zurück. Ein Junge, der seinen Spaß hat, das ist alles. Die anderen Lieferwagen haben ein sehr viel ernsthafteres Gebaren. Sie bleiben stehen, manche unter den Laternen, andere etwas abseits. Ab und an fährt ein gewöhnliches Auto auf den Parkplatz und bleibt stehen. Waren werden ausgetauscht.

Der Vater ist zu weit weg, um zu sehen, worum es sich handelt, und es interessiert ihn auch nicht; er denkt gerade, dass die Autos irgendwie an Fische erinnern. Und das würde bedeuten, dass die Busse im Verkehr die Walfische wären, Fahrräder ein Schwarm Schalentiere, die umeinander herumschwänzeln, je nach Strömung und Vorlieben eines jeden, ein komplexes Ballett, das …

Jemand klopft an die Scheibe der Ente.

Pacos Papa ist eigentlich nicht böse. Aber er traut den Nicht-Roma einfach nicht.

Heute Abend läuft alles gut. Sie amüsieren sich. Ehe es ganz dunkel ist, wollen sie noch so zwei, drei Dinger drehen. Auf dem Parkplatz. Bis dorthin kommen die Bullen nicht. Umso besser. Der Kleine spielt Rodeo. Und hat Spaß daran. Muss sich amüsieren, was. Das ist ein ruhiger Abend. Nur dieses eine Auto da, das hier nichts zu suchen hat. Das grüne. Das seit einiger Zeit hier herumkurvt. Und dann da angehalten hat, wo man es nicht gut sehen kann.

Vielleicht will er ja etwas von ihm kaufen, hat er am Anfang gedacht. Aber mal ehrlich, selbst bei Studenten sieht man Enten nicht oft. Und dann hat sie da angehalten, ohne so zu tun, als würde sie näher kommen wollen oder so. Das hat Pacos Papa misstrauisch gemacht.

Er gibt seinem Bruder ein Zeichen. Allan nickt. Er ist nicht weit weg. Mit allem, was man so braucht, für alle Fälle.

Pacos Papa klopft an die Scheibe der Ente. Darin sitzt ein Typ, der irgendwie verloren aussieht. Tiefliegende Augen, das Hemd zerknittert. Neben ihm ein Kind –

also, kein Kind, aber jemand im Körper eines Kindes. Jemand, der sich nicht bewegt. Das ist ihm unangenehm, Pacos Papa. Das, und das, was er auf der Rückbank nicht ansehen will. Selbst wenn man in einem Wohnwagen unweit der Deponie wohnt, weiß man gewisse Dinge. Und es gibt Sachen, die man unbedingt vermeiden möchte.

Deshalb klopft er an die Scheibe, ohne etwas zu sagen. Er holt das Messer nicht aus seiner Gesäßtasche hervor, nimmt keinen drohenden Gesichtsausdruck an, gibt Allan ein Zeichen, dass alles in Ordnung ist. Er klopft einfach nur ans Fenster, um zu sehen, was passiert.

Der Typ scheint aus allen Wolken zu fallen.

»Was ist … guten Abend.«

Das ist merkwürdig, dieses *guten Abend*. Da stimmt was nicht. Viel zu höflich, um ehrlich zu sein. Die Hand von Pacos Papa verkrampft sich in der Gesäßtasche. Im gleichen Moment fährt Paco mit dem Peugeot vorbei, hat alle Lichter eingeschaltet. Er hupt dreimal.

Unter anderen Umständen hätte Pacos Papa ihm gern gesagt, er solle damit aufhören. Ganz ehrlich, man sollte es nicht übertreiben, am Ende kreuzten noch die Bullen deswegen auf. Aber er wollte diesen Typen mit dem leeren Blick und dieses merkwürdige Balg auf keinen Fall aus den Augen lassen. Denn da ist er dann doch zu misstrauisch. Er ist sogar zu misstrauisch, um zu reden.

»Ist das Ihr Sohn?«, fragt ihn der Typ aus dem Auto und sieht dabei zum Peugeot hinüber.

Blöde Frage.

»Was geht Sie das denn an?«

»Er fährt ziemlich gut«, sagt der Typ, der ihm nicht einmal zuzuhören scheint.

Als er das hört, schwillt Pacos Papa doch gleich ein bisschen die Brust an. Paco ist gut gelaunt. Er strahlt vor

Begeisterung. Alle Kinder strahlen, ja gut, vor allem aber seine, die von Pacos Vater; aber Paco strahlt ganz besonders. Da wird ihm fast schon angst und bange, wenn Pacos Papa daran denkt, dass er ihn verlieren könnte.

»Ich hab ihn am Steuer beobachtet. Es ist unglaublich, dass er in dem Alter schon Autofahren kann.«

Bekloppt, dieser Typ. Autofahren kann man schon als Knirps lernen, das ist ja wohl nicht schwer. Aber gut, trotzdem wird ihm wieder warm ums Herz – weil nicht nur er sieht, wie sein Sohn strahlt.

Aber der Kleine von dem Typen, der strahlt gar nicht. Eher im Gegenteil.

»Was willst du hier?«

Endlich sieht der Typ in der Ente ihn an – und da hätte der Vater von Paco fast Angst bekommen, so weit weg ist das, was in seinen Augen liegt.

Aber der andere sagt nur: »Ich hab Durst. Wir haben Durst.«

»Ist mir doch egal.«

Der Papa von Paco hat ganz automatisch geantwortet. Das ist nicht sein Problem.

»Verschwinde von hier.«

Etwas im Kopf von Pacos Papa sagt ihm, dass der Typ schon gar nicht mehr hier ist. Egal, er wiederholt es trotzdem.

»Du hast hier nichts zu suchen. Also verschwinde.«

Außerdem hat Pacos Papa manchmal überhaupt keine Lust zu reden. Denn Worte, vor allem Worte von Nicht-Roma, gibt es so viele, dass sie sich irgendwann in einer Endlosschleife drehen. Aber wenn man zu einem Typen zweimal »Verschwinde« sagt und der das nicht zu verstehen scheint, was machst du dann? Du lässt ihn einfach stehen.

Die Hand schließt sich um den Horngriff. Pacos Papa weiß, dass Allan sie vom Lkw aus beobachtet. Aber der Lkw ist weit weg.

»Ich bin vor langer, langer Zeit schon mal hier gewesen«, sagt da der Typ in der Ente. »Da gab es diese ganzen Läden noch nicht.«

Sie schweigen beide. Was die Worte betrifft, da ergibt das, was sie zueinander sagen, keinen Sinn. Aber ganz langsam entspannt sich Pacos Papa etwas.

»Wo kann ich hier Wasser finden? Gibt es hier irgendwo Toiletten?«

Noch immer schweigt Pacos Papa. Man könnte meinen, er denke nach.

»Ich hab Geld.«

Er holt ein Bündel Geldscheine hervor.

Dieser Typ ist durchgeknallt, Schluss, aus. Einfach so sein Geld zu zeigen, das ist, als würde man einen Fuchs in den Hühnerstall einladen. Völliger Schwachsinn. Gleichzeitig zählt für Pacos Papa von diesem Zeitpunkt an nicht mehr das Geld. Er nimmt das Geld nicht. Der Typ legt es auf dem Sitz neben sich ab.

»Ich mach mir Sorgen um den Kleinen«, sagt er dann. »Kann ich Ihnen Kleidung abkaufen? Die von Ihrem Sohn vielleicht? Wir sind hungrig. Und haben Durst. Bitte.«

Pacos Papa schüttelt den Kopf. Durchgeknallt, ja. Aber nicht gefährlich durchgeknallt. Und dann diese ganzen Gestalten auf der Rückbank. Manchmal muss man den Leuten helfen. Selbst den Nicht-Roma. Manchmal ist es richtig, so was zu tun, das kann man nicht erklären. Solche Dinge, die spürt man.

»Komm mit.«

Er entfernt sich vom Auto und macht Paco Zeichen,

den Peugeot abzustellen und auszusteigen. Paco gehorcht. Und in der Dunkelheit sieht Pacos Papa, wie er auf ihn zuläuft, zwischen den Einkaufswagen, den Betonpfeilern und den Laternen erstrahlt.

Er flüstert ihm etwas zu. Er liebt es, ihm etwas zuzuflüstern – Paco riecht gut, von klein auf. Er hat seinen Babygeruch nie ganz verloren.

»Warum soll ich das machen?«, fragt Paco, als er es ihm erklärt hat.

»Darum. Mach schon.«

Paco zuckt die Schultern, steigt wieder in den Peugeot und fährt im Schritttempo davon. Die Ente folgt ihm. Allan hebt die Hände – was jetzt?

»Nichts. Lass gut sein.«

Zu Fuß folgt Pacos Papa der Ente, die dem Peugeot folgt. Durch das winzig kleine Heckfenster sieht er, wie sich etwas darin bewegt. Wie ihn irgendwer oder irgendwas vielleicht ansieht.

Gut. Manchmal muss man eben helfen. Das ändert aber nichts daran, dass man es danach zack, zack wieder loswerden muss.

Die Scheiße ist gar nicht so schlimm. Daran gewöhnt man sich. Und manchmal, da ist Scheiße Gold. Je nach Standpunkt.

Die ganze Scheiße des Stadt-Beckens, die größte, die fetteste, endet auf der Mülldeponie. Natürlich sind die Mülldeponien seit einigen Jahren gut organisiert, sortiert, von untadeliger Sauberkeit. Man sperrt sie mit Gittern ab, aber das hält nur die ab, die sowieso keine Lust haben, dort hineinzugehen. Wenn man weiß, wie man es anstellen muss, dann findet man nach wie vor die ganze Scheiße – das ganze Gold, das man will.

Der Kleine – er heißt Paco, wie der Vater glaubt, gehört zu haben – fährt kreuz und quer über die Mülldeponie, hüpft von einer Tonne zur nächsten wie ein Irrlicht. Andere Gestalten, dunklere, durchsuchen sie akribisch. Als sie den Vater und den Kleinen vorbeikommen sehen, wirken sie überrascht. Aber Pacos Gegenwart scheint auszureichen, um sie zu beruhigen. Die Gestalten gehen wieder ihrer Tätigkeit nach.

Auf der Mülldeponie gibt es Wasser, das aus einem großen, durchlöcherten Schlauch sickert. Anfangs zögert der Vater. Aber der eigenartige Junge lacht nur. Er nimmt den Schlauch, beugt sich anmutig nach unten und zeigt ihm, wie es geht. Also macht der Vater es ihm nach. Das Wasser ist so sauber und frisch wie ein Gebirgsbach.

»Und du?«, fragt der Junge Isaac.

Isaac kommt näher. Streckt den Kopf vor und trinkt.

»Du musst dich auch sauber machen«, sagt Paco.

Gezielt richtet er den eisigen Wasserstrahl auf Isaacs Beine. Der Vater versteift sich, macht sich auf Geschrei gefasst. Aber nein. Isaac regt sich nicht. Man könnte sogar meinen, er lacht – aber das ist vielleicht einfach nur eine Spiegelung des Mondlichts oder der Straßenlaternen. Das Lächeln des kleinen Rom scheint ansteckend zu sein. In jedem Fall hat Isaac es akzeptiert, ihm ohne zu zögern zu folgen. Die grüne Ente steht auf der anderen Seite des Absperrgitters.

Dann wäscht sich der Vater Gesicht und Hände. Danach schleppt der Junge sie zu einem geschlossenen Container.

»Klamotten sind hier. Man muss aufmachen, so geht das.«

Er verrenkt sich, schiebt die Schulter unter die Kippvorrichtung, die den Container verschließt; dann zieht er sie zu sich, und mit ohrenbetäubendem Geklapper spuckt die riesige Blechkröte einen Haufen Kleidung über ihnen aus.

»Los, mach, wir haben schon verlesen«, sagt Paco zum Vater.

Im Container sind nur noch Laken, Geschirrtücher und ganz alte Klamotten, für die sich niemand mehr interessiert. Außer ihm natürlich. Noch mal Scheiße, die sich in Gold verwandelt: Diese abgewetzte Jeans würde Isaac passen und dieses ärmellose Hemd auch. Außerdem sind da noch Sport-T-Shirts und Schuhe fast in der richtigen Größe, zwei Cordhosen, ein Pulli mit nur etwa zehn Löchern. Und Handtücher, die ganz bestimmt für etwas anderes benutzt wurden, als um Körper abzutrocknen, die aber wundersamerweise gewaschen und zusammengelegt in einer Tüte verstaut waren. In nur wenigen Minuten hat der Vater einen ganzen Berg voll Kleidung im Arm. Er dreht sich zum Absperrgitter um, hinter dem die Ente wartet. Aber er erstarrt. Paco ist verschwunden.

Dem Vater wird klar, dass er die Geldscheine in der Ente liegen und den Schlüssel hat stecken lassen. Die Arme voller Kleidung rennt er unbeholfen zum Loch im Absperrgitter. Sehr schnell muss er innehalten. Isaac folgt ihm nicht; er ist neben dem Altkleidercontainer stehen geblieben.

»Kommst du? Wir gehen zum Auto.«

Natürlich nur, wenn es noch immer da ist.

Der Vater hat einen Knoten im Bauch. Eine heftige Angst, so stark, dass er einen Moment lang befürchtet, seine Schließmuskeln könnten versagen. Zum ersten Mal hat er Angst wegen dem, was er getan hat. Er fragt sich, ob sie hier sterben werden, auf dieser Mülldeponie.

Vergiftet vom Wasser. Ausgeraubt und ermordet. Ihre Leichen zwischen den Containern zurückgelassen. Was für eine Scheiße …

»Willst du das hier?«

Paco ist zurück mit seinem Lächeln, das das Mondlicht einfängt. Er streckt zwei dunkle Kleidungsstücke vor sich aus. Es sind zwei Damenmäntel – für ziemlich stattliche Damen –, einer aus dicker Wolle, leuchtend rot, der andere ein Pelzimitat von undefinierbarer Farbe.

»Zum Schlafen«, erklärt Paco. »Das ist warm. Ich geb's dir.«

Dann begleitet er ihn zur anderen Seite des Gitters bis zur Ente. Dort sagt er bestimmt: »Ich fahre dein Auto.«

Und setzt sich hinters Steuer. Ohne zu zögern, steigt Isaac ein – nicht hinten, sondern auf der Beifahrerseite.

»Du gehst hinterher.«

Der Vater läuft hinter der Ente her, gefolgt von Pacos Papa im Peugeot. Dieses kleine Trüppchen durchquert die Einkaufszone wieder in Richtung der Neonleuchten eines exotischen Restaurants. Paco parkt dahinter und steigt aus.

»Die ist lustig, deine Kiste. Ihr kommt mit mir.«

Im hinteren Bereich des Restaurants befindet sich eine Metalltür, verbarrikadiert mit einer Kette und einem großen Vorhängeschloss und mit dem Schriftzug ZUTRITT VERBOTEN in großen Buchstaben. In aller Ruhe schließt Paco das Vorhängeschloss auf, löst die Kette und tritt durch den verbotenen Eingang ein.

»Da, Toiletten. Wartet hier, ich komme gleich wieder.«

Damit geht er den Gang entlang, zur geschäftigen Küche. Der Vater und Isaac gehen zur Toilette. Isaac geht ohne zu zögern in eine Toilettenbox, schließt die Tür, und anhand der Geräusche weiß der Vater, dass er macht, was er dort zu tun hat. Ganz einfach. Leicht verwirrt tut er es ihm schließlich nach.

Paco gesellt sich kurz darauf zu ihnen. In der Hand hält er eine weiße Plastiktüte.

»Alles okay? Gehen wir.«

Sie gehen. Sobald sie vor der Ente stehen, hält Paco ihnen die Tüte hin. Der Vater öffnet sie und wirft einen Blick hinein. Er sieht Fleischbällchen, Reis und kleine Döschen mit Soße.

»Wenn du willst, kannst du morgen früh wiederkommen. Such in dem Container da drüben, da findest du das Gleiche. Sie werfen alles weg. Verschwendung. Also hey, da muss man sich einfach bedienen.«

Der Vater bedankt sich bei ihm. Setzt sich hinter das Steuer. Paco bleibt draußen.

»Gib mir das Geld«, sagt er mit einem Lächeln, das ganz präzise im Mondlicht erstrahlt.

Der Vater greift nach dem Geldbündel, das noch immer auf dem Beifahrersitz liegt – es ist ein bisschen warm, weil Isaac vorhin daraufsaß. Er hält alles Paco hin. Und er kann nicht anders, als eine gewisse Traurigkeit zu empfinden: Jetzt hat er nur noch das alte Auto, einen abwesenden Sohn und einen Haufen Klamotten. Nichts mehr, um Benzin zu kaufen. Ihre kleine Tour würde nicht lange dauern.

Paco nimmt das Bündel, zieht es durch seine Finger. Schaut nach rechts, nach links. Zum ersten Mal liegt in seinem Blick eine gewisse Ratlosigkeit. Er schüttelt den Kopf.

»Du musst mir nicht alles geben. Du bist verrückt.«

Aus seinem Mund klingt das wie eine Feststellung. Der Junge nimmt sich ein paar Scheine, streckt dem Vater den Rest hin.

»Ihr könnt heute Abend hier schlafen. Dann habt ihr bis morgen Ruhe, okay?«

Der Vater nickt, und Paco verschwindet.

Tags zuvor hat das Morgengrauen sie geweckt. Das allererste Dämmerlicht, das Grau vor dem Grau. Auch die Kälte, die damit einherging. Der Vater ist ganz starr aufgewacht, mit schmerzendem Körper, einen Knoten der Angst im Bauch.

An diesem Morgen ist ihm zumindest nicht kalt. Der Wollmantel hat seine Funktion erfüllt. Und es ist nicht der graue Tag, der sie weckt, sondern die Sonne. Da sieht die Welt gleich ganz anders aus. Umso mehr, als die Sonne durch die Windschutzscheibe hereinscheint – sie ist gerade über dem Restaurantgebäude aufgetaucht. Die Scheiben sind beschlagen. Mit dem Mantelärmel reibt der Vater über die Windschutzscheibe und die beiden kleinen Scheiben auf der Fahrerseite. Keine Spur mehr von dem kleinen Rom, keine Spur mehr von den weißen Lieferwagen. Das Fahrzeug-Ballett hat wieder eingesetzt; sie kreuzen sich, halten quietschend auf den Parkplätzen. Der Anzahl der Autos und somit der geöffneten Geschäfte nach zu urteilen – aus Sicht des Vaters ein viel verlässlicheres Maß als der Einfallswinkel der Sonne –, muss es kurz nach zehn Uhr morgens sein.

»Schläfst du?«, fragt der Vater.

Als Antwort auf seine Frage folgt ein leises Quietschen von der Rückbank, besser als nichts.

Der Vater denkt an den Container des exotischen Restaurants, in dem er, wie Paco ihm versichert hat, etwas zu essen finden würde. Aber er kann sehr wohl mit seinem Sohn unterwegs sein (selbst wenn der unnachgiebige Richter aus der amerikanischen Serie vielleicht sagen würde, bestimmt sogar, dass sie *flüchtig* waren, vor allen Dingen nach dieser Geschichte mit dem weggeworfenen Handy und der Kreditkarte und den Umwegen, die sie nehmen, sowie mit den Leuten, die sie treffen), dennoch hat er keine rechte Lust, sich sein Frühstück in einem Müllcontainer zusammenzusuchen.

»Weißt du was? Wir gehen im Warmen frühstücken.«

Er startet die Ente. Der Kleine stößt leise, freudige Laute aus, zusammen mit dem Motor, und schon sind sie auf dem Weg zum Fast-Food-Restaurant, das er tags zuvor entdeckt hatte. Ja sicher, das Auto könnte auf dem Parkplatz auffallen; aber ehrlich gesagt sind sie jetzt schon zwei Tage unterwegs, und so langsam sagt sich der Vater, dass das, ob nun Ausflug, unterwegs oder flüchtig, nichts von alledem mehr ist. Und vielleicht ist es an der Zeit, dass es aufhört, dass man sie findet, dass mit dieser Sache ein für alle Mal Schluss ist. Es wäre also egal, wenn man sie finden würde. Oder sogar besser.

Und so sitzen der Kleine und der Vater an einem Tisch, sitzen einander seit Tagen zum ersten Mal gegenüber. Der Tisch ist klebrig, im Café riecht es nach Plastik und Fett, aber der Vater fühlt sich besser. Der Kleine schaut zu den Luftballons, die den Raum andeutungsweise dekorieren.

»Willst du einen?«

Der Kleine antwortet nicht mehr als sonst. Der Vater steht auf, holt einen roten Ballon und reicht ihn dem Kleinen. Der ihn festhält.

»Habt ihr das gesehen?«, fragt der Alte, der sich ganz offensichtlich auch ins Restaurant begeben hat. »Er denkt an ihn. Macht ihm Geschenke. Außerdem will er aufhören. Er ist weise. Er wird eine Lösung finden. Alles wird gut ausgehen.«

»Er versucht, seine Schuld zu vergessen«, erwidert Sphinx. »Und es wird übel enden.«

»Du gehst uns auf den Wecker«, schimpft der Alte. »Lass sie mal einen Moment mit deinen Geschichten in Ruhe. Schau doch, es geht ihnen gut zusammen. Ist das nicht schön? Ist das nicht ein Wunder?«

Das Kätzchen lächelt aufrichtig.

»Du willst ein Wunder, alter Mann? Dann schau mal nach draußen.«

Im gleichen Moment dreht der Kleine den Kopf zu den großen Scheiben des Restaurants. Er stößt ein Brummen aus, lässt seinen roten Luftballon los. Der Vater schaut ihn an, überrascht, ehe er in die gleiche Richtung blickt. Und dann sieht er sie. Auch er stößt einen Laut aus – ein Stöhnen, ein Kläffen vielleicht.

Eine große Anzahl Autos strömt auf den Parkplatz des Restaurants. Rote, blaue, graue, gelbe. Sogar grüne. Und alles Enten.

12

Das Pärchen macht einen netten Eindruck. Mama, Töchterchen, Papa. Wie Marion und ihre Eltern, vor langer Zeit. Ihre Bitte ist nicht unzumutbar. Außerdem ist das hier ein Hotel-Restaurant.

»Ich weiß nicht, ob das möglich ist«, verkündet Marion. »Ich werde nachsehen. Sie brauchen ein Kinder-Menü, nehme ich an?«

Der Papa schüttelt den Kopf, leicht entschuldigend. »Nein, ich versichere Ihnen, sie isst alles, wir nehmen, was da ist, wir machen keine Umstände, wir dachten einfach nur, wir würden ein anderes …«

Er fasst sich wieder, ehe er »anderes Restaurant« sagt, als würde er sie nicht kränken wollen.

»… also wir dachten, wir würden es eher finden.«

Marion zieht eine Schnute.

»Ich weiß nicht, ob noch etwas da ist. Ich gehe nachsehen. Ansonsten gibt es einen kleinen Supermarkt, etwa dreißig Kilometer von hier.«

Sie fügt nicht hinzu, dass man über eine Stunde fahren muss, um diese dreißig Kilometer hinter sich zu bringen, oder dass der Laden erst um 15 Uhr aufmacht; sie hat beschlossen, dass diese drei hier kein Mittagessen bekommen werden. Sie legen es ja auch irgendwie darauf an. Mit einem kleinen Mädchen unterwegs sein und das Essen vergessen. Nicht daran denken, nichts vorausplanen. Eine Schande ist das. Unwürdige Eltern.

»Ich bin nicht sehr hungrig«, sagt die Kleine mit sanfter Stimme. »Es ist nicht schlimm, wenn wir hier nicht essen. Dann warte ich eben.«

Innerlich kocht Marion. Die Kleine ist wie alt? Sieben Jahre? Zehn? Und schon haben die Eltern ihr eine Essstörung verpasst. Eine Art Anorexie, da ist Marion sich sicher. Mit Anorexie kennt sie sich aus.

Sie sagt nichts. Die Freundlichkeit dieser Leute, die Sanftheit in ihren Stimmen, in ihrer Art, macht sie wütend. Sie weiß nur zu gut, was sich dahinter verbirgt. Die Vorwürfe, Grimassen, die Momente, in denen die Sanftheit umschlägt, in denen Gewalt zum Vorschein kommt. Die Schreie. Die Schläge. Die Ohrfeigen. Das kennt sie in- und auswendig. Sie erwartet es – und versteift sich, sobald jemand nett zu ihr ist.

Und diese drei da, diese perfekte Familie mit Papa, Töchterchen und Mama, diese drei da sind viel zu nett, um ehrlich zu sein. Das sieht man dem Mädchen im Übrigen an. Ihr Gesicht ist ein bisschen zu hell, ihr Lächeln ein wenig zu höflich. Hinter diesen hellblauen Augen müssen sich schreckliche Szenen der Folter, der Rache, der Vergewaltigung, der Massenmorde abspielen. Da ist Marion sich sicher – sie hat dieselben Augen.

»Bleiben Sie da«, knurrt sie, ehe sie auf dem Absatz kehrtmacht.

Die Thénardier hat sie freundlich darauf hingewiesen, dass »Wenn Sie sich einen Moment gedulden würden« oder »Einen Augenblick, bitte« angenehmere und auch nicht zu förmliche Redewendungen sind, die sie den Gästen gegenüber benutzen könnte, ohne dass sie deshalb wie eine »verfluchte Stewardess« klingt (diese Worte stammen im Übrigen von Marion). Aber Marion hat überhaupt keine Lust, angenehm zu sein, im Gegenteil. Nettigkeit ruft genau das bei ihr hervor.

»Stört es Sie, wenn wir uns so lange auf die Terrasse setzen?«, fragt der Vater mit unerträglicher Höflichkeit.

»Vielleicht könnten wir ja auch etwas trinken, ja?«, fragt da die Mutter mit dem viel zu stark geschminkten Gesicht. »Dürften wir vielleicht schon etwas bestellen? Zwei Perrier mit einer Scheibe Zitrone und, für dich, einen Eistee?«

»Wir haben keinen Eistee«, antwortet Marion automatisch und dreht sich dabei zu ihnen um.

Sie fragt sich, wo sie die gestern eingetroffene Kiste Eistee verstaut hat. Sie hat soeben beschlossen, dass diese Frau, die entscheidet, was die anderen trinken werden, ohne sie überhaupt gefragt zu haben, ihre wahrhafte Feindin ist. Papa und Töchterchen wären ohne sie besser dran. Unter ihrer äußeren Erscheinung einer Matroschka verbirgt sie eine schlecht zurückgehaltene Wut. Das sieht man an ihren Augenbrauen, ihrer Nase, ihrem spitzen Mund, ihrem Hals, ihrem Dekolleté …

»Können wir uns vielleicht hinsetzen, solange wir warten?«, fährt da die Mutter fort.

Sie wird rot. Sie ist beschämt. Ist es Marions Blick, der sie verwirrt?

Mit einem Mal findet diese sie charmant. Vielleicht ist letztendlich ja doch ihr Mann das Problem.

»Das können Sie halten, wie Sie wollen«, verkündet Marion, ehe sie den Gang zur Küche hinuntergeht.

Ohne einen Blick auf die schlecht gestapelten Getränkekisten in den Regalen – ja, sie hat versprochen, sie aufzuräumen, gut, aber sie hat nicht gesagt, wann – und ohne einen Blick in die Kühlschränke zu werfen, legt sie die wenigen, leicht abschüssigen Meter zurück. Der

Thénardier hat hier alles selbst gemacht, von den Holztischen der Terrasse über die Klempnerarbeiten bis hin zu den vorschriftsmäßigen Fliesen »speziell für die Gastronomie«. Das Resultat ist: Alles senkt sich leicht, ist schräg, und die Pendeltüren schließen schlecht.

»Sie sind zu dritt«, verkündet sie, als sie besagte Tür mit dem Fuß aufstößt. »Es ist zu spät, um sie noch zu bedienen, oder?«

Die Thinard wirft ihr einen bestürzten Blick zu. Auf der großen weißen Arbeitsplatte stehen ein großes Blech Pizza, zwei Wurstplatten, zwölf hartgekochte, in Scheiben geschnittene Eier, eine Schale geriebene Karotten. Etwas weiter, in einer Edelstahlwanne, zwei, drei Kilo geschälte und von Hand kleingeschnittene Pommes, grüne Bohnen; und ohne den Kühlschrank zu öffnen, weiß Marion, dass mindestens drei Forellen darin liegen, heute Morgen frisch ausgenommen, ein Rinderfilet, so lang wie ein Arm, und ein halbes Lamm – oder vielleicht waren es auch ein halbes Dutzend Entenbrüste. Die Thénardier war gestern auf dem Markt, und der Thénardier fährt morgen wieder in die Stadt. Inzwischen würde sie die Hälfte all dieser Waren weggeworfen haben, vielleicht sogar mehr. Was für eine Verschwendung, denkt Marion.

»Nein, nein, nein«, lässt die Thénardier verlauten. »Es ist nicht zu spät, natürlich nicht, wo denkst du hin? Überhaupt nicht zu spät, gar nicht, es ist doch noch nicht einmal ein Uhr, da müsste es mit dem Teufel zugehen, wenn wir sie wegschicken, diese armen Leute; sie müssen doch schrecklich hungrig sein …«

Die Thinard geht mit Worten nicht viel sparsamer um als mit Lebensmitteln. Sie fabuliert immer noch weiter, als Marion sie unterbricht: »Die machen einen total nervigen Eindruck, diese Leute.«

Auf dem Gesicht der Thénardier wechseln sich rasend schnell verschiedene Gefühlsregungen ab. Man sieht nacheinander: den Verdruss darüber, den Ausdruck *total nervig* aus Marions Mund gehört zu haben, die Besorgnis, die sie bei der Vorstellung umtreibt, die Gäste könnten sie hören; dann eine andere Art der Besorgnis, und zwar die, ihre anspruchsvollen Gäste mit dem ausgewählten Geschmack oder nörgeligen Wesen nicht zufriedenstellen zu können. Also schaut sie nach unten auf die Lebensmittel, die vor ihr liegen, dann plustert sie sich auf, reckt stolz das Kinn. Dank ihres Wissens und ihrer bald fünfzig Jahre Küchenerfahrung nimmt die Thénardier es mit dieser Herausforderung auf. Und zum Schluss ist da dieses leise Madonnenlächeln, dieses anmutige Lächeln der unendlich gütigen Frau, die weiß, dass es keine nervigen Gäste gibt, keine bösen Menschen, keine Gegnerschaft und auch keinen Hass, keinen Schmerz, keine Wut und keine Kriege, die nicht mit einem guten, warmen Essen, das mit Liebe zubereitet wurde, beschwichtigt oder vermieden werden könnten.

Marion verlässt die Küche entmutigt durch diese Zurschaustellung von Güte und Freundlichkeit. Der Familie gibt sie missmutig zu verstehen, dass es in Ordnung sei, sie könnten hier essen, sie habe sogar Eistee gefunden, er sei aber nicht gekühlt, und sie sollten nicht zu wählerisch sein; dann macht sie sich mit unterschwelliger Aggressivität daran, den Tisch abzuwischen, das Geschirr der vorherigen Gäste abzuräumen – den einzigen bislang –, über dem bereits Fliegen und Wespen summten. Schließlich knallt sie Teller und Gläser auf den Tisch und knurrt: »Brauchen Sie eine Karte, oder haben Sie sich bereits entschieden?«

Ein gelb-roter Schmetterling flattert an den Tellern

vorbei. Er lässt sich auf den massiven Holzdielen des Tisches nieder. Die nette Familie zuckt zusammen, als Marions Faust auf den Tisch knallt, um ihn plattzumachen.

»Daneben«, sagt der Schmetterling und flattert weiter.

Der Gendarm mag das Internet nicht. Wenn man ihm davon erzählt, dann denkt er an Gerüchte, Pädophilie, Terrorismus, Attentate; er denkt an Piraterie, Abzocke, *slut-shaming* – ein Begriff, den er vor gar nicht allzu langer Zeit gelernt hat, als die Mutter eines Collège-Mädchens ihn aufsuchte, weil sie nicht mehr wusste, was sie tun sollte. Für ihn sind soziale Netzwerke ebenso gefährlich und risikoreich wie, sagen wir mal, ein Ball am Samstagabend, der auf eine Tuning-Vorführung folgt, oder eine politische Diskussion am Ende eines Kommunionsessens.

Das heißt nicht, dass er es verbieten würde, wenn es in seiner Macht stünde. Es heißt nur, dass er instinktiv gefährliche Situationen erkennt, Momente, in denen eine Menschenmenge zu einer Meute werden kann und der gute Kerl aus Versehen umgebracht wird. Das Internet ist für den Gendarmen wie eine riesige Champignonkultur. Kein Ort für Steinpilze, nein, eher etwas Industrielles, wo Zuchtchampignons wachsen, die *Champignons de Paris*, wie man sie in Frankreich nennt. Nur leider befindet sich diese Champignonkultur für Scherereien nicht in Paris, sondern hier, ganz in der Nähe, man muss nur den Computer einschalten.

Aber genau wie eine Schale Zuchtchampignons einem manchmal aus der Verlegenheit hilft, wenn es keine Steinpilze, Morcheln oder Parasolpilze mehr gibt, die man zwischen die Zähne bekommt, ist das Internet in manchen Fällen ganz praktisch. Wie zum Beispiel, um Hinweise auf ein Phantomauto zu finden.

Selbst wenn er das Internet nicht mag – oder vielleicht auch genau deswegen –, hat sich der Gendarm sehr ernsthaft mit Informatik beschäftigt. Er besitzt, auf fast vollständig reglementierte und legale Weise, eine Verbindung mit Breitbandanschluss, die es ihm erlaubt, sich auf zahlreiche Seiten zu wagen, die fast alle der Öffentlichkeit zugänglich sind. Während er so zwischen Gesetzestexten, nationalen Gendatenbanken und Pressearchiven herumsurft, erlangt er nach und nach Gewissheit.

Der 2CV6 E, Baujahr 1973, der auf den Bildern der Videoüberwachungskamera der Klinik zu sehen ist, ist vermerkt als verunfallt und verschrottet nach einem Verkehrsunfall am 25. März 1984 in einer Gemeinde im Departement Hérault – einem Unfall, bei dem zwei Personen ums Leben kamen. Dubon Alain, Lehrer im Departement Lot, und Dubon Michelle, geborene Silva, Krankenschwester, 31 und 29 Jahre alt, die einen siebenjährigen Sohn, Éric Dubon, hinterließen.

»Verflucht«, wiederholt der Gendarm, den Blick unverwandt auf den Bildschirm geheftet.

Und dieses Wort fasst die Situation zweifelsohne am besten zusammen – oder zumindest das, was er davon versteht. Das Bild, das er in seinem Kopf hat. Alles vermischt sich, die Orte, die Zeiten. Als würde ihm das Internet einen Streich spielen.

Der Gendarm steht auf und schenkt sich lauwarmen Kaffee ein. Lässt seinen Blick durch das Büro der Gendarmerie schweifen, mit den Anschlagzetteln, den administrativen Hinweisen, den Post-its, die die Gendarmette auf ihre Schreibtischunterlage klebt, und dem Bildschirm seines Computers. Über all die ganz alltäglichen *norma-*

len Dinge, die er zum Schluss gar nicht mehr sieht. Dann fällt sein Blick erneut auf den großformatigen Farbausdruck (leicht verschwommen und vergilbt aufgrund der schlechten Auflösung und der Macken des alten Druckers), auf dem eine grüne Ente auf einem Parkplatz zu sehen ist. Und da ist es dann das Gegenteil: Er sieht sie sehr gut, diese Sache, die nicht mehr existiert. Die grünen Zeiger der großen Uhr im Kommissariat zeigen 19.23 Uhr an. Nach kurzem Zögern geht der Gendarm wieder zurück zu seinem Schreibtisch, schnappt sich seinen Block und blättert ihn durch. Als er die Nummer gefunden hat, die er suchte, hebt er den Telefonhörer ab und wählt.

Fast sofort hebt jemand auf der anderen Seite den Hörer ab.

»Madame Amiel? Ich bin es, der Brigadier.«

»Haben Sie sie gefunden?«

Die Stimme ist klar, gebieterisch. Keine Spur von Angst oder Eile. Der Gendarm sagt sich, dass die Stimme dieser Frau wie ein Damm ist, der einen riesigen, beängstigenden Druck zurückhält. Und in genau diesem Moment denkt er an ihre Hände, an die roten Flecken zwischen ihren Fingern. Sie erinnern ihn an Feuchtigkeitsflecken, die im oberen Bereich von Mauern auf einen Wasserschaden hinweisen. Oder auf den drohenden Bruch eines Damms.

»Noch nicht, Madame Amiel. Aber wir machen Fortschritte.«

Das ist kaum gelogen. Ehe Madame Dubon das Wort wieder an sich reißen kann, fragt er hastig: »Könnten Sie mir bitte etwas über die Familie Ihres Ex-Mannes erzählen?«

»Sehr gern: Er hat keine. Seine Eltern sind tot. Sie

sind bei einem Autounfall ums Leben gekommen. Er war damals sehr jung, glaube ich.«

»Das habe ich auch herausgefunden«, sagt der Gendarm. »Ist das alles? Gibt es keine anderen Verwandten?«

»Er ist von einem Onkel und einer Tante mütterlicherseits großgezogen worden. Sie wohnen im Limousin. Wir waren ein paarmal dort. Vor der Geburt von … vor unserer Scheidung. Nette Leute. (Sie betont *nett* so, als würde sie dumm, bescheuert, uninteressant sagen.) Éric mochte sie nicht sonderlich, glaube ich. Wie auch immer, wir haben sie aus den Augen verloren. Ich habe sie aus den Augen verloren. Aber ich kann ihre Adresse und Telefonnummer für Sie ausfindig machen, wenn Sie wollen. Glauben Sie, er könnte sich dort versteckt halten?«

»Das ist möglich, ja«, antwortet der Gendarm, denkt aber das Gegenteil.

Bei dieser Spur riecht es nicht nach Pilzen, das sagt ihm auch sein Instinkt. Dennoch notiert er Namen und Adresse und verspricht, dort anzurufen. Dann fährt er fort: »Gibt es nur den Onkel und die Tante? Sonst niemanden?«

Am anderen Ende der Leitung herrscht Schweigen. Als Madame Dubon wieder spricht, klingt ihre Stimme zögerlich.

»Mein Mann hatte es nicht so mit Familie. Als ich ihn kennengelernt habe, war es, als wäre er ganz allein auf der Welt. Das hat mich …«

Wieder schweigt sie, und in seinem Herzen ist der Gendarm fast gerührt über das Zittern in ihrer Stimme. Selbst wenn er befürchtet, dass es eine Katastrophe ankündigt. Es ist nicht gut, genau dann dabei zu sein, wenn der Damm bricht, denkt er sich insgeheim.

»Und seine Eltern, hat er oft über sie gesprochen? Über ihren Unfall?«

Die Stimme von Madame Dubon knallt so endgültig nach unten wie eine Stahlschleuse, die in einem Stauwehr die Wassermassen zurückhält.

»Niemals. Wenn ich das Thema anschnitt … Er redete nicht darüber. Genau das beunruhigt mich an dieser ganzen Geschichte mit dem Auto. Es kommt mir sehr merkwürdig vor, dass er wieder Auto fährt. Als wir noch zusammenlebten, hat er sich immer geweigert. Ich wusste nicht einmal, dass er einen Führerschein besaß. Und als ich dann davon erfahren habe …«

Der Gendarm unterbricht sie – er hat das Gefühl, sie kommen vom Thema ab, sie könnten den Pilz übersehen.

»Also nur der Onkel und die Tante mütterlicherseits? Väterlicherseits gibt es niemanden?«

Wieder herrscht Schweigen am anderen Ende der Leitung. Er stellt sich vor, wie sie an den Fingernägeln herumkaut, sich zwischen ihren Fingern kratzt, das Handy zwischen Ohr und Schulter eingeklemmt.

»Jetzt, wo Sie das sagen … Ein-, zweimal hat er mir vom Bruder seines Vaters erzählt. Er war Handwerker, glaube ich. Mechaniker oder so was. Irgendwo in den Montagne Noire, ich weiß nicht mehr genau, wo …«

Der Gendarm nennt den Namen des Ortes, der im Zeitungsartikel stand.

»Das sagt mir etwas«, bestätigt Madame Dubon. »Das ist es, sicher.«

»Und wussten Sie, dass seine Eltern dort den Tod gefunden haben?«

»Nein, das wusste ich nicht«, erwidert sie. »Warum, glauben Sie, dass es eine Rolle spielt?«

Wir gehen allen Spuren nach, Madame Amiel, antwortet der Gendarm ganz automatisch. Aber eine tiefe, wilde Stimme brüllt ihm zu: *Da riecht es nach Pilz.*

»Sie ist wunderbar, also wirklich. Ganz selten sieht man sie in einem solchen Zustand. Wir kennen uns nicht, oder? Ich bin Jean-Paul.«

Da kann der Vater noch so viele *Vorurteile* gegenüber Schnauzbärten haben, diesen Schnauzbärtigen da findet er sympathisch. Mit seiner beschwichtigenden Gutmütigkeit löchert er ihn so schnell mit Fragen, dass er gar nicht darauf zu antworten braucht.

»Das ist meinem Onkel zu verdanken«, sagt er. »Er war Automechaniker. Er hat sie … er hat sie in seiner Werkstatt aufbewahrt. Unter einer Plane.«

Geschickt manövriert sich der Vater zwischen den Fragensalven und dem, was verschwiegen werden muss, wenn sein Gegenüber zu neugierig wird, hindurch.

»Ich habe sie seit einem Monat. Geerbt.«

»Sie kommen aus dem Hérault, oder?«, fragt der Mann und zeigt auf das schwarze Nummernschild, auf dem die wenigen Zahlen und Buchstaben in metallischen Ausbuchtungen zu sehen sind.

»Ja. Also nein. Ursprünglich. Mein Onkel lebte im Hérault. Nicht weit von hier. Ich weiß nicht, ob ich das Nummernschild ändern lassen muss.«

»Nicht, wenn Sie die Zulassungspapiere haben. Die alten. Andernfalls …«

»Ja, ich glaube, mein Onkel hat sie dagelassen«, lügt der Vater.

»Und Sie kommen zum ersten Mal zu einem solchen Treffen, oder?«, fragt der Schnauzbärtige mit einer ausladenden Geste, die etwa dreißig Enten in allen möglichen Farben einschließt. Sie belegen gut die Hälfte der McDonald's-Parkplätze.

»Ja. Ich habe mir gesagt …«, antwortet der Vater und hofft, dass sein Gesprächspartner den Gedankengang dieses Satzes selbst zu Ende bringt.

»Das war eine gute Idee!«, fährt der lustige Zeitgenosse tatsächlich für ihn fort. »Waren Sie bei der Abfahrt heute Morgen dabei?«

»Nein, das war mir zu …«

Ein Gestikulieren mit dem Finger, das die Entfernung anzeigen kann.

»Ich bin erst später zu Ihnen gestoßen …«

Der Zeigefinger deutet hinter den Schnauzbärtigen.

»Ah, bei Saint-Avezan, meinen Sie das?«

Er nickt.

»Deshalb habe ich Sie nicht gesehen. Ich bin hinten geblieben, um Jean-Yves zu helfen. Es ist das erste Mal, dass uns das passiert, zwei Schäden an einem Tag. Und Probleme mit dem Dreieck, das ist bei Enten nun mal eher selten … Aber na ja, es ist ein echtes Abenteuer, nicht wahr?«

Wieder nickt der Vater, als wüsste er, wer Jean-Yves ist, welches Dreieck er meint, kurz, worüber der Schnauzbärtige überhaupt redet.

»Zumindest sind die Kinder begeistert. Für gewöhnlich fahren wir eher zu etwas gehobeneren Restaurants, aber wir haben uns gesagt, während wir auf den Abschleppdienst für die Dumalet warten, müssen wir ja irgendwo essen … Und einmal ist keinmal, oder? Sie können mir glauben, das ist das erste Mal, dass ich hier esse. In einem Fast-Food-Restaurant.«

Er spricht es »Fascht-Fut-Restaurant« aus.

»Ich hab schon immer gedacht, das Essen hier wäre

beschissen, Sie können mir glauben oder nicht, und als ich es probiert habe, da fand ich es auch nicht …«

Er schüttelt angewidert den Kopf.

»Nicht gut. Es wundert mich aber nicht, dass es den Kleinen schmeckt. Es fühlt sich fast so an, als wäre es vorgekaut.«

Zwei Kinder kommen dicht bei ihnen vorbei, rote Luftballons in der Hand. Jemand ruft dem Schnauzbärtigen etwas zu, der sich daraufhin umdreht.

»Oha, da fragst du am besten Jeannot, er ist der Schatzmeister … Ja, wir bezahlen zusammen, das ist einfacher.«

Und dann, wieder an den Vater gewandt: »Ach, vielleicht haben Sie ja Interesse daran, dem Club beizutreten. Sind Sie schon Mitglied? Nein? Ich muss irgendwo ein Formular haben … ein Anmeldeformular.«

»Genau danach wollte ich Sie gerade fragen«, erwidert der Vater, als wäre Lügen zu seiner zweiten Natur geworden. »Stelle ich den Scheck auf Ihren Namen aus oder auf den von Jeannot?«

Das ist der letzte Schliff, die perfekte Schlussnote. Indem er den Vornamen verwendet, hat der Vater sich die Aufnahme verdient. Er ist Teil des Clubs. Er geht in der Masse unter.

Der Schnauzbärtige reicht dem Vater ein Blatt, das er, aufgestützt auf einen Terrassentisch, sorgfältig mit einem Namen ausfüllt, der nicht seiner ist.

»Das mit dem Scheck hat Zeit. Der geht an Jeannot. Sie sind doch heute Abend beim Festessen dabei, oder?«

»Ich weiß nicht«, erwidert Dujarno Jean, wohnhaft in Toulouse, Besitzer eines 2CV E grün, Baujahr 1973, zugelassen im Hérault (der Vater konnte sich gerade noch davon abhalten, »Jean Dujardin« zu schreiben, ein Name, der für seinen Geschmack gut klang, doch dann fiel ihm ein, dass es bestimmt der Name einer bekannten Persönlichkeit war). »Ich muss den Kleinen zu seiner Mutter zurückbringen. Er hat morgen Schule …«

Innerlich beglückwünscht sich der Vater dazu, dass ihm Details einfallen, die so glaubhaft wirken. Ein echtes Chamäleon.

»Wollen Sie das behalten?«, fragt er und reicht dem Schnauzbärtigen das Anmeldeformular. »Ich hole schnell mein Scheckbuch aus dem Auto, und …«

Der andere überfliegt den Zettel. Sein Ausdruck verändert sich.

»Du musst dich getäuscht haben.«

»Wie bitte?«

»Das kann nicht sein. Da stimmt was nicht. Ganz sicher hast du dich getäuscht.«

Plötzlich kommt es dem Vater so vor, als würde sich alles irgendwie neigen – alles, von den Enten bis zum vergilbten goldenen Doppelbogen, der ein vorgekautes M beschreibt, die Leute, die Kinder, die Luftballons, der Kleine in seiner zu großen Hose und dem neuen T-Shirt *Club der Entenfreunde aus den Cevennen*, das ein Jeannot oder ein Jean-irgendwas ihm spontan geschenkt hat – alles neigt sich, wird schief, fällt. Die Welt und der Vater und sein erbärmliches Lügengerüst fallen unter dem neugierigen Blick von Jean-Paul auf die Schnauze. Das Herz des Vaters schlägt sehr schnell. Er weiß, dass man ihn ertappt hat.

»Wie bitte, was meinen Sie?«, sagt er mit viel zu spitzer Stimme.

Jean-Paul sieht verdutzt aus.

»Hey, wir können uns hier duzen, weißt du. Willkommen im Club, Jean. Nein, ich meinte, du hast dich wohl getäuscht, beim Ausfüllen. Du hast angekreuzt ›Originalfarbe: JA‹.«

Verständnislos schaut der Vater ihn an.

»73 waren sie palmgrün. Das war eine Spezialanfertigung mit den Harlekinsitzen. Aber deine ist Tuileriegrün, wie die von Jean-Pascal da drüben. Siehst du?«

Jean, oder vielmehr der Vater, hebt die Arme.

»Das wusste ich nicht …«

»Das ist nicht schlimm, das korrigiere ich beim Eintrag in den Computer. Dein Onkel muss sie wohl neu gespritzt haben. Rede mal mit Jean-Luc darüber, der ist Spezialist auf dem Gebiet.«

Damit geht er weiter und ruft einem betagten Pärchen etwas zu, das daraufhin die Türen einer gelben Ente öffnet.

Der Vater bleibt einen Moment auf dem Parkplatz stehen, zwei Stückchen Welt vor seinen Augen – das eine, von eben, mit seiner Lüge, von Jean Dujarno und dem netten Enten-Fan; und die Welt in Schräglage, widerwärtig, in der er auf der Flucht ist, ohne zu wissen, wohin es geht, sich immer verlorener fühlt, mit nichts als der Angst im Bauch.

Der Kleine ist ausgestiegen, ganz allein, wie ein Großer. Andere Kinder kommen unter dem beunruhigenden Lächeln des Clowns vom *Fascht-Fut-Restaurant* auf ihn zu.

»Hätten Sie gern noch einen Nachtisch? Ich empfehle Ihnen die Crème catalane, die ist einfach nur geil.«

Marion sagt sich, dass die Thinards, selbst wenn sie über den vulgären Ausdruck »die ist einfach nur geil« die Stirn runzeln würden, dennoch zu schätzen wüssten, dass sie das Wort »empfehlen« benutzt hatte. Wenn sie in ihrer Rolle als Kellnerin steckt, dann amüsiert Marion sich ganz gut. Sie vergisst den ganzen Rest – ihre Gereiztheit von vorhin, diesen Moment, in dem sie sich wünschte zu verschwinden. Sie spielt Kellnerin wie in den Restaurants, die sie sich als Kind ausgedacht hatte. In die sie manchmal ihre Mutter eingeladen hatte. Aber ihre Mutter hatte nie Zeit. Neun von zehn Mal sagte sie zu ihr: *Was soll das denn, Kleine? Du weißt doch, dass ich keine Zeit habe.* Marion verkniff sich die Antwort, dass sie aber doch Zeit habe, nichts zu tun, Zeit, um Stunden mit ihrer besten Freundin am Telefon zu hängen, dass sie sogar die Stimme senkte, wenn Marion in der Nähe war, und dass sie sagte: *Ich muss jetzt aufhören, er kommt heim*, wenn man das Auto ihres Ehemanns über den Kiesweg fahren hörte. Jener Ehemann, Marions Papa, hatte niemals Zeit, sich an das kleine Plastiktischchen im Restaurant seiner Tochter zu setzen, um einen Teller Wurst mit Kartoffelpüree zu bestellen – das war bei ihr das Tagesgericht, damals erschien ihr das wie der Gipfel der Gastronomie.

Als sie größer wurde, hatte sie dann mehr Glück, da hantierte sie auch ganz geschickt mit Flaschen herum; ein, zwei Jahre lang servierte sie ihrem Vater den ersten Aperitif, wenn er von der Arbeit nach Hause kam, so gegen achtzehn Uhr. Den ersten Aperitif und die folgenden und die ihrer Mutter, mit denen sie ihm Gesellschaft leistete. Das war ganz sicher ihre schönste Zeit, ihre beste Rolle als Bedienung bis heute. Sie beeilte sich, die Gläser zu füllen, indem sie die Flasche geschickt in der Hand kippte – mit beiden Händen, das muss sie zugeben –, damit die stark riechende Flüssigkeit in den merkwürdig kleinen Portionierer floss.

Wenn du groß bist, wirst du bestimmt mal ein Restaurant haben, sagte der Vater stolz. Und er lachte, und auch Marion und Mama lachten.

Ja, das war die schönste Zeit, sie waren eine glückliche Familie, wie diese drei da, die sich in ihren Stühlen nach hinten lehnen, tief einatmen, um zu zeigen, wie gut sie gegessen haben, und es wäre wirklich reine Nascherei, aber eine Crème catalane, ach, die ist doch ganz leicht und bekömmlich – wie ein vierter Pastis oder ein sechster, die merkt man doch kaum.

So funktioniert das Gehirn, und doch lernt es, Bezüge herzustellen; und entweder haben ihre Eltern Marion nach und nach auf ihre Rolle als Bedienung festgelegt, oder Marion hat irgendwann verstanden, dass die sieben, acht Ricards, die jedem Essen vorausgingen, auch die rituelle Auseinandersetzung beim Abendessen ankündigten und die Schreie und die Liebkosungen, die zu Schlägen wurden, und sie hat die Lust am Kellnerin-Sein verloren. Zumindest bis zu diesem Sommer.

»Kommen Sie, meine Herrschaften, lassen Sie sich verführen«, ruft sie im Ton eines Jahrmarktschreiers. »Und du, du willst doch bestimmt ein Eis. Lass mich raten, Vanille und Erdbeere?«

Die Kleine lächelt, wie Marion bestimmt auch als Kind gelächelt hat, wenn ihre Mutter sich manchmal, äußerst selten, auf ihr Spiel einließ.

»Das geht auf mich«, schloss Marion.

Außerdem überprüft die Thinard die Rechnungen ohnehin nicht. Der Thinard schon, aber der wird ganz konfus dabei. Letzte Woche war es Marion gelungen, ein Menü als Trinkgeld durchgehen zu lassen, und der Thinard hat nicht gemuckt. Allerdings hat sie es hinterher bereut, ihn so hintergangen zu haben. Aber vielleicht verdiente er es ja auch, weil er immer so neugierig war, der Thinard, und vielleicht wollten ihr die Gäste insgeheim ein Trinkgeld dalassen, sie hätten es zumindest tun sollen; aber immer, wenn sie sich zankt, jedes Mal, wenn sie unehrlich ist, geschieht dasselbe: Zunächst triumphiert Marion, dann kommt sie sich dumm und gemein vor, wie so ein richtiges Scheusal, wie Abschaum. Eine Diebin – wie ihre Mutter immer sagte, wenn sie sich eine Kette von ihr borgte, um feine Dame zu spielen.

Diebinnen bekommen Ohrfeigen. Alle Mädchen sind Diebinnen. Stehlen, das heißt, die Tochter ihrer Mutter zu sein, der Mutter, die sie liebt und schlägt.

Einen Moment lang starrt Marion den gelb-roten Schmetterling an, der in ihrer Nähe herumflattert und ihr diese sonderbare Logik zuflüstert.

»Wissen Sie, dass Ihr Gasthof nicht ausgeschildert ist?«, fragt der Papa der kleinen Familie. »Fast hätten wir ihn übersehen, dabei waren wir wahrlich hungrig.«

Marion setzt ein überraschtes Gesicht auf. »Ach, tatsächlich? Dabei steht doch ein Schild am Dorfausgang … und zwei, drei weitere auf dem Weg hierher, glaube ich.«

In Wahrheit weiß sie ganz genau, dass die Schilder kaum sichtbar sind – das Dorf, von dem sie spricht, ist gut zehn Kilometer entfernt, und es ist durchaus möglich, dass die anderen Schilder irgendwann verschwunden sind, als sie von einer Party mit dem Mountainbike heimkam, das ihr die Thinards borgen, wenn keine Gäste da sind.

»Ein Ruhetag in der Woche, sonntags«, hatte der Thinard gesagt, ehe er sie einstellte.

»Und wenn niemand da ist? Wenn Sie keine Gäste haben?«

»Dann kannst du den Abend freimachen. Aber zum

Glück kommt das nicht so oft vor! Sonst würden wir dich ja nicht brauchen.«

Brauchen hin oder her, seit Beginn der Saison hat es zwei Abende und mehrere Mittage gegeben, an denen der Gasthof leer geblieben ist. Vielleicht aufgrund dieses Sonntagabends, als Marion leicht angesäuselt vom Nachbarort heimfuhr. Man muss schon sagen, die Schilder »Auberge la Thinardette« sind ein bisschen zu bunt. Anmaßend, gewissermaßen. Kurzum, sie hatten es darauf angelegt. Das hat Marion von ihren Eltern: Wenn sie etwas getrunken hat, darf man sie nicht reizen. Da sollte man seinen Senf besser für sich behalten – und das galt auch für Hinweisschilder.

Die Mittage ohne Gäste bekümmern die Thinards; da wirft die Thénardier noch mehr Entenbrüste weg als gewöhnlich, und der Thénardier sagt, dass der Tourismus dieses Jahr einfach nicht das Gelbe vom Ei ist. Das ist die Krise, da kann keiner was dafür.

Aber Krise hin oder her, insgeheim ist das den Thinards ein bisschen egal. Auch sie spielen Gastronom – schon etwas länger als Marion und ganz sicher auch ernsthafter; aber sie sind alt genug, um in Rente zu gehen und ein großes Haus in Valras-Plage zu haben. Sie könnten die *Saison* gemütlich zu Hause verbringen oder sogar ins Ausland reisen. Doch Marion ist schließlich klargeworden, dass ihnen langweilig wäre, würden sie nicht mehr spielen. Das Gasthaus bringt ihnen nichts ein oder zumindest nicht viel. Sie könnten sich zudem sehr gut nur zu zweit darum kümmern. Marion vermutet, ihre Entscheidung, sie einzustellen, und auch ihr Bedürfnis, das Spiel andauern zu lassen, rührt daher, dass sie keine Kinder haben – wir hatten nie Zeit dafür, sagt die Thénardier mit einem Blick, der einen zu Tränen rühren könnte.

Wenigstens waren wir immer frei, sagt der Thinard. Aber er tut nicht einmal so, als würde er daran glauben.

Letzten Endes, sinniert Marion vor sich hin, als sie wieder nach drinnen geht, um eine riesige Schale Eis zuzubereiten und zwei Crèmes catalanes zu bestellen, ist es immer gleich, egal, wohin ich gehe. Ein Papa, eine Mama, ein kleines Mädchen. Wie ein Schema, das sich immer wiederholt, um sie einzusperren.

Wieder spürt sie, wie wütend sie ist. Als wäre sie sicher, dass bald die Schläge kommen.

»Alles okay, Marion?«, ruft die Thénardier ihr zu. »Haben die Gäste einen zufriedenen Eindruck gemacht?«

»Nicht so richtig. Ich frage mich, ob das vielleicht Kritiker sind. Für irgendwelche Führer oder so was in der Art.«

Der panische Ausdruck auf dem Gesicht von Madame Thinard bringt sie zum Lachen, und sie vergisst ihre Wut.

»Ich habe nur Spaß gemacht, Madame Thinard. Außerdem hab ich ihnen eine Crème catalane empfohlen.«

Auf dem Gesicht von Madame Thinard zeichnet sich eine ekstatische Erleichterung ab: Die Gäste sind glücklich, die Bedienung gibt eine Empfehlung, die Gastgeber empfangen mit offenen Armen. Die Welt ist ein wunderbarer Ort.

»Der Kaffee geht aufs Haus, einverstanden?«

»Und wenn sie nach Ihnen fragen, um Sie zu beglückwünschen?«

Madame Thinard errötet und zuckt verlegen mit den Schultern.

»Sag doch nicht so etwas Albernes. Wenn sie jemanden sehen wollen, dann schicke ich dir Robert nach draußen. Nicht wahr, Robert, dann gehst du?«, ruft sie zum kleinen Saal hinter der Küche, wo der Thinard vor dem Fernseher schläft.

Er stößt ein Grunzen aus, das als Antwort durchgehen könnte.

In dieser Szene liegt etwas Intimes, Ausgeglichenes, Harmonisches, ein kleines Wunder.

Marion sagt sich, dass sie sich den Rest aus der Karaffe Wein von der netten Familie einverleiben würde, sobald diese weg wäre und man sie nicht sehen könnte.

Der Kleine ist in den Käfig gegangen. Den großen gelb-roten Plastikkäfig, durchbohrt von lichtundurchlässigen Bullaugen und gespickt mit metallischen Rohren. Er ist ohne zu zögern hineingegangen, einem Kind gefolgt, das ihn geholt hatte.

Der Junge hat sich einfach vor den Kleinen hingestellt. In der Hand hatte er einen roten Luftballon und einen Plastikstab. Er hat den Kleinen einfach angesehen und ihn gefragt: *Kommst du spielen?*

Und der Kleine hat ihn begleitet.

Das wäre etwas, das er dem amerikanischen Richter sagen könnte, denkt der Vater. Es beweist, dass da ein Austausch stattfindet. Davor wäre er niemals in ein Klettergerüst gestiegen. Er hätte sich niemals die Beine von einem kleinen Rom mit kaltem Wasser abspritzen lassen. Es gibt so vieles, was er nicht gemacht hätte, vorher.

Der Vater geht zum Klettergerüst, kniet sich vor das Loch, das als Einstieg dient. Der Gestank nach Pisse und Schweiß überfällt ihn, angewidert weicht er zurück. Das ist ja noch schlimmer als in der Ente.

»In der Ente riecht es hauptsächlich nach Scheiße«, stellt das Kätzchen im Auto träge richtig.

»Vielleicht, aber er hat nicht unrecht«, sagt der Alte

hoffnungsvoll. »Der Kleine verändert sich, findet ihr nicht?«

»Vielleicht mag er auch einfach nur Luftballons«, kontert das Kätzchen. »Angesichts der Millionen Deppen, auf die das zutrifft, wäre es nicht weiter erstaunlich. Dafür ist sicherlich eine ganz bestimmte Zone des Gehirns zuständig. Natürlich nur, falls der Kleine so etwas besitzt.«

»Red nicht so schlecht von ihm«, sagt der Alte. »Und nenn Leute nicht Deppen, nur weil sie Luftballons mögen. Ich hab schon gesehen, wie du mit dem Bällchen gespielt hast. Als du … als wir …«

»Das ist was ganz anderes«, erwidert das Kätzchen. »Einfach nur eine zoomorphische Identifikation.«

»Häh?«

»Damit du glaubst, ich wäre eine Katze. Mal ganz abgesehen davon, dass ich bei Bällen an Mäuse denken muss, und bei Mäusen, da werde ich ganz …«

Er macht eine fahrige Bewegung mit der Tatze.

»Aber trotzdem verändert er sich doch, der Kleine, oder nicht?«, beharrt der Alte.

»Alles verändert sich«, erwidert das Kätzchen und schüttelt sich gleichzeitig. »Der Kleine, du, das Licht, die Welt, alles verändert sich, permanent. Außer mir natürlich.«

Und als würde er diese Worte betonen wollen, verwandelt er sich nacheinander in eine Sanduhr, eine Sense, ein Skelett und in ein junges Kätzchen. Alles geht sehr schnell, so schnell, dass die Geister der Ente kaum Zeit haben, es wahrzunehmen, Angst zu bekommen.

»Nur die Veränderung verändert sich nicht«, bekräftigt das kleine Tierchen schließlich mit hochgelehrtem Tonfall – der es, wie man einräumen muss, ein bisschen lächerlich erscheinen lässt.

»Einstweilen«, sagt der Alte, der sich langsam an diese Prahlereien gewöhnt, »habe ich den Eindruck, dass er ihnen guttut, dieser kleine Ausflug. Allen beiden.«

Das Kätzchen antwortet nicht; die anderen Gestalten stimmen offenbar zu.

Draußen hat sich der Vater auf einen Terrassentisch des *Fascht-Fut-Restaurants* aufgestützt und schaut von weitem zu. Durch die Bullaugen sieht er oder glaubt zumindest zu sehen, wie sein Sohn in dem Würfel aus Plastik und Sperrholz nach oben und wieder nach unten klettert. Immer mal wieder taucht er ganz oben an der Rutsche, einer kleinen Plattform oder unten am Eingang auf. Sein Gesichtsausdruck ist ernst. Der Vater sieht, dass er den Kontakt mit anderen Kindern meidet, dass er ungemein darauf achtet; aber den Kontakt zu meiden heißt, durchaus zu begreifen, dass es ihn geben könnte. Das ist ein riesiger Fortschritt, Euer Ehren.

»Ihrer macht ja einen ganz ruhigen Eindruck.«

Das ist die Mama der beiden Kinder mit den Luftballons, die der Vater als Erstes entdeckt hat (und die er auf den ersten Blick verabscheute, weil sie zu blond, zu vergnügt, zu normal waren). Nach dem, was er den Unterhaltungen um sich herum entnommen hat, fährt besagte Mama eine blaue Ente, die ihrem Vater gehört – einem gewissen Jean-Claude, der eigentlich da sein müsste, aber mit seinem Bandscheibenvorfall, der Ärmste, dabei war es ihm so wichtig, dass seine Ente mal rauskam, also ließ sich seine Tochter breitschlagen. Die Dame heißt Sophie und lebt seit einigen Jahren getrennt.

Das hat sich der Vater gleich gedacht. So, wie sie mit ihren Kindern spricht, wie sich die Alten des Clubs um sie kümmern, gleichzeitig vertraut und distanziert, als existierte zwischen ihnen und ihr noch immer der Schatten oder der Geist eines verschwundenen Lebensgefährten; wie sie die wenigen einzelnen Männer in ihrem Alter in diesem McDonald's betrachtet – und auch den Vater, den sie gerade angesprochen hat.

Besagter Vater erinnert sich, dass er es noch vor wenigen Monaten nicht ausstehen konnte, wenn man so über den Kleinen mit ihm redete.

»Er ist ruhig, ja. Er ist ein bisschen … eigen.«

»Ja, das merkt man«, sagt Sophie lächelnd. »Er lebt in seiner eigenen Welt. Das ist gut für ein Kind in seinem Alter.«

Schweigend sehen sie zu, wie der Kleine auf die Rutsche tritt, stocksteif, mit ausdruckslosem Gesicht, vor und hinter ihm jeweils ein grölender, durchgeschwitzter Blondschopf.

»Ich hab ihre gesehen«, fährt Sophie fort und deutet in Richtung der grünen Ente. »Es ist das erste Mal … Sind Sie neu in der Gegend?«

Ihre Augen leuchten interessiert auf. Kann er sie wirklich anlügen?

»Ich bin gerade dabei, mich einzurichten.«

Angesichts Sophies Lächeln fängt der Vater an zu träumen. Mit einem Prozess, vielleicht einem Hungerstreik, ernsthaften Bemühungen könnte er diese kleine Lüge Wirklichkeit werden lassen. Das wäre eine hübsche Szenerie, mit dem Kleinen, ihr und den beiden grölenden, aber sympathischen Kindern, die mit ihm spielen.

Etwas in Sophies blauen Augen, dieses scharfsichtige Leuchten, flüstert dem Vater zu, dass es möglich ist – wie ein Sonnenstrahl, der über die Wolken in einem ungewissen Himmel triumphiert. Er hätte endlich eine Familie – eine echte, mit einem großen F, Haus und Van (und natürlich zwei Enten). Er wäre ein echter Vater, ein Held, der seinen Sohn befreit hat.

»Das wäre gar nicht schlecht«, murmelt der Alte auf der Rückbank des Tuilerie-grünen 2CV6.

Er wagt einen schiefen Blick auf Sphinx. Der sich genüsslich um den Anus herum leckt.

»Scheiß drauf«, miaut das Kätzchen. »Das wird nicht passieren. Nie, nie, nie.«

»Warum nicht?«, fragt der Alte. »Du hast gesagt, alles verändert sich. Wenn sich alles verändert, dann ist alles möglich, oder nicht? Und wenn wir alle zusammenhelfen …«

»Hör auf zu träumen, alter Mann«, sagt das Kätzchen. »Das bringt nichts. Wir haben ein Schicksal, und daran halten wir uns, Schluss, aus, Ende.«

»Ein Schicksal?«, wundert sich der Alte. »Darüber redest du zum ersten Mal.«

»Als müsste man darüber reden. Ehrlich, alter Mann, ein Vater und sein verrückter Sohn, eine Geister-Ente voller Schatten und Geheimnisse, was meinst du, wohin das führt? Glaubst du, das kann ein gutes Ende nehmen? Mach die Augen auf, alter Mann. Wir sind hier in eine üble Geschichte hineingeraten. Zu alt und zu übel, als dass wir es hier herausschaffen könnten. Also, ich rede für euch. Ich habe neun Leben, du kannst dir ja vorstellen … Aber was euch betrifft, vor allen Dingen die beiden da draußen, da garantiere ich dir, dass es ein übles Ende nehmen wird.«

13

Das riecht nach einer richtig üblen Geschichte, denkt der Gendarm, als er auflegt. Nach verdorbenem Pilz. Nicht dass seine Gesprächspartner sich unhöflich, heuchlerisch, hinterlistig oder auch nur unangenehm verhalten hätten. Ganz im Gegenteil. Aber alles, was sie ihm nach und nach enthüllt hatten, trieb ihn zur Sorge. Das hat mit der Frau angefangen, die ihm von Éric Dubon erzählte – seiner Tante, die ihn nach dem Unfall seiner Eltern aufzog.

»Er war nett, der Kleine. Und ruhig. Vor allem ruhig. Er redete nicht viel. Als er bei uns eingezogen ist … Sie wissen doch, dass seine Eltern tot sind, nicht wahr?«

Die Stimme am Telefon klingt alt, die Erzählung verläuft sprunghaft.

»Was für ein Unglück, dieser Unfall aber auch. Das hat uns erschüttert, meinen Mann und mich. Und dann haben wir den Kleinen bei uns aufgenommen, was soll ich Ihnen sagen, denn sonst hatte er ja niemanden. Doch, einen Onkel, den mit der Werkstatt, aber der war natürlich zu alt. Noch dazu Witwer. Ich habe im Übrigen erfahren, dass er mittlerweile verstorben ist. Éric hat es mir erzählt, als wir das letzte Mal miteinander telefoniert haben.«

»Wann war das?«, fragt der Gendarm.

»Ach, vor einem Monat, vielleicht auch vor zwei. Éric ist nett, er ruft uns manchmal an. Wir haben ihn ja auch wirklich lange bei uns gehabt, aber wie soll ich Ihnen das erklären? Er hat nie … Er hat nicht viel geredet. Zunächst dachten wir, das wäre wegen des Unfalls, das Trauma, wie die Ärzte sagten. Wir dachten, das würde vorübergehen. Aber dann, ach je, dann ist uns klargeworden … Wir haben ja selbst welche gehabt, Kinder, müssen Sie wissen. Drei eigene und zehn Jahre als Pflegefamilie … Wir hatten gerade erst aufgehört, und dann, peng, der Unfall. Und der Kleine ohne irgendjemanden. So ist Éric zu uns gekommen.«

»Wie alt war er da?«, fragt der Gendarm, mehr um die Tante wieder zu ihrer Erzählung zurückzubringen, als um eine Antwort auf seine Frage zu bekommen.

Der Tante fehlt ein genauer Bezugsrahmen. Das ist auch ein bisschen der Fehler des Gendarmen, das muss er zugeben. Er hat sich absichtlich von Beginn an unklar ausgedrückt, als er sie darum bat, ihm von Éric Dubon zu erzählen, statt ihr genaue Fragen zu stellen. Der Gendarm weiß schon seit langem, dass man mit unklaren Fragen auch unklare Antworten bekommt; aber in eben diesen unklaren Antworten findet er, was er sucht – das kleine Detail, den Schlüssel zum Rätsel, die Stelle mit den Pilzen im Wald. Und indem er so unklar bleibt, ist er weniger Gendarm, weniger formell. Die Leute vertrauen sich einem nicht so leicht an, wenn sie das Gefühl haben, dass die Justiz ihnen eine bedrohliche Tatze auf die Schulter legt. Wenn man sie befragt, sie verhört, dann verschließen sie sich mit einem Mal, wie diese kleinen Blümchen, die unter den Bäumen wachsen und sich bei der leisesten Berührung mit dem Finger zurückziehen. Wenn man sie aber höflich fragt und ihnen zeigt, dass man ebenso sehr zögert wie sie, dann vergessen sie die Uniform, die große Tatze und das Käppi. Und vertrauen sich einem an, erzählen einem Dinge.

»Wie alt er war, als er zu uns kam? Ach herrje, sieben oder acht vielleicht. Das war … Lassen Sie mich mal eben nachdenken … sechsundachtzig vielleicht. Oder früher. Ganz bestimmt früher. Vierundachtzig. Da muss er also so, lassen Sie mich überlegen, er ist sechsundsiebzig geboren, nein, siebenundsiebzig. Sechsundsiebzig, das war der Kleine von meinem ältesten Sohn … nein, da irre ich mich, lassen Sie mich überlegen …«

Der Gendarm lässt sie überlegen, lässt sie so richtig den Faden verlieren und bedauert ein wenig, ihr diese Frage gestellt zu haben.

»Er redete nicht viel, wissen Sie? Das ist uns nach einer Weile klargeworden. Ach herrje, er zeichnete viel, war immer mit seinen Bildern beschäftigt, er setzte sich in eine Ecke und zeichnete, ach, also Phantasie, das hatte er. Wir ließen ihn in seiner Ecke, er kam nur zum Essen, ist nie laut geworden. Damals beunruhigte uns das nicht, es kam uns eher ganz gelegen, um ehrlich zu sein, ich hatte ja wieder angefangen zu arbeiten, Sie verstehen schon. Ach herrje, wir waren zufrieden, auch wenn er nicht viel redete, und in der Schule hatte er gute Noten, das schon, keine Probleme, weder im Collège noch im Lycée. Und danach … danach ist er gegangen. Zum Studieren. Wir hatten das Geld vom Haus seiner Eltern für ihn aufbewahrt … Ach, das war nicht viel, aber er kam damit zurecht. Ja, er hat uns nie Sorgen bereitet, herrje. Erst als der Kleine geboren wurde, als wir sie besuchen wollten. Als wir erfahren haben … Da habe ich mir gedacht, ach herrje, das war ja vielleicht nicht normal, dass er so ruhig war, immer geschwiegen hat. Vielleicht war er damals wirklich traumatisiert, und wir haben es nicht gemerkt. Da habe ich mir Sorgen gemacht, und er hat mir gesagt, dass es nichts Genetisches ist, dass die Ärzte nichts darüber wissen, ich hab mir trotzdem gesagt, dass der Apfel nicht weit vom Stamm fällt, verstehen Sie?«

Der Gendarm versteht. Ach herrje, er versteht nur zu gut. Und er versteht auch, dass ihn das nicht weiterbringt.

»Und sein Onkel, der Automechaniker, kennen Sie den?«

»Nur flüchtig. Wir haben uns einmal bei der Hochzeit meiner Schwester gesehen, wann war das noch? Drei- oder vierundsiebzig vielleicht, da müsste ich nachsehen, ich habe Fotos ... Er war sehr viel älter als wir, als meine Schwester und ihr Ehemann. Es sah so aus, als würde er sehr an ihm hängen, an seinem Bruder.«

Der Gendarm befürchtet einen Moment lang, bei all diesen Familiengeschichten den Boden unter den Füßen zu verlieren, aber genau da nimmt sie eine Abzweigung zu etwas, das ihn aufhorchen lässt.

»Er hatte ihnen sogar ein Auto geschenkt, zur Hochzeit. Eine Ente. Ach herrje, die, in der ... also, die, mit der ... und dann haben wir den Onkel natürlich bei der Beerdigung gesehen. Danach nicht mehr, selbst auf Érics Hochzeit nicht. Erst seine Frau, dann sein Bruder, das war ein Schlag, verständlicherweise. Ach herrje, die Beerdigung, Sie können sich nicht vorstellen, wie traurig das war, sie waren so schön, so lebendig ... und Éric sagte nichts, weinte nicht ...«

Es ist dieses Bild, die Vorstellung des tränenlosen Kindes, das ein Unbehagen beim Gendarmen auslöst – dieser schwache, aber immer deutlicher werdende Eindruck von etwas, das schon seit sehr, sehr langer Zeit nicht gut ist. Das nach einer üblen Geschichte riecht.

»Ach, und wenn ich sage, dass wir den Onkel gesehen haben, dann ist das nur so dahingesagt. Es war lediglich ein *Guten Tag, auf Wiedersehen, die Unterlagen für den Kleinen, den Notar,* mehr nicht …«

»Sie sagen, Éric hat nicht geweint?«

Jetzt ist der Gendarm vielleicht ein bisschen zu direkt geworden: Es herrscht Schweigen am anderen Ende der Leitung, lang anhaltendes Schweigen, ein so lang anhaltendes Schweigen, dass er sich kurz fragt, ob die Verbindung abgebrochen ist. Aber ihre Stimme kommt wieder zurück, eine entfernte, erloschene Stimme, als würde sie aus einem riesigen Stapel Erinnerungen hervorgekramt.

»Bei der Beerdigung, nein. Und jetzt, wo Sie das gerade fragen … Ich kann mich nicht daran erinnern, ihn je weinen gesehen zu haben. Niemals.«

Etwas knisterte in der Leitung wie eine Drohung. Aber der Gendarm hat danach nicht weiter gedrängt. Er hat sich damit begnügt, diese Information für sich zu behalten, sie auf einem Stapel abzulegen, dem Komposthaufen, auf dem seine Ideen keimen.

Wenig später hat er aufgelegt und das Telefonbuch der Gendarmerien zur Hand genommen, um die Nummer von Labarthe ausfindig zu machen. Es war schon spät, dennoch rief er dort an.

»Entschuldigen Sie, wenn ich Sie störe, aber ich bin auf der Suche nach Informationen über einen gewissen Dubon Georges, der Automechaniker in Ihrer Stadt gewesen sein muss …«

»Kein Problem, Brigadier«, erwidert der andere. »Das wird sehr schnell gehen, da er vor weniger als zwei Monaten gestorben ist.«

»Ich weiß. Aber ich habe mich gefragt, ob Sie mir mehr über ihn erzählen könnten.«

»Ja und nein. Ich bin erst seit vier Monaten hier. Und

Monsieur Dubon war mein erster … also, mein erster Todesfall.«

Etwas in der Stimme seines Gesprächspartners lässt den Gendarmen aufhorchen.

»Ihr allererster, meinen Sie?«, bringt er vor in der Annahme, es mit einem jungen Mann zu tun zu haben.

Aber der andere bricht in Lachen aus.

»Machen Sie Scherze? Ich bin seit zwanzig Jahren im Dienst, da sind mir schon so einige Tote untergekommen. Nein, es war nur mein erster hier. Wenige Wochen nach meiner Ankunft. Aber …«

Da schwingt schon wieder etwas Eigenartiges in seiner Stimme mit.

»Es war ein bisschen merkwürdig. Zunächst dachte ich, es wäre ein Selbstmord. Vielleicht sogar ein vertuschter Mord. Aber der Gerichtsmediziner war sich sicher, dass es sich um einen natürlichen Tod handelte.«

»Warum?«, fragt der Gendarm.

»Warum was?«

Der Gendarm versucht, sich nicht allzu sehr darüber aufzuregen. Das hätte er sich auch denken können: Wenn man zwanzig Jahre im Dienst war und nach achtzehn Uhr noch ans Telefon ging, dann war das kein gutes Zeichen, was das Können eines Gendarmen betrifft.

»Warum haben Sie an einen Selbstmord oder einen Mord gedacht?«

»Wegen der Katzen.«

Der Gendarm wartet geduldig, bis dem begriffsstutzigeren Gendarmen aufgeht, was an seiner Antwort unzureichend ist.

»Er hatte … seine Katzen mit in den Tod genommen. Einen ganzen Wurf. Wie … Ich weiß es nicht. Wie Kinder in einem Märchen. Also nein, so nicht. Ich weiß nicht, wie ich Ihnen das erklären soll, aber es war merkwürdig.«

Es braucht noch weitere Minuten mühseliger Unterhaltung (aber der Gendarm hatte *Wie Kinder in einem Märchen* auf seinen Komposthaufen geworfen), ehe sie zu der Schlussfolgerung kommen, dass der Alte eines natürlichen Todes gestorben sein muss, begleitet von dem merkwürdigen Umstand, dass im Bett neben ihm ein Wurf erwürgter Katzen gelegen hatte – und für weitere Informationen sei es am besten, sich an den Notar zu wenden, der die Erbschaft geregelt habe.

Der Gendarm dankte ihm, und ohne auf das Nachbohren des anderen Gendarmen einzugehen, der gern gewusst hätte, was es damit auf sich hatte, legte er erneut auf, ehe er im Internet nach der Telefonnummer eines Notars in Labarthe suchte. Was für ein Glück, es gab nur einen.

Eine Frau mit kehliger Stimme teilte ihm mit, dass der Notar nicht zu sprechen sei; nachdem er jedoch gesagt hatte, wer er war und weshalb er anrief, zeigte sich die Frau als sehr geschwätzig, was den Automechaniker – und auch dessen Frau – betraf, die schon vor längerem verstorben war. Zudem machte sie noch einen ganzen Haufen Bemerkungen über das Leben in der Stadt, als sie noch ein Kind war. Das war sicher mehr als das, was der Gendarm wissen wollte, doch dieses ganze Geplapper bereicherte schlicht seinen Komposthaufen. Und als das Täubchen dann gurrend von seinem Zusammentreffen mit Éric nach dem Tod seines Onkels erzählt, davon, wie sonderbar besagter Éric Dubon sich in dem Haus, das ihm sein Onkel vermacht hatte, eingerichtet hat, da spürt der Gendarm erneut dieses kleine Stechen, irgendwo zwischen Kehle und Bauch, das ihn darauf hinweist, dass er auf der richtigen Spur ist.

Und seit dem letzten Tremolo aus der Kehle der Frau – *Rufen Sie meinen Mann an, wann immer Sie wollen, wir stehen Ihnen gerne zur Verfügung* – sagt der Gendarm sich wieder, dass es nach verdorbenem Pilz riecht. Jemand anders würde darin vielleicht nur eine banale Entführungsgeschichte sehen, allenfalls noch einen Handel mit Autos (aber bei einem so alten Modell ist das doch sehr unwahrscheinlich, oder?). Jemand anders würde sich vermutlich sagen, dass es nur eine Frage der Zeit wäre, bis er den Sohn, den Vater und die Ente findet. Es ist aber so: Wie fast noch nie zuvor in seinem Leben, selbst nicht bei dem Überfall auf die Bank, verspürt der Gendarm jetzt Angst.

Als würde er sich beruhigen wollen, notiert er etwas. Er zeichnet Pfeile, Zahlen, Spalten. Und schreibt:

1972/73: Hochzeit Dubon

1976/77: Geburt Éric

1984: Unfall Dubon

Er fährt fort, die Informationen, die er hat, auf der Rückseite eines zerrissenen Rundschreibens zu notieren. Die klar gezeichneten Pfeile, die sorgfältig niedergeschriebenen Zahlen, die Buchstaben, die fast exakt genauso aussehen wie die, die ihm sein Lehrer beigebracht hat, stehen in einem hübschen Kontrast zu dem schmuddeligen, zerrissenen Papier. Wenn er keine Wörter oder Pfeile aufmalt, dann kritzelt er Spiralen, Linien, Schraffierungen. Von Unordnung umgebene Ordnung.

Mit Hilfe von neuen Pfeilen notiert der Gendarm das Geburtsdatum des Kindes – das er im Kopf hat – und das Datum vom Tod des alten Georges.

Noch ein Moment und eine Reihe miteinander verschlungener Schraffierungen, die an eine Barrikade erinnern. Dann fügt er das Datum der Entführung hinzu.

Eine weitere Pause, schließlich folgen die Wörter 2CV grün, Baujahr 1973. Am Telefon hatte Éric Dubons Tante gesagt, die Ente sei ein Hochzeitsgeschenk seines Onkels, geboren 1923, gewesen. Im Alter von fünfzig Jahren schenkte der Onkel seinem Bruder das Auto zur Hochzeit.

Die Schraffierungen kommen den Zahlen und Pfeilen gefährlich nahe, drohen sie zu verschlingen. In den amerikanischen Serien, die er sich manchmal abends im Dienst auf dem kleinen Bildschirm der Gendarmerie ansieht, hätte der Held ganz plötzlich *die* Lösung vor Augen. Es gäbe einen dramatischen Effekt – eine Nahaufnahme, eine bestimmte Musik, einen Schlüsselsatz –, und dann, wenn er leicht mit dem Kopf zurückwich, wie von der Wahrheit getroffen, würde der Detective erklären, wie sich alles ereignet hatte. Nur dass es keinen interessiert, wie sich alles ereignet hat, murmelt der Gendarm in die Stille der Gendarmerie hinein. Es wäre interessant zu wissen, was sich in der Birne des Vaters zusammenbraut. Und auch, wo sie abgeblieben sind.

Denn wenn man die Pfeile und Wörter und Zahlen so ansieht, dann zeichnet sich da nichts Schlimmes ab, nichts sonderlich Besorgniserregendes. Doch die Art, wie der zerrissene Rand sich ihnen nähert, und diese Spiralen, die sich jetzt über die Wörter *2CV grün* zu erheben scheinen, das ist beunruhigender als all die Special Effects in den amerikanischen Serien. Zumindest für den Gendarmen.

Sein Blick fällt auf die Titel der gestrigen Zeitung, die ein Kollege auf seinem Schreibtisch liegen ließ. Bevorstehende Wahlen, die sich schlecht abzeichnen, wie der Gendarm findet. Flugzeuge, die verschwinden. Länder, die im Chaos untergehen.

Es wird ein schlimmes Ende nehmen, denkt er noch. Und wir können nichts daran ändern. Aber das ist ein losgelöster, fast schon unbeschwerter Gedanke – fast so, als wäre es der eines anderen. Oder ein Teil seines Kopfes, dem er nicht zuhören will.

Er muss diesen Typen finden, und er muss ihn schnell finden – ehe er seinem Kind etwas antut. Denn genau das wird passieren. Aufgrund der Pfeile, aufgrund des Jungen, der nicht weinte. Aufgrund der Streichungen, der Pilze. Aufgrund des Unfalls seiner Eltern, der Ente, die dreißig Jahre später wieder auftaucht.

Dubon wird ihn umbringen, diesen Jungen. Hier, in der stillen Gendarmerie, aufgestützt auf den grauen Metallschreibtisch voller amtlicher Unterlagen, Schmierzettel, Notizen und der gestrigen Zeitung, ist der Gendarm sich dessen ganz sicher. Er wird erst ihn umbringen und dann sich selbst.

Er schaltet den Computer wieder ein, loggt sich in die Applikation für Vermisstensuche im Interesse der Angehörigen ein. Zögert noch ein bisschen. Dann kreuzt er »Suche, oberste Priorität – Kind in Gefahr« an. Mit einer gewissen Fieberhaftigkeit überfliegt er die Meldung, die er zwei Tage zuvor eingegeben hat, fügt noch das ein oder andere Detail hinzu – wie zum Beispiel das Baujahr der Ente. Ganz bestimmt ein unnützer Zusatz, aber hier ist es wie bei Kleinanzeigen, man sollte möglichst präzise sein, wenn man Aufmerksamkeit erregen wollte.

Am Ende der Suchmeldung fügt er hinzu: Vater möglicherweise gewalttätig/selbstmordgefährdet. Höchste Priorität.

»Höchste Priorität« klingt nach einem Spionagethriller oder Kriegsroman. Aber egal. Alles, um die Aufmerksamkeit des Gendarmen auf sich zu ziehen, der vielleicht am anderen Ende von Frankreich diese Suchmeldung unter einem Dutzend anderer liest und irgendwo in seinem Schädel, unter seinem dunkelblauen Käppi, ablegt. Und der dann vielleicht, bei seinen Runden mit dem Dienstwagen oder bei Straßenkontrollen, nach grünen Enten mit einem Mann und einem Kind Ausschau hält. Eine grüne Ente, verdammt, die übersieht man doch nicht, selbst die vernageltsten Gendarmenköpfe. Eine Ente im Allgemeinen. Von denen sieht man nicht so viele. Die ist zu einem Sammlerstück geworden …

Was für eine Dumpfbacke von Gendarm!, schimpft der Gendarm sich innerlich. Eine Ente, so was sieht man doch. Noch besser, die wird bewundert. Und wenn schon nicht von einem Esel von Gendarmen – und er selbst ist der dümmste Bulle überhaupt, weil er nicht eher daran gedacht hat –, so doch von einem möglichen *Zeugen*.

Zum dritten Mal an diesem Abend wendet sich der Gendarm dem Internet zu. Die Suchmaschine, in die er sich einloggt, führt zu einem Dutzend Seiten, die alle mehr oder minder mit Enten verbunden sind, sowie zu einigen Foren.

Draußen schreitet die Nacht voran – eine regnerische und kalte Frühlingsnacht. Während die Dunkelheit die Gendarmerie immer mehr umfängt, die Laternen angehen, die Stunden verfliegen, durchstöbert der Gendarm die Diskussionsseiten. Und jedes Mal stellt er, unter einer nahezu authentischen Identität, folgende Nachricht ein:

Hallo, liebe Enten-Freunde,
böse Überraschung vor zwei Tagen, man hat mir meinen grünen 2CV, Nummernschild 29 AC 34, auf dem Parkplatz vor meinem Haus gestohlen. Die Nachbarn haben

wenige Stunden vor dem Diebstahl einen Mann mittleren Alters in Begleitung eines Kindes bei uns im Viertel gesehen. Ich habe die Polizei eingeschaltet, aber Ihr wisst ja, wie die so sind …

Der Gendarm ist ganz besonders stolz auf diesen Abschnitt. Er ist sehr helle, er weiß, wie gut so eine gegen die Polizei gerichtete Solidarität funktioniert. Sein kleiner Text geht folgendermaßen weiter:

Solltet Ihr meine Ente irgendwo sehen, egal wo in Frankreich, dann seid so nett und gebt mir Bescheid. Vielen Dank schon mal.

Er hat seine persönliche Telefonnummer und eine extra für diese Angelegenheit eingerichtete Mail-Adresse angegeben. Als er damit fertig ist, ist es ein Uhr morgens. Bevor er ins Bett geht, wirft er noch einen Blick aus dem Fenster. Und fragt sich angesichts dieser feindseligen Nacht, wo der Sohn und dessen Vater wohl sind.

Ob ihnen kalt ist.

Ob sie noch am Leben sind.

14

Nachts ist es am schwierigsten.

Der Kleine schläft, ihm ist das egal. Er hat sich auf der Rückbank zusammengerollt, eingewickelt in den Mantel. Und während er schläft wie ein Stein, ohne sich zu bewegen, ohne zu stöhnen, wie etwas, das gar nicht wirklich existiert, kaut der Vater an den Nägeln, der Nagelhaut, an allem, was ihm zwischen die Zähne kommt, er wird von Sorgen zerfressen, auch an Herz und Leber. Oder vielmehr: Etwas nagt an ihm, zerfrisst ihn von innen heraus.

Dies ist die dritte Nacht draußen. Das hätte er nicht für möglich gehalten. Die erste, irgendwo im Wald, war alptraumhaft. Die zweite, beim Supermarktkomplex, einfach unmenschlich.

Ja natürlich, der Kleine schlief, und alles in allem war es gar nicht so kalt. Aber da waren diese Stimmen. Das Geräusch des Windes draußen, die Lkws bei den Einkaufszentren, die ihm merkwürdige, dubiose Dinge zumurmelten, Geschichten von Bergen, Göttern, Opfern. Man hätte es für Träume halten können, ohne Zusammenhang oder Logik. Die Stimmen erzählten Schwachsinn. Manchmal erzählten sie auch rein gar nichts – sie miauten einfach nur.

Der Vater hatte gedacht, er würde verrückt. Während der Kleine schlief, stand er auf, umrundete die Ente, entfernte sich, kam zurück, immer wieder, als würden seine

Bewegungen oder Gesten ganz von selbst geschehen, hervorgebracht von einem Bereich seines Gehirns, der nicht unter seiner Kontrolle stand. Manchmal ermahnte er sich: *Setz dich, Scheiße, beruhige dich, reiß dich zusammen, alles ist gut, das geht vorbei, das ist nur die Müdigkeit, die Sorge.* Aber wenn er so mit sich redete, dann wurden die Stimmen lauter. In einer merkwürdigen Sprache befahlen sie ihm, den Mund zu halten, aufzustehen, um das Auto herumzuspringen – eine Art phantomhaften Tanz um das schlafende Kind aufzuführen.

An diesem Morgen, beim Aufwachen in der Nähe der Mülldeponie, hat er sich versprochen, dass sie an diesem Abend in einem Haus schlafen würden, in einem Bett. Gut, das hatte er sich schon am Morgen nach der ersten Nacht versprochen, aber etwas hatte ihn daran gehindert, nach einem Hotel zu suchen. Nicht einfach nur aus praktischen Gründen – er besaß keine EC-Karte mehr wegen des damit verbundenen Risikos, aufgespürt zu werden –, es war eher etwas Gravierenderes, Tieferes, wie eine Barriere, die ihn aufhält, ihn daran hindert, umzudrehen, wieder zurückzufahren. Ein Gefühl, das ihn nach vorn treibt, mit seinem Sohn, das sie beide mit sich reißt wie der Wind, als er noch ein Kind war. Und ihn dann nach unten reißt, wie damals, wenn er sich im Schwimmbad am Rücken seines Vaters festhielt. Er kann nichts daran ändern – hat im Übrigen auch gar keine Lust darauf. Vielleicht zum ersten Mal in seinem Leben – in seinem Erwachsenenleben, seinem Leben als Vater – trägt ihn etwas. Und ganz egal, wenn das keinen Sinn ergibt, zumindest keinen Sinn, den er verstehen könnte: Er muss weitermachen. Für ihn. Für Isaac.

Abgesehen davon steht dieses Mal fest, dass sie keine weitere Nacht draußen verbringen können.

Der Vater schaltet zurück, jagt die Ente in die nächste Kurve. Die Straße steigt seit gut einer Stunde an, seit sie die Kolonne des Enten-Treffens verlassen haben, wenige Kilometer vor der Endstation des Ausflugs, mit viel Lichthupen und Gehupe als Unterstützung (und der Vater hätte schwören können, dass der Kleine in diesem Moment eine winzige Geste mit der Hand machte). Sie sind nach rechts abgebogen, zum Berg, zu den kleinen abseits gelegenen Sträßchen. Erst als er sieht, dass die Sonne häufiger hinter den Bäumen verschwindet, dass die Schatten länger werden, denkt der Vater an die Nacht. Die Nacht und das Murmeln, das in ihr widerhallt.

»Heute Abend schlafen wir nicht draußen, das schwöre ich dir.«

Seine Stimme klingt merkwürdig im Auto. Sie vibriert vor erzwungener, lächerlicher Begeisterung. Und doch fährt er fort.

»Wir schlafen nicht draußen. Wir finden etwas. Eine Scheune. Ein verlassenes Haus. Vielleicht ein Hotel. Du wirst schon sehen, alles wird gut.«

Wie ein Echo, er erinnert sich an einen Abend, als er Lucile versicherte, alles würde gut, dass die Ärzte etwas finden würden, dass der Kleine zu ihnen *zurückkäme*, dass er nicht so distanziert bleiben würde. Alles würde, alles wird, alles ist gut. Was für eine erbärmliche Lüge.

»Und wenn nicht, dann erzähle ich dir Geschichten, einverstanden?«

Wieder schweigt er. Es ist schwierig, sich mit jemandem zu unterhalten, der nicht antwortet. Vor allen Dingen dann, wenn man nicht weiß, was man erzählen soll.

»Wie wär's mit dem Universum?«, fängt er an. »Ich könnte dir vom Universum erzählen. Wie es entstanden ist und wie es sterben wird.«

Er korrigiert die Fahrtrichtung. Die Ente zieht nach rechts, ganz eindeutig. Das ist ärgerlich. Vor allen Dingen, wo doch rechts der Abgrund ist.

»Das ist vielleicht ein bisschen zu komplex, der Big Bang. Ein bisschen zu ambitioniert. Soll ich mit dir anfangen? Mit deiner Geschichte?«

Er wertet das Schweigen des Kleinen als Zustimmung.

»Also, du wurdest geboren … Kannst du dir eine Schildkröte im Ozean vorstellen? Du weißt doch, was das ist, der Ozean, oder? Das ist wie das Meer … Also, die Schildkröte schwimmt. Weit weg vom Ufer. In den Strömungen. Es sind hauptsächlich die Strömungen, die sie weitertragen. Man könnte sogar sagen, dass sie ihr die Richtung vorgeben. Das und der Instinkt. Der ihr sagt, wohin sie gehen muss, wie sie Eier legen muss. Also, deine Schildkröte, die muss irgendwann mal atmen. Sie beschließt, den Kopf aus den Wellen zu strecken. Also, ich sage, sie beschließt es, sie muss eben atmen und streckt den Kopf raus. Okay?«

Das Tal erstreckt sich sehr weit unten, rechts von ihnen. Man sieht es fast gar nicht mehr. Manchmal entdeckt man zwischen den Bäumen Fitzelchen von Straßen oder Dörfern. Vor allem aber gibt es Felsen und Bäume. Und das Nichts. Viel Nichts.

»Also, und stell dir vor, in dem Moment, in dem sie den Kopf rausstreckt, also da, stell dir das mal vor, da hat sie, also, na ja, stellen wir uns mal ein dahintreibendes Skelett vor. Nein, kein Skelett, ein Skelett, das schwimmt nicht. Ich weiß auch nicht, irgendwas Hohles, eine Klobrille, verstehst du? So was findet man bestimmt im Ozean, die Leute werfen doch alles Mögliche weg.«

Wieder schaltet er einen Gang zurück – der Anstieg ist endlos – und denkt, dass sein Vergleich ziemlich erbärmlich ist. Vor allen Dingen, wenn man weiß, wohin er führt.

»Tja, also, deine Mutter …«

Nein, ganz eindeutig, diese Geschichte hat schlecht angefangen.

»Die Schildkröte. Also, wenn die Schildkröte den Kopf rausstreckt, dann ganz genau in das Loch der Klobrille. Kannst du dir das vorstellen? Siehst du das?«

Erst dann erinnert sich der Vater daran, dieses Gleichnis in Bezug auf die Reinkarnation, nicht in Bezug auf die Geburt gelesen zu haben. Auch egal. Es ist ein Gleichnis, oder nicht? Und angesichts dessen, was der Kleine versteht …

»Tja, deine Geburt, der kleine Samen von Papa, der auf den von Mama trifft, weißt du? Na ja, da gab es die gleichen Wahrscheinlichkeiten, dass das eintrifft wie … die Schildkröte … und die Klobrille.«

Es wäre besser, er würde die Klappe halten. Es wäre besser, er hätte gar nicht erst damit angefangen. Es wäre besser gewesen, die Schildkröte hätte den Kopf nicht rausgestreckt. Das hätte einen Kleinen verhindert, dessen Kopf nur voller Ozean ist.

Genau da dreht der Kleine sich zu ihm um. Isaac sieht ihn an, sieht ihm direkt in die Augen. Zum ersten Mal.

»Du hättest wenigstens von einem Karpfen erzählen können«, sagt er. »Von einem Karpfen in einem Teich.«

Die Überraschung ist so groß, dass Éric Dubon den Kopf dreht. Das Lenkrad vergisst, das Bremspedal, die sich dahinschlängelnde Straße, den Berg, den Abgrund.

Die Ente fliegt in den hereinbrechenden Abend davon.

Zu spät. Er hat zu spät nachgedacht, zu spät reagiert. Er ist zu spät losgefahren. Da kann er den Turbo seines Autos noch so sehr bemühen, Kilometer um Kilometer der Autobahn mit überhöhter Geschwindigkeit herunterrattern, er hat die leise Vorahnung, dass er es nicht rechtzeitig schaffen wird.

Er weiß, dass er sein Ziel erst am späteren Abend erreichen wird. Und wenn er dort ist, was will er dann machen? Zweifelsohne nichts. Er würde den nächsten Morgen abwarten. Vielleicht würde er Kontakt zu seinen dortigen Kollegen aufnehmen. Oder aber er würde bei dem Haus nachsehen, dem des Onkels mit der Werkstatt.

An diesem Morgen hatte er gleich nach dem Aufstehen den Computer eingeschaltet. Er hatte etwa zwanzig Nachrichten.

Tut mir leid für Dich. Wie erbärmlich. So ein Pech aber auch. Was für Gauner. Die sollte man alle mal. Und die Gendarmen werden nichts machen, die sind nie da, wenn man sie braucht, aber um dem Volk auf die Nerven zu gehen, ah, pardon, da sind sie da, immer.

Das ging den ganzen Tag über so. Jedes Mal, wenn er die Seite aktualisierte, tauchten zwei, drei neue Nachrichten auf. Er hat sie bei sich zu Hause gelesen, auf dem Computer, in aller Ruhe. Jedes Mal brauchte er nur wenige Worte zu lesen, um zu wissen, dass sie nicht interessant waren, dass sie keine neuen Informationen enthielten. Dennoch überflog er sie gemächlich. Als wollte er sie sich einprägen, nach unsichtbaren Spuren suchen. Oder ganz einfach, weil er nicht wusste, was er sonst mit seinem Tag anfangen sollte.

Er stand nur von seinem Stuhl auf, um auf die Toilette zu gehen oder ein aufgewärmtes Mittagessen zu sich zu nehmen. Selbst seinen kleinen Mittagsschlaf hielt er am Schreibtisch, mit baumelndem Kopf vor dem Bildschirm. Das Licht um ihn herum veränderte sich, und er dachte, er hätte auch Pilze suchen können, vielleicht – aber das war nur so dahingesagt, denn die Mails trafen Schlag auf Schlag ein. Immer enttäuschend, wie die Maronen, die man für Steinpilze gehalten hatte, aber er würde nicht aufgeben.

Die Nachricht traf um 18.12 Uhr ein, daran erinnert er sich. Sie fing mit den Worten an: »Da besteht vermutlich kein Zusammenhang«. Und genau auf diese hatte er natürlich gewartet. Eine Mail voller Zweifel, voller Gewissensbisse, die ausdrückten: »Glauben Sie nicht gleich« und »Ich will hier niemandem unrecht tun« und auch »Vielleicht täusche ich mich«. Voller Löcher und Fragen. Wie eine richtige Zeugenaussage.

Ein Mann und sein Sohn. Eine grüne Ente. Ein eher ruhiges, zurückhaltendes Kind.

Ich bin Schriftführerin eines Enten-Clubs in der Region um Carcassonne, und wir hatten heute unseren Frühjahrsausflug. Vermutlich ist es reiner Zufall, aber …

Eine Telefonnummer war nicht angegeben, aber der Gendarm weiß schließlich, wie man ein Telefonbuch benutzt. Einen Moment lang zögert er: Sollte er seine kleine Lüge aufrechterhalten, die falsche Identität, die er sich zusammengebastelt hatte? Aber es war bereits 18.25 Uhr, und die Lage war ernst.

»Guten Tag, ich rufe Sie von der Polizeistation in …«

Die Frau am anderen Ende der Leitung hatte eine

beschwingte Stimme, ein bisschen wie ein Vogel. Ein Vogel, der seine Illusionen sehr schnell verlor, nachdem sie den Vater mit seinem Sohn beschrieben hatte.

»Glauben Sie, das sind die beiden? Dass sie die Ente der Person gestohlen haben, der ich die Mail geschickt habe?«

»Das wissen wir nicht. Das kann man nicht wissen. Ich bedanke mich für Ihre Aussage und melde mich wieder bei Ihnen, falls …«

Und während er irgendwelche Floskeln herunterleierte, hat der Gendarm gedacht, dass er sich vielleicht täuschte. Der Stimme der Frau am Telefon hatte er entnommen, dass Dubon ihr gefallen hatte. Dass der Mann in ihrer Stimme etwas zum Erklingen gebracht hatte. Und ein Mann, dem es gelingt, einen kleinen Vogel in der Brust einer Frau erklingen zu lassen, kann doch nicht durch und durch schlecht sein, oder?

Von wegen!, hat der Gendarm gedacht. Ted Bundy. Jacques Mesrine, Mohammed Merah. Im Gegenteil. Die schlimmsten Gewalttäter lassen die Herzen höherschlagen. Ja sicher, Dubon hat bestimmt nichts von einem Serienmörder, einem Staatsfeind Nummer eins, allerdings hindert ihn das auch nicht daran, dennoch ein potenzieller Mörder zu sein.

Und dann erzähl das mal deinen Vorgesetzten. Überzeug sie davon, dass der Typ seinen Sohn aus der Irrenanstalt rausgeholt hat mit der Absicht, ihn umzubringen. Erzähl ihnen von den Pilzen, den Vorahnungen, den Pfeilen. Sie lachen dich aus. Oder noch schlimmer, sie beauftragen Kollegen vor Ort damit, der Sache nachzugehen. Da weiß man doch gleich, dass das nichts bringt.

Es kann doch aber ganz bestimmt kein Zufall sein, dass der Ort, an dem die junge Frau den Mann mit dem

Kind in der Ente angeblich zuletzt gesehen hat, keine zehn Kilometer von dem Dorf des Onkels entfernt ist, wo Éric Dubon nunmehr zu wohnen scheint.

Um 18.37 Uhr hatte er seine Entscheidung gefällt.

Um 18.51 Uhr schickte er eine Mail an die Gendarmette und seine Vorgesetzten – um ihnen mitzuteilen, eine seiner Tanten sei gestorben und er würde sich ein paar Tage freinehmen, um zur Beerdigung zu fahren. Um 19.09 Uhr fuhr er mit seinem Auto aus der Gendarmerie, auf dem Rücksitz einen Koffer mit ein paar hastig zusammengesuchten Kleidungsstücken.

Jetzt ist es 20.22 Uhr, und die Autobahn zieht vorbei, vor, hinter, um ihn herum, überall. Dennoch hat er den Eindruck, dass es nicht vorwärtsgeht. Weder mit seinen Ideen noch mit den Kilometern und auch nicht auf der Zeitanzeige mit den grünen Ziffern im Armaturenbrett. Außerdem ist es erst 20.01 Uhr, wie konnte er da 22 lesen?

Er beschleunigt noch mehr, bedauert ausnahmsweise mal, kein Warnsystem für Blitzer zu haben, und das, obwohl ihn schon die Vorstellung, dass es ein solches Gerät gibt, extrem ärgert.

Gut. Das ist sehr gut. Es ist früher, als er gedacht hatte, vielleicht würde er ja doch noch rechtzeitig ankommen und …

Als er das nächste Mal einen Blick auf die grünen Zahlen der Zeitanzeige wirft, ist es fast 21 Uhr. Und er könnte schwören, dass das Auto nicht vorangekommen ist – dass alles auf der Autobahn um ihn herum noch gleich ist, sich nichts an den Kilometeranzeigen auf den Schildern geändert hat.

Je weiter er kommt, umso mehr zweifelt er und umso länger kommt ihm die Strecke vor.

Er würde niemals rechtzeitig eintreffen.

Nein. Nein. Natürlich nicht. Der Kleine hat nicht geredet, und die Ente ist nicht davongeflogen. Die Nacht ist noch weit entfernt.

»Bist du das, du widerliches Stück?«, fragt der Alte misstrauisch.

»Ich was?«, fragt das Kätzchen geziert.

»Treibst du da deinen Unfug mit der Zeit? Mit der Realität?«

»Weil die Zeit für dich die Realität darstellt?«

»Fang bloß nicht damit an«, schimpft der Alte. »Fang bloß nicht damit an, oder du bekommst den Sitzplatz auf der Eisenstange.«

»Erzähl mir ja nicht, dass du sie spürst, die Eisenstange. Du hast doch gar keinen physischen Körper mehr.«

»Physischer Körper hin oder her, sitz du mal fünfhundert Kilometer auf dem Platz in der Mitte, dann reden wir noch mal darüber.«

Das Kätzchen lacht. »Du brauchst doch nur die anderen zu bitten, mal mit dir den Platz zu tauschen.«

Die anderen bewegen sich ein bisschen, als wollten sie sagen, sie wären damit einverstanden. Vielleicht haben sie auch genug davon, den Kopf des Vaters von hinten zu sehen. Vielleicht würden sie gern auf die Straße blicken, wer weiß. Sehen, was auf die Windschutzscheibe zukommt.

Unbehaglich wirft der Alte ihnen einen schiefen Blick zu. Da kann er sie noch so sehr mögen, diese beiden da, sie machen ihm immer ein wenig Angst.

»Hör trotzdem mit diesem Unsinn auf«, grummelt er. »Mit der Zeit und der Realität.«

Das Kätzchen antwortet nicht – es leckt sich ganz unverschämt, als wäre ihm das alles egal, das Ganze da, die grüne Ente, die noch immer unterwegs ist, der Abend, der sich so langsam über den Berg senkt.

Es ist nicht spät. Nicht zu spät. Sie sind in Sicherheit. Das ist alles nur im Kopf des Vaters. Der Kleine hat nicht mit ihm geredet – natürlich nicht. Dem Kleinen ist völlig egal, was man ihm erzählt. Sein Blick ruht einfach nur auf dem seelenlosen Handy.

»Hallo, Isaac?«

Der Kleine hält das Handy ans Ohr.

»Das ist die Geschichte von einem Papa und seinem Sohn, die eine Reise machen. Eine lustige Reise in einem hübschen grünen Auto. Zunächst reden sie nicht miteinander. Wegen eines Hexers. Man hatte ihn nicht zur Taufe eingeladen, also war er wütend. Zornig ist er mitten in die Zeremonie geplatzt und hat einen Fluch ausgestoßen. Er hat gesagt, das Kind würde keine Zunge, keinen Mund und hinter den Augen einen ganzen Ozean haben. Nichts als den Ozean im Kopf haben. Nein, warte, da irre ich mich. Er hat den Kleinen in einem Turm eingeschlossen. Einem unsichtbaren Turm, einem Turm, der ihm überallhin folgt.«

Der Kleine schweigt nur. Vielleicht sabbert er auch ein bisschen.

»Aber da taucht der Vater auf«, erzählt der Vater. »In einer grünen Kutsche, die einem Kürbis ähnelt. Und er befreit den Sohn aus seinem unsichtbaren Turm.«

Es sieht so aus, als würde der Junge sich fragen, wie er das anstellen will, der Vater, seinen Sohn zu retten. Aber darauf weiß der Vater keine Antwort. Da kann er noch so sehr in seinem Kopf herumsuchen, er findet nichts. Er brauchte eine Geheimwaffe. Liebe, wie bei Harry Potter?

O nein. Das funktioniert so nur in Büchern, diese Geschichten. Im echten Leben ist die Liebe etwas anderes. Weder ein magisches Licht noch eine Waffe. Tatsächlich ist die Liebe so etwas wie ein verschlossenes Zimmer. Ein Keller – tatsächlich ein anderes Gefängnis um den Kleinen herum.

»Um seine Phantasie steht es noch immer nicht besser«, miaut das Kätzchen.

Der Alte auf der Eisenstange in der Mitte bedeutet ihm, still zu sein, den Vater fortfahren zu lassen. Aber der Vater hat nichts mehr zu sagen. Es ist die Geschichte eines Vaters, der seinen Sohn in einem grünen Kürbis mitnimmt, aber nicht weiß, wie er ihn retten soll. Die Geschichte eines Vaters und seines Sohnes, die vom Abgrund des Schweigens verschlungen werden. Tatsächlich ist das nicht einmal eine Geschichte, sondern einfach nur eine Lage. Eine Lage des Ungleichgewichts.

Der Vater taucht aus den Träumereien, in denen er sich verloren hatte, wieder auf.

»Ich habe meine Eltern umgebracht, weißt du?«, sagt er zu seinem Sohn. »Alle beide. In diesem Auto. Ich ganz allein – ich habe sie umgebracht.«

Der Kleine schenkt ihm seine ozeanische Aufmerksamkeit. Auf der Rückbank werden die beiden schweigenden Schatten etwas deutlicher. Im gleichen Moment aber tauchen entgegenkommende Scheinwerfer auf, Scheinwerfer, die bereits eingeschaltet sind, obwohl es noch nicht dunkel ist, voraussehende Scheinwerfer eines teuren Kombis, in dem ein Papa, eine Mama und ihr Töchterchen von einem Ausflug zurückkommen, erschöpft, aber glücklich, wie das kleine Mädchen in ihrem Aufsatz schreibt, in dem sie von ihrem überaus ruhigen Familienglück erzählt. Erschöpft, aber glücklich, das hat sie in einem alten Lied gehört, und seitdem schreibt sie das in ihre Aufsätze. Sie findet diesen Ausdruck so passend.

Zu ihrer Entlastung muss man sagen, dass ihre Augen zu neu sind, um auf Höhe der Gangschaltung die kleinen gelben Wolken schlecht gestellter Fragen wahrzunehmen, die gegenseitigen Gereiztheiten, die Zweifel hinsichtlich der Bedeutung der Blicke einer Bedienung in einem Restaurant und die Gefühle, die sie hervorruft – und allgemein das große Schweigen, das sich zwischen den Leuten ausbreitet, die sich schon zu lange ohne Drama lieben.

Die Naivität des Mädchens muss jedoch ausreichend ansteckend sein, dass die Mama, die das entgegenkommende Auto sieht, neckisch eine Hand ausstreckt, den Papa in den Arm zwickt und ruft: »Grüne Ente – ohne Rückfahrkarte!«

Und natürlich wollte das kleine Mädchen wissen, was es mit diesem Ausruf auf sich hat, und natürlich wissen die Eltern nicht viel darüber, abgesehen davon, dass die Schwester der einen und der große Bruder des anderen sie, als sie klein waren, immer zwickten, wenn sie an einer grünen Ente vorbeikamen – und das »ohne Rückfahrkarte« verbat es, dass der andere sich rächte. Man trampelte vor lauter Lachen mit den Füßen und regte sich lachend auf, das war vor so langer Zeit, da gab es noch keine Tablet-PCs.

Das kleine Mädchen zuckt die Schultern, fragt sich kurzzeitig, ob es gerne einen Bruder zum Zwicken hätte – einen Bruder, der zum Beispiel so aussah wie der Junge in der grünen Ente, den sie gesehen hat, als sie aneinander vorbeigefahren sind, und der sie nicht angesehen hat. Sie seufzt.

»Der kleine Junge saß vorn«, lässt sie ihre Eltern wissen, um ihnen vorzuwerfen, dass sie ihr diesen Platz noch immer verweigerten.

»Das ist gefährlich«, antworten Papa und Mama einstimmig.

Sie haben natürlich recht.

15

Marion flattert bei der Terrasse herum. Heute Abend sind nur fünf Gäste da. Alte Leute, entzückt und charmant, die langsam und mit Genuss essen, sich des Vergnügens bewusst sind, das ihnen jeder Bissen bereitet. Es muss gut sein, alt zu sein, denkt Marion. Alt und weise und nicht zu welk. Wenn noch alles funktioniert, vielleicht nicht mehr ganz so gut, und der Tod zugleich noch weit weg und ganz nah ist, so dass man keine Unfälle mehr fürchtet. Wer weiß, vielleicht denkt einer der fünf – es sind zwei Paare und eine Witwe – ja manchmal, dass er gern sterben würde, und sei es nur, um es endlich zu erfahren, um etwas kennenzulernen, was er nicht bereits kennengelernt, gefühlt, erlitten hat.

Die Alten sind ganz begeistert von der Entenbrust. Monsieur Thinard würde zufrieden sein – sie werden den Chef an den Tisch bitten, und der Chef, das ist er, selbst wenn er niemals die Küche betritt. Außerdem ist Madame Thinard viel zu schüchtern, sie zeigt sich nicht gern, kommt sich dumm vor, wenn man mit ihr redet. Insgeheim, so sagt sich Marion, ist die Liebe auch so schön. Ganz egal, wer kocht und wer sich Chef nennen lässt – jeder erfüllt die Rolle, die ihm gefällt, in Einklang mit dem anderen. Ein Pärchen, das ist etwas Schönes. Und ganz egal, dass sie noch am Morgen genau das Gegenteil gedacht hat, dass sie die Thénardier in der Küche darin bestärkte, sie solle auf die Barrikaden gehen, sich nicht von ihrem Mann auf den Füßen herumtrampeln lassen, der fast nichts im Gasthaus machte, mal abgesehen von den Einkäufen, der zum Fischen ging, wenn ihm gerade danach war, während sie, die arme Madame Thinard, von morgens bis abends eingesperrt sei, unmögliche Arbeitszeiten habe und das Tageslicht nie oder fast nie zu Gesicht bekäme, also worauf warte sie noch, ehe sie mal mit der Faust auf den Tisch haue?

Und daraufhin hatte das Telefon geklingelt. Es waren die Alten von heute Abend, die reservierten, als müsste man mit einem riesigen Andrang rechnen. Und Marion hatte ihre Wut vergessen und übte sich vielmehr im Verschwinden, während sie auf das Mittagessen wartete.

Unter den Nachtfaltern, die von den Terrassenlampen angezogen wurden, entdeckt sie einen rot-gelben, ein bisschen wie der, der sie heute Morgen genervt hatte.

Sei anständig, verrücktes Mädchen. Du regst dich wegen Kleinigkeiten auf.

Dieser Schmetterling ist tatsächlich ganz schön dreist. Sie fragt sich, ob sie ihn mit einem kurzen Schnalzen des Geschirrtuchs abmurksen kann, ohne die Aufmerksamkeit der Alten am Tisch auf sich zu ziehen. Ihn in Zorro-Manier niedermachen.

Ich dachte, du würdest alle weltlichen Geschöpfe lieben, Blumenmädchen.

»Alle Geschöpfe der Welt bis auf dich, du widerliche Raupe mit Flügeln. Außerdem mag ich sie gar nicht. Ich mag nichts und niemanden.«

Du redest zu viel, Mückenmädchen. Du weißt gar nicht mehr, was du sagst. Das sind deine verbesserten Zigaretten, deine Joints, dein aromatisches Kraut. Und deine Medikamente. Man weiß, wie es anfängt, und du weißt, wo es endet.

Der Zipfel des Handtuchs knallt wie eine Peitsche,

lässt eine Laterne schwingen und wirft ein Stahlschälchen mit schrecklichem Gedöns um. Die Alten schrecken auf, sind beunruhigt.

»Nur eine Hummel«, entschuldigt sich Marion. »Ein großes, fettes Vieh. Von denen haben wir zu dieser Jahreszeit ganz viele. Entschuldigen Sie die Störung, meine Herrschaften.«

Die Alten essen weiter.

Sie kommen, Marionnette. Die Ärgernisse, die Dramen. Sie sind unterwegs.

Dieses Insekt mit dem schlechten Omen ist ganz eindeutig überaus nervig. Marion kennt diese Stimme. Sie kennt das Gefühl, wenn es vor ihren Augen oder in ihrem Bauch herumflattert. Da lebt er nämlich, dieser Schmetterling. Schon seit je in ihrem Bauch.

Also, seit jeher, das ist so dahergesagt. Es kann durchaus schon vorgekommen sein, dass Marion bei einem Psychologen oder einem sympathischen Krankenpfleger eingeräumt hat, dass dieser innere Schmetterling, dieses unruhige Zucken, das sie umtreibt, ihr mit der Gewalt von Schreien und Tumulten und sich endlos hinziehenden Aperitifs hineingerammt worden war. Aber – und da waren sich Psychologen und sympathische Krankenpfleger einig – es war an ihr, ihn von dort zu vertreiben, eine Entscheidung zu treffen. Sich ein Leben aufzubauen, das ihr passte, das sie sich wünschte.

Aber das ist schwierig. Aufgrund von Gras, Alkohol. Sie beschließt, nicht zu trinken, sich festzuklammern, aufzuhören herumzuflattern, aber der Alkohol zeigt sich damit nicht einverstanden. Und wenn sich der Alkohol nicht querstellt, dann tut es die Arbeit oder der Zufall oder der beschissene Charakter, den sie von ihrem Vater hat. Früher oder später knallt es, in ihrem Bauch oder ihrem Kopf, und sie geht mit dem Wind auf und davon. Unterbrochen von kurzen Aufenthalten in den Gängen irgendeines Krankenhauses, mit Psychologen, die ihr einen poetischen Kinderreim mit Medikamentennamen aufzählen, und sympathischen Krankenpflegern, die die Wogen ein bisschen glätten.

Ausgenommen natürlich, sie binden sie im Bett fest.

»Verrücktes, völlig verrücktes Mädchen«, pfeift der Schmetterling leise vor sich hin. *»Du spürst den Sturm kommen und kannst nichts dagegen tun. Ach, wie du herumwirbeln wirst, mein hübsches Ding, mit deinen zerrissenen Spitzenflügeln …«*

Marion macht, was der Psychologe ihr gesagt hat. Sie atmet tief ein, zählt innerlich bis zwanzig. *Das ist nur ein Aufwallen der Angst, weiter nichts. Nehmen Sie Ihre Panik an. Atmen Sie, lassen Sie Ihre Gefühle zu. Kämpfen Sie nicht dagegen an, das macht sie nur stärker.*

Und bla, bla, bla und bla, bla, bla. Lauter Schwachsinn, denkt Marion. Da gibt es nichts zu akzeptieren. Die Gegenwart des Schmetterlings ist unvermeidbar, das ist alles. Fast hätte sie noch einmal mit dem Geschirrtuch nach ihm geschlagen – aber sie weiß, wie nutzlos das ist. Der Schmetterling ist jetzt hereingekommen, und nichts würde ihn wieder vertreiben.

»Mademoiselle?«, ruft einer der Alten nach ihr.

Dankbar wendet sich Marion wieder ihrer Rolle als Kellnerin zu, bringt den Kaffee, zwei koffeinfreie und einen Kräutertee. Sie schlägt einen kleinen Digestif vor, aber die Alten müssen noch fahren (ihre Eltern hätten das nicht ausgeschlagen, ganz gleich, ob sie noch fahren mussten oder nicht, Aperitif und Digestif waren da einfach wichtiger). Etwas später stehen die fünf dann auf und verabschieden sich – ohne nach dem Chef verlangt zu haben. Marion räumt den Tisch ab, tauscht ein paar Worte mit der Thinard aus, die gerade die Küche sauber macht, und wünscht ihr einen guten Abend. Da sie früh am nächsten Morgen einen Arzttermin hat, haben die Thinards beschlossen, in ihrem Haus in der Stadt zu übernachten. Sie wollen die Blumen gießen und sich vergewissern, dass dort alles in Ordnung ist.

»Du hast doch keine Angst allein, Marion?«, fragt die Thénardier heute schon zum millionsten Mal.

Und zum millionsten Mal stellt Marion sich vor, sie würde in der Nacht verschwinden, nackt unter dem Mond tanzen, auf einem Besen davonfliegen. Ohne dass die Thinard ihr in ihrem Sabbattreiben Einhalt gebieten könnte. Aber natürlich stört sie das nicht.

»Aber trotzdem, so ganz allein in einem so großen Haus …«

»Machen Sie sich keine Sorgen, Madame Thinard. Dann bis morgen Mittag, ja?«

Und daraufhin geht sie nach oben in ihr Zimmer und setzt sich im Schneidersitz auf ihr Bett. Sie dreht sich eine lange Zigarette mit Gras und zündet sie an, ziemlich entschlossen zu verschwinden.

»Okay, du Sturmschmetterling«, sagt sie sich innerlich. »Komm doch. Ich bin bereit.«

Es ist spät, und die Straße windet sich. Ein Auto ist ihnen entgegengekommen, ein einziges, seit dem Einbruch der Nacht. Um sie herum nichts als Bäume, Tannen, die anzeigen, dass sie jetzt den Anstieg zum Berg nehmen.

»Weißt du, mein Schatz …«

Der Vater verstummt einen Moment, lässt dieses merkwürdige Wort durchs Auto ziehen. Er zwingt sich, liebevolle Worte zu benutzen, als könnte er so, durch das ständige Wiederholen, eine Liebe entstehen lassen, von der er gar nicht weiß, ob er sie empfindet.

»Weißt du, mein Schatz, vielleicht müssen wir ja doch noch einmal im Auto schlafen.«

Innerlich versucht er, sich für das Brechen seines Versprechens zu rechtfertigen, indem er sich sagt, dass Isaac richtig gern in der Ente schläft.

Und dann erfassen die langen gelben Scheinwerfer der Ente ein Schild an einem Baum – AUBERGE LA THINARDIÈRE, 50 m. Der Vater steigt auf die Bremse und biegt in einen Kiesweg zwischen den Baumstämmen ab.

Sphinx knirscht und faucht, als würde er sich um etwas sorgen. Aber durch das Motorknattern der grünen Ente hört man ihn kaum. Oder vielleicht hört der Alte ihn ja, entscheidet sich aber ein für alle Mal, seinem Gehabe keine Aufmerksamkeit zu schenken. Trotzdem sieht das Tier eigenartig wütend aus.

»Siehst du?«, sagt der Vater. »Wir haben was gefunden. Wir werden eine Dusche … ein Bett … was zu essen bekommen. Freust du dich, mein Schatz?«

Er schweigt, bis das Echo dieser unpassenden, liebevollen Worte verklungen ist. Er stellt den Motor ab, öffnet die Tür und steigt aus in die Nacht.

»Haben Sie sich verfahren?«, wirbelt eine weibliche Stimme von oben herab.

In der Dunkelheit erkennt der Vater das orangefarbene Leuchten einer Zigarette.

»Es ist offen, wenn Sie wollen«, sagt die Stimme, so leicht wie die Feder eines Engels. »Also, nicht so richtig, aber wenn Sie ein Zimmer brauchen, dann komme ich runter und mache Ihnen auf.«

Was ist nur los mit ihr, dass sie auf einmal so zuckersüß

ist? Was treibt sie dazu, einen auf gastfreundlich zu machen? Das Gras, bestimmt liegt es daran. Die gelben Kreise der Scheinwerfer, das alte Knallen der Tür. Die Flügel des Schmetterlings in ihrem Bauch sind durch den Joint ganz verklebt.

Nun geh schon, Feuermädchen, murmelt eine unsichere Stimme. *Empfange. Wärme auf. Biete ihnen den Tisch vorn an und deck ihn ein. Das sind ein Vater und sein Sohn in Nacht und Wind.*

»Da ist kein Wind«, antwortet Marion ganz pragmatisch.

Sie bleibt ganz klar. Na ja, so klar, wie man mit einem Joint im Mund und einem nervigen Schmetterling im Bauch eben sein kann. Der Mann unten zögert.

»Ich möchte Sie nicht stören …«

»Sie stören mich nicht. Außerdem ist das hier ein Gasthof.«

»Also dann … ja. Wir sind zu zweit.«

Die Unterhaltung stockt einen Moment – bis Marion einfällt, dass sie an ihrem Fenster sitzt, im ersten Stock, und wenn sie sich nicht langsam mal in Bewegung setzt, dann laufen die Neuankömmlinge Gefahr, die ganze Nacht da unten herumzustehen.

»Rühren Sie sich nicht von der Stelle, ich komme runter.«

Der eine Gast ist ein Mann mittleren Alters, ein eher gutaussehender Mann, wenn man auf Männer steht, mit einem zugleich sanften und unruhigen Wesen. Und der andere ist nur ein Junge – ein Kind, das offensichtlich nicht ganz da ist. Das erkennt Marion aus der luftigen Höhe ihrer magischen Zigaretten sehr gut: Er sendet nichts aus, bewegt sich nicht, zwinkert nicht. Allerdings bemerkt sie, dass er durch sie hindurchsieht – über sie hinweg, ihren Bauch, den Schmetterling, der wie wild darin herumflattert, die Bäume und Berge, die sie umgeben. Vielleicht bis zum Ende des Universums.

Marion reibt sich die Nase, um ihre Gedanken in die Gegenwart zurückzuholen. Sie glaubt im Auto hinter den beiden ein paar Gestalten auszumachen – aber das ist flüchtig, nur einen Moment, im toten Winkel der Augen oder des Joints, nichts, das irgendeiner Realität entsprechen könnte.

»Sie wollen ein Zimmer? Ich habe eines, das hergerichtet ist.«

Der Mann nickt lediglich, als fürchte er, seine Stimme könnte die Blase zum Platzen bringen oder das Wunder der unerwarteten Gastfreundschaft zunichtemachen.

»Sind Sie vielleicht hungrig? Die Küche ist geschlossen, aber ich könnte Ihnen etwas zubereiten, ein einfaches Essen.«

Man könnte meinen, die Thinard würde aus ihrem Mund sprechen.

Erneut nickt der Vater. Er lässt das Mädchen, das einem verlorenen Kobold ähnelt, nicht aus den Augen. Er bemerkt ihre roten Augen, als hätte sie geweint, ihren zögerlichen Tonfall. Er glaubt, in eine andere Geschichte einzutreten, eine Geschichte, in der der Kleine und er nichts zu tun haben, außer vielleicht, so unauffällig wie möglich darin aufzutauchen.

»Mein Sohn … mein Sohn ist vielleicht hungrig. Es wäre schön, wenn Sie vielleicht …«

Die Worte schweben vor ihm und lassen sich auf dem Tresen nieder wie fette, halbwache Fliegen im Winter. Ihm wird klar, dass er sich eine Geschichte einfallen lassen muss, um dieses Mädchen zu beruhigen. Rasch versucht er, sich etwas auszudenken, vergeblich. Und so greift er eben auf die Halbwahrheit zurück.

»Wir haben einen Ausflug mit einer Gruppe Entenfahrer gemacht ... ich hatte eine Panne, ich dachte, ich könnte es selbst reparieren, und habe den anderen gesagt, ich würde später zu ihnen aufschließen ... und ... tja.«

Er nickt mehrmals, als wollte er damit diese winzig kleine Lüge, die doch fast keine war, diese zusammengeflickten Bruchstücke Wahrheit zum Leben erwecken in der Hoffnung, etwas Glaubhaftes zu kreieren.

Marion wiegt den Kopf hin und her. Das ist nicht die Müdigkeit; sie hört die merkwürdige Musik, die zwischen den Worten des Mannes, den stummen Schreien des Kleinen und den Obertönen der Haschzigarette erklingt. Kurz, ihr ist das ein bisschen egal, alles ist gut. Sie wird mit diesen Fremden ein bisschen Puppenküche spielen, so vertrauensvoll wie ein kleines Mädchen, gastfreundlich wie eine Wirtin mit einem großen Herzen. Ihr Schmetterling flattert selig mitten im Raum herum, häufig kopfüber.

Erneut stellen sich dem Kätzchen die Haare auf, und es faucht wie ein Dämon. Der Alte schaut es spöttisch an.

»Was ist los mit dir, du Biest?«

»Dieses Insekt da. Dieser Schmetterling. Nie weiß man, was diese Viecher da machen. Dahinter steckt keine Logik, keine bewusste Abfolge. Kein Sinn für das Schicksal. Es geht nur in Sprüngen vorwärts, zufällig.«

Der Alte will anmerken, dass auch dem Biest Zufälle durchaus bekannt sind; aber er ändert seine Meinung, vielleicht aufgrund der Heimeligkeit der rot-weiß karierten Tischdecken, des fetten Schinkens auf den weißen

Tellern, des Klirrens der Gläser. Er genießt die Atempause. Als könnte das Drama aussetzen.

Er denkt wohl etwas zu laut, denn das Kätzchen faucht erneut.

Es geht nicht mehr darum, herumzublödeln. Schräg, gestrichelt, in Rhizomen oder in Pilzen zu denken. Es geht darum, ernsthaft zu handeln. In der Legalität. Wie ein Profi vorzugehen. Ein Soldat. Genau das ist er. Trotz des kleinen Dorfes, der Gendarmerie, der Nachmittage beim Pilzesammeln und seiner Gutmütigkeit muss er dem Gesetz folgen und ihm zu seinem Recht verhelfen. Also ist Schluss mit Zweifeln und Hypothesen. Er widmet sich seiner Ermittlung, seiner innersten Überzeugung. Er würde sich vielleicht für all das rechtfertigen müssen, über irgendwelche verschlungenen Pfade der Administration, aber nur, wenn er recht hat, nur, wenn er etwas findet. Im umgekehrten Fall würde er morgen wieder ins Auto steigen und den Weg in entgegengesetzter Richtung zurücklegen. Morgen früh wäre er dann etwas müde in der Gendarmerie, weiter nichts. Im schlimmsten Fall würde er den Vormittag verschlafen. Immerhin hat er eigentlich eine Tante beerdigt …

Zweihundertzehn Kilometer Autobahn, siebenundsechzig auf Bundesstraßen, etwa dreißig auf Landstraßen und ein paar Dorfstraßen haben ihn hierhergeführt, in etwas über drei Stunden. Es ist nach zweiundzwanzig Uhr. Das Dorf schläft natürlich. Nach dem zu urteilen, was er im Vorbeifahren gesehen hat, muss das Dorf auch tagsüber schlafen.

Und wenn ihn das Bauchgefühl des Gendarmen, seine Vorahnung einer bevorstehenden Katastrophe, getäuscht hat? Vielleicht hat er zu viel Zeit damit zugebracht, Pilze zu sammeln, und nicht genug damit, echte Ermittlungen durchzuführen. Éric Dubon hat sich vielleicht ganz einfach dazu entschlossen, seinen Sohn zu sich nach Hause mitzunehmen. Und da er wusste, dass er nicht das Einverständnis des Arztes und ganz gewiss nicht das der Mutter des Kleinen bekommen würde, hatte er einfach beschlossen, sie vor vollendete Tatsachen zu stellen. Der Gendarm wird sie in dem Haus vorfinden, beide schlafend; am nächsten Tag würden zusammen mit der Justiz auch die Medien aufschlagen, und der Vater könnte den Märtyrer spielen. Das sieht man dieser Tage häufig. Oder vielleicht würden Dubon und die Mutter sich einigen. Schluss mit den Medien, auf Wiedersehen, Justiz, alles würde wieder in Ordnung sein – bis zum nächsten Mal.

Na komm, ermahnt sich der Gendarm. Weniger denken, mehr handeln. Wie bei dem Banküberfall. Einmal tief durchatmen und dann loslegen. Mittenrein in den Haufen – aber mit Feingefühl.

Das Türchen zum kleinen Garten, zwischen dem Wohnhaus und dem schwarzen Block der ehemaligen Werkstatt, ist nicht abgeschlossen. Der Gendarm drückt es auf und entdeckt einen mit Kiesplatten ausgelegten Weg, der zur betonierten Terrasse führt. Im Licht einer Laterne macht der Gendarm einen Tisch und zwei Eisenstühle aus, von denen die weiße Farbe abblättert.

Er gelangt zur Terrasse, geht auf die Glastür zu. Dahinter entdeckt er eine Küche – ohne dass er hinsieht, weiß er, dass die Anordnung einer Logik folgt, einer alten Logik, die er kennt. Er legt die Hand auf den Türknauf, dreht daran. Ein kurzes, geöltes Klacken ertönt. Das Türschloss gleitet problemlos zurück. Die Tür verlangt geradezu danach, geöffnet zu werden. Kein Riegel – also ist es auch kein Einbruch, nicht so richtig, trotz der späten Stunde und der Tatsache, dass er nicht erst angeklopft hat. Nur ein Routinebesuch der Polizei. Um Gewissheit zu haben.

In der Küche ist es dunkel. Stockdunkel. Der Gendarm holt sein Handy aus der Hosentasche, schaltet den Taschenlampenmodus ein – und verdeckt das viel zu helle Licht schnell mit der Hand. Auf dem Küchentisch sieht er ein Baguette, ein leeres Glas und einen verschrumpelten Apfel. Im Spülbecken liegen ein Teller, eine Gabel und ein Messer.

Der Gendarm seufzt. Er entspannt sich und richtet sich etwas auf. Hätte er nicht beschlossen, sich nicht nur auf seinen Instinkt zu verlassen, dann würde er das Licht sofort einschalten, weil er sich schon jetzt sicher ist, dass das Haus leer ist. Stattdessen bleibt er ganz ruhig. Die Finger auf dem Handybildschirm (aber inzwischen etwas weniger verkrampft), geht er die Treppe hoch. Im ersten Stock findet er im Schlafzimmer einen offen stehenden Koffer, Schuhe, Bücher. Der Flüchtige (denn genau das ist Éric Dubon, schließlich ist er ja nicht da, nicht wahr?) hat sich hier provisorisch eingerichtet; wie es scheint, ist er weggegangen, ohne viel mitzunehmen.

Der Gendarm geht die schmale Treppe wieder nach unten, das Handy vor sich ausgestreckt. Wenn er das Licht nicht einschaltet, dann nur, um zu vermeiden, dass ihn ein zufällig wacher Nachbar wahrnimmt und Alarm schlägt. Im Erdgeschoss drückt er die Küchentür auf und betritt das Wohnzimmer, das mit zwei Sesseln – der eine davon mit einer Schutzhülle überzogen –, einem alten Fernseher und einem Couchtisch eingerichtet ist. Als er weiter hineingeht, entdeckt er eine kartonierte Mappe, die er vorsichtig aufschlägt. Im Licht der Taschenlampe entdeckt er eine Zeichnung, auf dem festen Papier eines

Skizzenblocks, umgeben von Wörtern, die er im Halbdunkel nicht entziffern kann.

Also schaltet der Gendarm doch das Licht im Wohnzimmer ein. Zum Teufel mit den Nachbarn und ihren Alarmrufen. Er muss das mit eigenen Augen sehen, ganz im Detail.

Der Gendarm geht die Skizzen sehr vorsichtig durch, eine nach der anderen – er will natürlich keine Fingerabdrücke hinterlassen und hat auch Angst, dass seine mit einem Mal sehr feuchten Hände Flecken erzeugen könnten.

Nach ein paar Sekunden setzt sich der Gendarm in den Sessel ohne Hülle. Nicht weil es so komfortabler ist, die Zeichnungen und Wörter auf den Blättern durchzusehen, sondern weil seine Beine mit einem Mal nachgeben. Da kann er noch so militärisch ausgebildet sein, bei dem, was in Dubons Kopf vorgeht, wird ihm ganz schlecht.

Es erschreckt ihn.

16

Das Licht fällt schräg durch die Glasfront auf die Frühstückstische. Es ist ein strahlendes Licht, perfekt, ein Licht, das an die Schönheit der Welt glauben lässt. Es spielt mit den weißen Tassen, scheint durch den Honig, den es verteilt, bis hin zu den konzentrischen Kreisen des Kaffees. Das Licht ist ein Geruch, der von warmem Brot und schmelzender Schokolade; es ist das Geräusch des kleinen Löffels, den eine Hand vorsichtig auf der Tischdecke ablegt.

»Soll ich Ihnen Eier machen?«

Marions Stimme ist sanft. Sie riecht frisch und nach Seife.

Während sie zwei Eier mit tiefgelbem Dotter in eine schwarze Pfanne haut, denkt Marion, dass es ihr gutgeht. Keine zackigen Flügelschläge im Bauch, kein launischer Wind mehr. Keine Lust mehr zu verschwinden. Sie ist da, steht in der Küche wie ein schlankes Bäumchen – eine junge Birke vielleicht oder eine Tanne.

Sie kommt in den Saal des Gasthofs zurück, hält die schwere gusseiserne Pfanne mit beiden Händen fest. Der Geruch der Eier und des getrockneten Schinkens vermischt sich mit dem mineralischen Geruch, der in der morgendlichen Luft liegt.

Bei Tisch, der Vater und der Sohn. Éric und Isaac. Érics Augen sind so verquollen wie die eines verschlafenen Brummbären. Isaac bewegt sich nicht, er starrt ins Leere, aber sein Gesicht sieht erholt aus, hat einen klaren Ausdruck. Wie das Licht.

»Das ist nett«, grummelt der Bär. »Es riecht gut, Mademoiselle.«

»Danke. Sie können mich Marion nennen.«

Der Vater sieht zu, wie sie Richtung Bar davongeht, um die gusseiserne Pfanne abzustellen, deren Inhalt sie soeben in zwei glänzende Teller gegeben hat. Ihre schmalen Hüften bewegen sich mit jugendlicher Anmut. Der Vater fühlt sich zu Hause – er, der niemals ein richtiges Zuhause gehabt hat.

»Essen Sie mit uns?«, fragt er, ohne nachzudenken.

Die Frage ist ihm einfach so in den Sinn gekommen und fliegt wie ein harmloser Pfeil durch das Gasthaus.

»Ich kann nicht. Ich muss arbeiten.«

Während sie das sagt, denkt sie, dass es gar nicht stimmt, dass sie nichts zu tun hat, nicht vor der Rückkehr der Thinards gegen elf Uhr. Und es ist noch nicht einmal neun. Doch, vielleicht das Zimmer von Éric und Isaac putzen. Wenn sie nicht bleiben.

Natürlich wäre es auch nicht schlecht, wenn die Thinards nicht zurückkämen. Niemals wieder. Und sie einfach hierblieben, als Auftakt der Welt, für immer.

Marion kommt zu ihrem Tisch. Einen Stuhl nehmen, sich an eine Seite des Tisches setzen, senkrecht zum Sohn und seinem Vater, die auf der Bank sitzen, zusammen mit ihnen frühstücken … Das wäre möglich. Sogar verlockend. Aber es würde etwas zerstören. Es würde den Charme vertreiben, würde den Anfang vom Ende des Lichts markieren – es gäbe mehr Brösel auf der Tischdecke, weniger Kaffee in den Tassen, und die Gerüche der zu verspeisenden Brote würden den Erinnerungen von Gerüchen Platz machen.

Nein, es ist gut da, wo sie ist. Im Gleichgewicht.

Um ihr für ihren Mut zu danken, ihren Verzicht auf Einfachheit, zeichnet die Essenz selbst des morgendlichen Lichts ein Dreieck in die schwarzen Haare des kleinen Jungen. Marion legt ihre Hand darauf und streichelt über die seidige Form.

»Madame Dubon? Entschuldigen Sie, dass ich Sie so früh störe. Ich bin ...«

»Guten Tag. Ich weiß, wer Sie sind. Sie stören mich nicht. Sie haben Neuigkeiten.«

Das ist vielleicht eine Frage, aber nichts weist darauf hin.

»Ich bin bei Ihrem Mann.«

»Meinem Ex-Mann«, korrigiert sie.

»Ihrem Ex-Mann. Also, bei seinem Onkel. In der Werkstatt. In dem Haus, das er geerbt hat.«

»Sind sie da?«

Zwischen dem, was er sagt, und den Antworten verstreicht keine längere Wartezeit, als würden die Informationen, die er weitergibt, sofort aufbereitet und analysiert. Als enthielte das geringste Schweigen Keime des Dramas.

»Nein, sie sind nicht hier, Madame Dubon. Aber anscheinend sind sie hier in der Gegend gesehen worden. Madame Dubon, ich wollte Ihnen sagen ... Ich habe Zeichnungen gefunden.«

Er schweigt, vielleicht um die Leere zwischen sich und der Frau am Telefon besser wahrzunehmen. Die Leere des Abgrunds, in den sie sich, wie er weiß, zurückzieht und sich verzehrt. Das macht er nicht zum Vergnügen. Nur um sich zu vergewissern, dass sie noch da ist, am anderen Ende der Leitung. Dass diese merkwürdige

Verbindung zwischen ihnen – als wäre er der Einzige, der sie in der Stille schreien hört – noch immer da ist.

Sie antwortet nicht, und er fährt fort: »Wissen Sie, woran er zuletzt arbeitete?«

»Das habe ich nie gewusst. Er zeigte mir seine Arbeiten nur selten. Eigentlich niemals«, korrigiert sie sich. »Es sei denn, man sah die Sachen überall.«

Der Gendarm wundert sich. »Das ist vorgekommen? Er war berühmt? Ich kenne mich damit nicht aus, aber …«

»Er hat Comics gezeichnet, die sich vor einigen Jahren ganz gut verkauft haben. Sie haben sie vielleicht gelesen, sie waren ziemlich bekannt.«

Sie nennt einen Namen, den der Gendarm kennt. Er sieht die leuchtenden Farben, die runden Linien und erinnert sich an die witzigen Dialoge.

»Was ich gefunden habe, sind keine Comics.«

Er hört sein Schweigen durch die Leitung knistern. Selbst jetzt, bei Tagesanbruch, muss er all seinen Mut zusammennehmen, um in Worte zu fassen, was er gesehen hat.

»Ich habe sehr verstörende Bilder gefunden, Madame Dubon. Ich habe Angst um Ihren Sohn.«

Als sie antwortet, wirkt sie noch ruhiger.

»Ich habe auch Angst. Mein Ex-Mann ist sehr verwirrt, das habe ich Ihnen bereits gesagt. Sie wollten es mir nicht glauben.«

»Das war ein Fehler.«

»Ich bin nicht verrückt, verstehen Sie? Ich glaube nicht, dass er ihn einfach nur auf einen Ausflug mitgenommen hat.«

»Das denke ich auch nicht. Nicht mehr.«

»Was werden Sie also unternehmen?«

»Alles, was in meinen Möglichkeiten liegt. Ehe es zu spät ist.«

»Es ist schon zu spät.«

Der Gendarm seufzt. Er geht nicht darauf ein.

»Madame Dubon … Sagt Ihnen der Name Abraham etwas?«

Der Bäcker hupt, als er auf den Platz fährt. Fensterläden werden geöffnet, und schon kommen zwei alte Damen auf ihn zu. Der Bäcker denkt an seinen Großvater, wie er seine Hühner mit spitzem Ruf anlockte. *Puut … put, put, put …* und die Hühner kommen. Sie wussten, dass sie Futter bekommen würden – und dabei ist so ein Huhn ziemlich dumm. Viel versteht es nicht.

Bei den alten Damen ist es genauso. Abgesehen davon, dass sie nicht dumm sind. Zumindest nicht alle. Schon allein das Auftauchen des ausgebauten Lieferwagens oben auf dem Hügel, das erste Hupen mitten auf dem Hügel, dann die Hupsalve bei der Einfahrt ins Dorf, das zieht sie an wie ein Magnet. Und so hat der Bäcker innerhalb von fünfzehn Minuten fünfzehn Baguettes und drei Brotlaibe verkauft (das ist ungefähr der Schnitt in diesem Dorf, wo er dienstags, donnerstags, samstags und sonntags vorbeikommt). Dann bleibt er noch eine gute halbe Stunde auf dem Platz stehen, um auf gelegentliche Nachzügler zu warten. Im letzten Dorf hat er die Zeitung, die er am Morgen gekauft hatte, zu Ende gelesen; ihm bleibt also nichts anderes zu tun, als eine Tasse Kaffee aus seiner Thermoskanne zu trinken und auf den Platz zu schauen – den Platz, auf dem es nichts gibt, also nicht viel zumindest, nur das geschlossene Rathaus und eine zum Brunnen umfunktionierte Viehtränke. Und so schaut der Bäcker zur Tränke. Das ist jetzt keine überragende Tätigkeit, aber es entspannt, vor allem, wenn man früh aufgestanden ist.

Nach einer Weile hört er jedoch auf, diese Brunnen-Tränke anzustarren, und schaltet das Radio ein. Die Nachrichten werden im einzigen Radiosender, den man hier, in den Bergen, empfängt, abgespult. Sie sind ihm relativ egal, aber so hat er ein Hintergrundgedudel. Um den Blickwinkel etwas zu verändern, schaut der Bäcker zum Giebel des Rathauses. Da es nur mittwochs und freitags geöffnet hat, sieht er es nur geschlossen. Im Radio bricht die Welt in aller Ruhe zusammen wie jeden Tag.

Dann parkt ein Auto auf dem Rathausplatz. Das ist ein beachtliches Ereignis – zumindest im Gegensatz zur katastrophalen Musik der Welt im Radio und der Unbeweglichkeit des Rathausgiebels.

»Und, was macht die Backerei so?«

Der Mann hat diesen fröhlichen Ausruf ausgestoßen, noch bevor er aus dem Auto gestiegen ist – eine dezente Luxuskarosse, die der Bäcker sofort erkannt hat.

»Hallo, Thinard! Du brauchst gar nicht weiterzufahren, dein Gasthof ist heute Nacht runtergebrannt.«

Ein Schatten huscht über das Gesicht des kleinen Mannes, verschwindet aber gleich wieder.

»Mach keine Witze, wir haben uns sowieso schon ein bisschen Sorgen gemacht, die Kleine allein dort zu lassen. Hast du sie heute Morgen gesehen?«

»Nur ganz kurz, ja. Sie war erst seit fünf Minuten wach. Außerdem hatte sie schon einen Gast.«

Wieder verzieht Thinard das Gesicht. »Einen Gast? Der muss ja schon richtig früh aufgekreuzt sein.«

»Also ich war um sechs Uhr da.«

Es braucht einen kurzen Moment des Schweigens,

ehe die beiden Gesprächspartner zur gleichen Schlussfolgerung gelangen.

»Vielleicht hat er ja auch übernachtet.«

Ein Satz, in dem das männliche Pronomen Ärger verspricht, denkt Thinard. Aber er ringt sich ein Lächeln ab.

»Ein Gast im Gasthof, das kann nicht schaden. Hast du ihn gesehen?«

»Nein, es war noch zu früh. Ich hab nur das Auto auf dem Parkplatz gesehen. Eine Ente. Wirklich eins a. Apfelgrün.«

Thinard stößt einen kurzen Seufzer der Erleichterung aus. Wenn er sich einer Sache sicher ist – und seine Frau im Auto würde hier zustimmen, ganz bestimmt –, dann, dass Ärger nicht in einer Ente unterwegs ist.

Ganz bestimmt gibt es Worte dafür. Worte, die beschreiben, was er gesehen hat. Worte, die sortieren, sieben, Worte, die erklären können. Der Gendarm hat manchmal mit Psychologen zusammengearbeitet, bei Gerichtsverfahren zum Beispiel. Psychologen nutzen einen ganzen Haufen Wörter, und sie bringen sie in einer bestimmten Reihenfolge vor – einer Reihenfolge, die das Schreckliche, auch wenn sie es nicht auslöscht, so doch einordnet und erklärt. »So funktioniert das in seinem Kopf, und das sind die Gründe dafür«, sagen sie. Und dann schaut man den Angeklagten etwas geduldiger an, mit weniger Entsetzen oder Wut. So, wie man ein wildes Tier ansehen würde oder eine fehlerhafte Maschine, die jemanden verletzt hat.

Genau dafür sind Worte nützlich, Worte von Spezialisten. Um zu verhindern, dass die Gendarmen und mit ihnen die Justiz und die Gesellschaft, die Verantwortlichen für etwas, das man nicht verstehen kann, aus Wut oder Entsetzen heraus vernichten. Es muss also Spezialisten geben, die in der Lage sind, Worte für die vielen Seiten zu finden, die Dubon zurückgelassen hatte.

Worte finden sich im Übrigen auch auf den Seiten. Hingekritzelte Namen, durchgestrichene. Der Vorname des Kleinen – auch der durchgestrichen, kaum zu entziffern. Die Streichungen überdecken, überragen die Worte, die sie verbergen. Sie schaffen Bereiche von schraffierten Schatten, tief ins Papier hineingegraben. Und dann sind da natürlich noch die Zeichnungen.

Von Isaac Dubon hat der Gendarm nur zwei Fotos gesehen – eines aufgenommen mit seinem Vater, auf dem anderen ist er allein, eine Nahaufnahme. Und eine Sache muss man Éric Dubon lassen: Er kann zeichnen. Die Zeichnungen sind ausdrucksstärker als die Fotos. Auf den Fotos ist der Junge dunkelhaarig, abwesend, reglos. Auf den Zeichnungen sind seine Augen kaputt – sie blicken in Abgründe. Sein Körper ist überzogen von Lavaströmen, zerrissen von unsichtbaren Geisterhänden.

Ja sicher, das sind nur die Worte eines einfachen Gendarmen, der nichts von Zeichnungen, von Kunst versteht. Allein anhand einer Zeichnung kann man bei einem Körper nicht sagen, ob es ein Kadaver ist oder nicht. Man kann von einem Gesicht nicht sagen, ob es ein unmenschliches Leiden ausdrückt, wenn der Mund geschlossen und die Gesichtszüge entspannt sind. Und dennoch.

Aber selbst wenn er sich nicht gut damit auskennt, so weiß der Gendarm doch, dass Maler oder Zeichner nicht immer einen ganzen Körper zeichnen – manchmal zeichnen sie nur eine Hand, ein Bein oder nur einen Teil eines Gesichts, einfach so, während sie nachdenken. So etwas nennt man Skizze, Entwurf oder Studie – der Gendarm ist nicht ungebildet, selbst wenn er den Unterschied zwischen diesen Begriffen nicht kennt. Aber das, was er auf diesen Seiten sieht, sind abgerissene Gliedmaßen. Einen Körper, den man foltert. Das Gesicht eines Toten.

Ganz bestimmt gibt es Worte, um zu erklären, dass es sich um Kunst handelt, um Phantasie. Phantasma, wie die Psychologen sagen würden. Egal, ob das die Worte des Gendarmen oder die von Éric Dubon waren. Dass es bis dahin noch ein weiter Weg war, dass nur die *Umsetzung in die Tat* ein Verbrechen darstellte. Aber der Gendarm glaubt nicht an diese Worte. Éric Dubon hat Tage, vielleicht sogar Wochen damit zugebracht, den gefolterten Körper seines Sohnes zu malen. Wörter wie *Opfer*, *befreien* und *Sühne* hingekritzelt.

Und dann natürlich den Namen Abraham. Wenn man seinen Sohn Isaac nennt, aus welchem Grund auch immer, dann kennt man die Geschichte des Jungen aus der Bibel, der von seinem Vater Abraham in die Berge mitgenommen wird, wo er ihn Gott opfern will.

Das alles sind vielleicht nur Geschichten. Aber ganz egal, wer sie erzählt – der Gendarm, die Bibel oder die Stimme im Kopf von Éric Dubon: Diese Geschichten werden wahr werden, wenn er nichts unternimmt.

Die kleine Stadt schläft noch; der Tag bricht über der Werkstatt an, erhellt mit sanftem Licht den vergessenen Gemüsegarten. Aber es gelingt ihm nicht, die Dunkelheit, die im Inneren des Hauses herrscht, zu zerstreuen – die Schwärze, die aus den Tusche- und Bleistiftzeichnungen strömt.

Der Gendarm greift zum Handy. Er muss jetzt aktiv werden.

»Was hast du bei mir zu Hause angestellt, du Biest?«, knurrt der Alte. »Was hat es mit diesen Zeichnungen auf sich? Ich habe nicht gesehen, wie der Junge gezeichnet hat. Wann hätte er denn die Zeit dafür gehabt? Er hat doch nicht einmal zwei Tage bei mir verbracht. Was willst du hier anstellen?«

Hätte er einen Körper, dann würde er wütend neben dem Auto auf und ab gehen.

»Du verstehst das nicht«, höhnt Sphinx, ohne die Fassung zu verlieren. »Das liegt an der konzentrischen Natur der Realität.«

»Hör mit diesem Blödsinn auf!«

Das Kätzchen faucht leise – man weiß nicht, ob es damit das Ts, ts eines Psychiaters nachahmen oder einfach nur gefährlich wirken will.

»Du kannst mir nicht vorwerfen, ein paar Hinweise hinterlassen zu haben. Ohne mich würden wir nicht weiterkommen. Außerdem musst du wissen, dass die Zeit komplizierter ist, als man gemeinhin annimmt. Du zum Beispiel, was glaubst du, seit wann du tot bist? Na, komm schon, nenn mir eine Zahl, nur mal so.«

Der Alte zuckt mit den Schultern. Er antwortet nicht, als befürchte er, das Kätzchen könnte ihn über einen Irrtum aufklären.

»Du hast noch nicht alles gesehen, und vor allen Dingen hast du nicht gesehen, wie die Zeit verstreicht. Und auch nicht die Zeichnungen. Du hast woanders hingeschaut, du hattest keine Lust, etwas anderes als deinen kleinen Rummel im Inneren zu sehen. Das ist normal. Die Realität ist konzentrisch, Georges. Das zu verstehen ist nicht einfach für die Menschen, aber zu denen gehörst du ja nicht mehr so richtig, oder? So langsam muss es doch klarer für dich werden.«

Ein Sonnenstrahl fällt auf die Stelle, an der das Kätzchen schnurrend liegen und sich selbst beim Reden zuhören könnte.

»Jeder Mensch befindet sich im Zentrum seiner Welt, ist die Quelle seiner eigenen Realität. Er projiziert sie um sich herum, so weit er nur kann. Wenn er stirbt, dann verschwindet sie mit ihm. Unabhängig von seinen Handlungen, seinen Umsetzungen, den Spuren, die er hinterlässt. Die Quelle seiner Vision ist versiegt; die Realität verlöscht. Du siehst also, alter Mann, es ist nicht schwierig, das alles zu verändern. Die Wellen wahrzunehmen und sie vorübergehend zu stören …«

Georges sagt aufbrausend: »Ich sehe nur, dass du hier Chaos schaffst. Ich weiß nicht, wer das alles gezeichnet hat, und auch nicht, was es bedeuten soll, aber Éric hat den Kleinen mitgenommen, weil er ihn liebt. Er will ihn nicht umbringen. Du versuchst, das allen einzutrichtern mit deinen Zeichnungen, deinen Ideen …«

»Glaubst du wirklich, dass die mir gehören? Dass ich die Blätter bemalt habe? Also ehrlich, alter Mann, sei vernünftig. Ich hab doch nicht einmal Hände …«

Der Alte bleibt stur. »Ich weiß nicht, was du da ausheckst, aber ich lasse dich nicht einfach so weitermachen.«

Das Kätzchen lacht unverhohlen.

»Aber ich mache doch gar nichts. Ich muss nichts machen. Ich muss nur zusehen. Die konzentrischen Kreise, das Kräuseln auf einem Teich. Oder der Ozean, das ist völlig egal. Ich hab dir doch von der Entropie erzählt, alter Mann. Das bin ich. Das ist mein Werk. Es geht darum, die Dinge einfach fließen zu lassen. Die stärkeren Wellen alle anderen überschwemmen zu lassen, das ist alles. Und alles verschwindet letzten Endes. Auch die Liebe, wo du gerade davon sprichst.«

Auf einer großen blauen Blume klappt ein rot-gelber Schmetterling seine Flügel auf und zu.

Das Kätzchen springt auf, hat die Krallen ausgefahren.

Wenn sie auf kein Hindernis treffen – Mauern, Wälder, Gewitter, Hügel und Berge –, dann verbreiten sich Radiowellen gleichförmig vom Ausgangspunkt aus. Bei der Geschwindigkeit, mit der sie reisen, brauchen sie nur Sekundenbruchteile, um zum Beispiel die metallene Antenne auf dem Dach eines geparkten Lieferwagens zu erreichen, dessen hinterer Bereich zum Ladentisch einer Bäckerei umgebaut wurde. Aufgrund des Hindernisses, das jedoch eine Felswand darstellt, die eine gewundene Straße abschirmt, erreichen dieselben Wellen eine ähnliche Antenne auf einem dahinfahrenden Fahrzeug nicht, in dem ein Wirtspaar unterwegs ist, das sich noch nicht ganz zur Ruhe gesetzt hat.

Und so lässt die Warnung, die im Radio übertragen wird und einen mit einem Mal sehr wachen Bäcker die Worte »Eine grüne Ente? Scheiße!« ausstoßen lässt, einen Monsieur und eine Madame Thinard aufgrund einer ganzen Reihe von Kurven in den Gorges d'Enguinot völlig kalt.

»Hoffen wir mal, dass die Kleine mit dem Gast zurechtgekommen ist«, sagt Madame Thinard in das Schweigen des Radios hinein.

Monsieur Thinard verzieht daraufhin das Gesicht, was weiter nichts heißt.

Im Reich der Wellen und Quarkteilchen gibt es weder Ursache noch Konsequenzen. Fälschlicherweise nimmt man an, dass dieser Alarm aufgrund eines Telefonanrufs eines Gendarmen an seine Vorgesetzten über alle Radiostationen verschickt wurde. Aber nein: Verursacher war ein Wunder – jenes, das der Vater im schräg einfallenden Morgenlicht sieht, als sich Marions Hand auf den Kopf des Kleinen legt, einfach so, ganz selbstverständlich. Und der Kleine explodiert nicht, schreit nicht, rollt sich nicht auf dem Boden und reißt sich dabei die Augenbrauen aus. Sein Gesicht verzieht sich kurz, und etwas um seinen Mund zieht sich zusammen, um ein Lächeln zu formen.

Die Hand legt sich auf sein Haar, der Mund lächelt; und genau deshalb setzt sich die Welt in Bewegung.

17

»Jetzt gehen? Jetzt mit Ihnen mitgehen? Aber das geht doch nicht.«

Der Vater stimmt zu. Marion hat recht.

»Ich kenne Sie nicht. Wir kennen uns nicht. Sie sind gestern hier angekommen. Ich arbeite hier. Sie brauchen mich. Die Besitzer des Gasthofs. Sie sind nett, wissen Sie? Sie brauchen mich nicht.«

Wieder stimmt der Vater schweigend zu. Die junge Kellnerin widerspricht sich, sie sagt alles und das Gegenteil davon, aber sie hat recht. Sie versteht sich. Er versteht sie.

»Also ich meine, sie würden ohne mich zurechtkommen. Sie kämen auch ohne Personal zurecht. Es ist nicht wegen der Gäste. Wir haben nicht viele Gäste. Nicht oft. Fast nie, um zu übernachten. Und im Restaurant ist es natürlich besser mit einer Bedienung, aber sie würden es auch ohne schaffen. Er könnte bedienen. Wenn er mit den Einkäufen am Dienstag und am Freitag fertig ist, hat er den Rest der Woche fast nichts mehr zu tun. Ja sicherlich, es wäre ein bisschen merkwürdig, eine männliche Bedienung, also, ein siebzigjähriger Kellner, aber das ist ein Familiengasthof, Sie verstehen schon. Die Gäste würden sich nicht daran stören.«

Der Vater versteht. Er lässt sie fortfahren. Aus den Augenwinkeln beobachtet er beständig, wie Marions Hand vor- und zurückfährt, durch die Haare seines Sohnes wuschelt, und wie der Kleine den Kopf baumeln lässt und die Augen zusammenkneift wie ein verzücktes Kätzchen. Und Marion fährt fort.

»Sie brauchen das gar nicht. Haben Sie ihr Auto gesehen? Nein, das haben Sie nicht gesehen. Natürlich nicht. Können wir uns duzen? Ich hab's nicht so mit dem Sie. Also mit dem Siezen, meine ich. Sie sind alt, also, Entschuldigung, du bist nicht mehr jung, ach, sorry, ich bin jünger als Sie, nimm's mir nicht krumm, ich sage, was ich denke, wie es mir in den Sinn kommt, ich finde, du wirkst jung, also ich meine: Wenn ich dich sieze, dann macht dich das alt. Aber na ja: Ich kann nicht mit dir mitkommen. Mit euch. Also mit euch beiden. Einverstanden?«

Er ist einverstanden – außerdem ist das gar keine Frage. Marion plappert drauflos, wie es ihr in den Sinn kommt, ohne Leerlauf, ohne Filter; ihre Unterhaltung springt von hier nach da, ist unvorhersehbar, flatterhaft. Er fängt an, sie zu verstehen, sich daran zu gewöhnen. Sie vielleicht sogar zu schätzen. Was für ihn zählt, ist Marions Hand, wie sie mechanisch über die Stirn des Kleinen fährt, und dieser Ausdruck, den er noch nie auf dessen Gesicht gesehen hat, die Art, wie seine schmalen Schultern flüchtig zu erzittern scheinen, als würde er sich gleich an sie lehnen.

Sie besänftigt ihn. Adoptiert ihn. Sie zähmen sich gegenseitig.

»Andererseits, tja, also der Gasthof, ohne mich würde er nicht funktionieren«, fährt Marion fort. »Er kann nicht funktionieren. Das kommt dir jetzt bestimmt bescheuert vor, aber ich bin ein bisschen ihre Tochter. Glaube ich. Also nein. Meine Eltern sind nicht so. Wäre ich nicht hier, um ihnen zu sagen, was sie machen sollen – also den

Thénardiers, nicht meinen Eltern, ja –, dann weiß ich nicht, wie sie zurechtkommen würden. Und du siehst ja, gestern waren sie nicht da, und wer hat sich um dich gekümmert? Um ganz ehrlich zu sein, ich brauche sie nicht.«

Der Vater denkt an einen Bach. Einen Gebirgsbach, der ganz in der Nähe gluckst, ohne dass man ihn sieht, während man zum Gipfel aufsteigt. Das ist es, diese Marion plappert wie ein Gebirgsbach, unablässig, ohne Sinn und Verstand, aber pausenlos.

»Sicher, natürlich brauche ich sie; sie kocht. Sie kocht gut. Zu viel, aber gut. Wenn du sehen würdest, was wir alles wegwerfen. Ich muss hier sein, um ihr zu sagen, dass sie doch nicht alles wegwerfen kann! Und gleichzeitig werfen wir es weg. Irgendwann werfen wir es weg, was willst du sonst machen? Wir können es nicht verschenken. Da ist keiner. Man könnte es den Tieren geben. Aber ich weiß nicht, was es hier für Tiere gibt. Bären vielleicht. Ich glaube nicht, dass das gefährlich wäre, aber ich bin nicht sicher, ob sie Entenbrust und Pommes mögen. Weißt du, dass sie die Pommes selbst macht, von Hand? Fünf Kilo Kartoffeln jeden Tag, mit dem Messer, ob reserviert wurde oder nicht.«

Manchmal richtet sich ihr Redefluss an den Kleinen. Man könnte schwören, dass er zuhört.

»Dir würden ihre Pommes schmecken. Sie sind perfekt, nicht zu fettig und schön knusprig. Ich esse keine. Aber die Leute lieben sie. Ich frage die Thénardier immer: *Warum keine tiefgefrorenen? Es gibt da sehr gute.* Und sie zuckt die Schultern, sagt, die tiefgefrorenen sind keine Pommes und ein paar Kartoffeln schälen, da ist doch nichts dabei.«

Erneut wendet sich Marion an den Vater, der sanft

lächelt, sich vom Plätschern ihres Monologs einlullen lässt.

»Ich an ihrer Stelle würde trotzdem die tiefgefrorenen nehmen. Aber gut, ich bin nicht an ihrer Stelle. Außerdem koche ich nicht gern. Oder aber für Freunde, aber ich hab nicht viele. Ich hatte welche, vor allem Mädchen, aber wir sehen uns nicht mehr. Also, ich will dir jetzt hier nicht mein Leben erzählen, ich bin zwar noch jung, aber das wäre ziemlich lang. Aber wir haben natürlich Zeit, nehme ich an. Weißt du eigentlich, dass es hier in der Gegend einen See gibt? Einen perfekten See, in einer Senke. Gar nicht weit weg, vielleicht drei Stunden zu Fuß, vielleicht auch weniger. Ich könnte euch da hinbringen, dich und ihn, meine ich, wenn ich mit euch kommen würde, das wäre schön. Wir würden das Auto auf dem kleinen Feldweg stehen lassen und den kleinen Pfad nehmen, um beim See zu campen. Hast du einen Rucksack? Hast du Zelte?«

Der Vater begnügt sich damit, den Kopf zu schütteln, den Kopf, in dem sich das Bild eines perfekten Sees in einer Senke eingenistet hat, wo man sich niederlassen könnte, um zu warten. Worauf warten? Auf das Ende, sehr wahrscheinlich. Das Ende des Ausbruchs, das Ende der Geschichte. Das Ende der Welt. Ein bisschen von alldem zusammen.

»Das ist schade«, sagt Marion da. »Aber wir könnten trotzdem dorthin gehen, einfach hochwandern, anschauen, runterwandern.«

Jetzt ist es an ihm, den Kopf zu schütteln, als würde ein ganz anderer Gedankenstrom dem ersten widersprechen.

»Aber es ist zu weit. Es wäre zu schön, um wahr zu sein, und zu schöne Sachen treten einfach nicht ein. Stimmt doch, oder?«

»Sie haben gesagt, mit uns mitzukommen wäre zu schön, um wahr zu sein«, wirft der Vater, vielleicht leicht verärgert ob dieses neuen Stroms, ein.

»Wir hatten doch gesagt, wir würden uns duzen, Sie erinnern sich? Und ich habe gesagt, dass ich nicht mit euch mitkommen kann.«

Hätte der Vater nicht Marions Hand in den Haaren des Kleinen im Kopf, hätte er nicht das Bild eines perfekten, in den Bergen versteckten Sees vor Augen, dann würde er sich vielleicht ärgern.

»Ich bin da ganz deiner Meinung, aber trotzdem …«

»Trotzdem was?«

Marions Tonfall wird regelrecht aggressiv, wie eine dunkle Wolke, die an eine Flanke des Berges gedrängt wird.

Erneut schüttelt der Vater den Kopf, antwortet nicht. Stattdessen schaltet er in den zweiten Gang zurück, schließlich zieht sich der Hang in die Länge, und die Ente müht sich ab – selbst wenn diese vierzig Kilo Fliegengewicht von Marion auf dem Beifahrersitz, neben Isaac hingequetscht, ganz bestimmt nichts damit zu tun haben.

Es ist also nicht mehr nötig, das Offensichtliche zu erwähnen – dass sie aus unzähligen Gründen ganz eindeutig *nicht* mit ihnen wegfahren kann; schließlich ist sie sehr wohl hier, in der grünen Ente, die auf der Bergstraße Richtung Meer oder zu einem zwischen den Gipfeln versteckten See vom Gasthof wegfährt – was auch immer: eine flache, flüssige Stelle, etwas abseits. Was sie dort tun werden – der Vater weiß es nicht. Er weiß nur, dass alles am Ufer zu Ende geht.

»Ein See, das ist perfekt«, lässt die Stimme des Kätzchens verlauten. »Das ist symbolisch. Abgeschlossen. Ursprünglich. Der perfekte Ort für ein Opfer. Ein Ort, an dem dein Arm nicht innehalten muss, Abraham.«

Seine Worte schweben durch die Fahrerkabine wie eine dicke, gelbe Hummel, eine von denen, bei denen man sich immer fragt, ob sie gefährlich sind oder nicht, ob sie stechen, ob sie den Menschen angreifen. Denen, denen man hinterherjagt, um sie zu zerquetschen oder sie mit Hilfe von wildem, gefährlichem Fuchteln durch das Autofenster zu vertreiben.

»Mach, dass sie rausgeht, bitte«, verlangt der Vater. »Und pass auf.«

»Die sticht nicht«, erwidert Marion.

Dann zögert sie.

»Es sei denn, man nervt sie.«

Aus dem Handschuhfach – also, aus diesem leeren Raum, den man dazu nutzt, allerlei Krempel unterzubringen – holt sie eine alte Zeitung, faltet sie, fuchtelt damit wild herum, um die Hummel (oder die Hornisse?) zu verjagen, die systematisch immer wieder gegen die eine Ecke der Windschutzscheibe knallt. Sie summt wütend, tut mehrfach so, als würde sie auf Marion losgehen, auf ihre Hand, die die Zeitung hält. Marion empfindet fast Mitleid, aber dieses Mal ist sie sicher, es ist eine Hornisse, und Hornissen stechen. Hornissen sind aggressiv. Sie hebt das Fenster an, klappt den unteren Teil nach außen zu dem kleinen Schnappschloss, so dass es oben hält, knallt erneut mit der Zeitung herum und peng, natürlich klappt das Fenster nach unten, schließt sich ruckartig, wie bereits Hunderttausende Entenfenster auf Hunderttausende Ellbogen geknallt sind.

»Pass auf«, sagt der Vater, ohne zu präzisieren, ob diese Belehrung den Anti-Hornissen-Manövern oder dem Ellbogen an der Tür gilt.

»Kann ich das Verdeck aufmachen?«, fragt Marion.

Der Vater schüttelt den Kopf.

»Nicht, solange wir fahren. Nicht von innen. Dazu muss ich anhalten.«

Aber die Straße ist zu schmal und der Wald viel zu präsent, um am Straßenrand anzuhalten. Plötzlich fliegt die Hornisse quer durch das Auto, streift den Kopf des Kleinen – der sich kaum rührt –, knallt gegen das winzige Heckfenster, fliegt weiter quer durch das Auto und verschwindet durch das Fenster auf der Fahrerseite, das träge auf- und zuklappt. Ganz bestimmt war es doch nur eine Hummel.

Es folgen ein paar Kurven, und niemand spricht. Marion denkt an die Hornisse, der Vater an etwas anderes, der Kleine denkt nicht.

Der Vater sagt sich, dass es angenehm sein muss, nicht zu denken. Im Moment zu leben, unmittelbar, ohne den lästigen Filter mentaler Konzepte. Auf Regungen und Impulse so zu reagieren, wie man will, ein bisschen wie eine Hummel. Etwas zu essen suchen. Das Licht suchen. Sich fortpflanzen und ohne Angst sterben. Mit einem vereinfachten Nervensystem. Das muss entspannend sein. Vielleicht hat sein Sohn ja auch Glück, wer weiß.

Marion hat die Zeitung, die sie in der Hand hielt, aufgefaltet.

»Die ist alt«, sagt sie. »Eine Antiquität. Da war ich noch nicht einmal geboren.«

Sie überfliegt die unbebilderten Artikel, die unter Örtlichkeiten aufgeführt werden, von denen sie noch nie gehört hat. Lotto, Bereitschaftsdienst der Apotheken, Seniorenball, Kinosäle, die Filme im Programm hatten, von denen sie noch nie gehört hat. Dann blättert sie eine Seite weiter.

Das Foto ist schwarzweiß. Das ist ein Foto von früher – als die Journalisten nicht zögerten, ein Foto von einem verunfallten Auto zu veröffentlichen. Also ein modernes Foto, obwohl es schwarzweiß war. Daher ist es auch so schwer, die genaue Farbe des Fahrzeugs festzustellen. Und für alles andere würde man auch nicht mehr sagen können. Das Blechgewirr könnte jedes Auto gewesen sein, wären da nicht die konischen, vorgewölbten Scheinwerfer, die man unter Tausenden erkannt hätte.

Die Schlagzeile verkündet in veraltetem Schriftzug: *Tragischer Verkehrsunfall: Ehepaar verunglückt in der Côte des Bois tödlich.*

Marion liest den Artikel. Die Formulierungen »die Kontrolle über das Fahrzeug verloren«, »Ursache unbekannt«, »auf der Stelle tot« springen ihr ins Gesicht. Sie wirft einen Blick auf das Datum, die Namen. Dann schüttelt sie den Kopf.

»Hast du gesehen, dass …«

Sie verstummt. Der Name, den er ihr gestern Abend nannte, als er beim Gasthof eintraf, schwirrt durch ihre Erinnerung. Sie schaut den Vater an. Er fährt, die Augen auf die Kurven gerichtet, die Gedanken anderswo.

»Sind das deine Eltern?«, fragt sie mit der Stimme eines kleinen Mädchens.

Es dauert etwas, ehe er sie mit einem Blick ansieht, als würde er von weit her zurückkommen.

»Was?«

»Das sind deine Eltern? Bei dem Unfall?«

Sie hebt die Zeitung mit dem Schwarzweißfoto hoch.

»War das dieses Auto?«

Wieder dauert es, als würde er darüber nachdenken, erneut zu verreisen. Der Motor der Ente macht ein Propellergeräusch. Er schaut auf das Lenkrad zwischen seinen Händen, als wäre er sich unsicher, ob er es tatsächlich berührt. Dann sagt er: »Ja, das waren meine Eltern. Und ich habe sie umgebracht.«

Letztendlich ist es, als würde man schwimmen, in einem unterhalb der Straße liegenden Fluss schwimmen, der von den Bergen herabfließt. Man lässt sich nach unten treiben. Das Herz pocht wie verrückt, und das Wasser im Mund schmeckt so frisch wie der Tod. Ja, es ist wie schwimmen: Man lässt sich treiben, weil man glaubt, die Gefahr mehr oder weniger zu meistern, aber sehr schnell wird einem klar, dass man erstickt. Dass man ertrinken wird.

Der Vater ertrinkt in seiner Geschichte, die überläuft.

»Mein Vater war Lehrer. Und ich habe ihn geliebt. Aber da war die Mathematik. Davon hab ich nichts verstanden. Sie hatte überhaupt nichts vom städtischen Schwimmbad.«

Das Auto blieb am Straßenrand stehen. Weiter unten sah man die Täler, und der Fluss toste.

»Im Schwimmbad brachte er mir das Schwimmen bei. Er nahm mich huckepack, um ein paar Längen zu machen. Er schwamm stundenlang, mir kam es zumindest so vor. Dann sagte er: *Jetzt spielen wir Baby-Delphin*, und dann tauchte er. Ich erinnere mich an das Geräusch in den Ohren. Wenn ich die Luft, die mir noch blieb, hinunterschluckte, um noch ein paar Sekunden auszuharren. Das machte dasselbe Geräusch, wie wenn man weinte. Ein glückliches Weinen. Zu spüren, dass noch ein paar Sekunden bleiben, zu wissen, dass der Delphin unter deinem Bauch wieder an die Oberfläche schwimmen wird. An die Oberfläche kommen, der Kuss der Sonne, wenn man die Wasseroberfläche durchbricht. Der Geschmack der Luft in genau diesem Moment. Und ich fragte meinen Vater: *Haben wir zehn Minuten geschafft?*, und er sagte: *Ich glaube, fast.* Er lächelte. Es hat wahrscheinlich nicht länger gedauert als zwanzig Sekunden. Aber dann kam die Mathematik.«

Der Vater öffnet die Tür. Er spricht, den Blick ins Leere gerichtet. Marion schaut ihn an. Sein Profil, sein Gesicht haben sich verändert. Es sind jetzt die des kleinen Jungen, der seinen Vater verloren hat. Der erstickt.

»Da war dieser eine Tag. Ich musste das Volumen des Schwimmbads berechnen und schaffte es einfach nicht. Also hat er mich bestraft. Das Schlimmste ist, dass es gar nicht mal schlimm war. Aber ich war erst sieben. Mir erschien es ganz schrecklich. Ohne das Schwimmbad, ohne die Schultern meines Vaters, ohne das Wasser war mein Leben ruiniert.«

Jetzt zittert er. Murmelt: »Vielleicht habe ich es ja falsch verstanden. Vielleicht war kein schönes Wetter, und mein Vater war gar nicht böse.«

Zum ersten Mal hebt er den Blick zu Marion.

»Weißt du, er war ein guter Mensch. Sie waren gute Menschen, alle beide. Ich glaube, ich erinnere mich daran. Sie hätten mich nicht so bestraft. Oder höchstens versehentlich. Oder aus einer Wut heraus. Ich weiß es nicht mehr.«

Er beißt sich auf die Lippen – so richtig, seine Schneidezähne pressen sich in das Fleisch, hinterlassen dort weiße Spuren.

»Ich weiß nur, dass ich so richtig wütend war. Und dass ich sie umgebracht habe.«

Ohne hinzusehen, gestikuliert er in Richtung Zeitungsartikel.

»Mein Vater liebte dieses Auto. Sein Bruder hatte es ihm geschenkt, zur Hochzeit. Und an diesem Tag habe ich den Nagel in der Werkstatt gefunden. Einen Nagel, der herumlag. Ich habe mich gerächt. Das war dumm, du verstehst schon. Einfach nur eine Reaktion. Aus dem Instinkt heraus. Er nahm mir das Schwimmbad, unsere Delphin-Spiele. Die Nachmittage mit ihm. Also nahm ich ihm sein Auto. Ich machte sein Spielzeug kaputt.«

Der Vater ist nur noch ein Phantom auf dem Beifahrersitz der Ente. Ein aschfahler Schatten, dessen Stimme zittert.

»Seitdem habe ich mir diese Geschichte Millionen Mal erzählt. Ich habe sie hin und her gedreht. Ich habe versucht, mich zu verstehen, mir zu verzeihen. Ich sehe mich wieder in der Werkstatt, den weißen Nagel zwischen Daumen und Zeigefinger. Ich sehe mich, wie ich ihn gegen den hinteren Reifen aufrichte. Weißt du was? Ich habe mir gesagt, dass das ganz bestimmt nicht funktionieren würde, und wahrscheinlich habe ich es genau deshalb gemacht. Ich habe die Spitze des Nagels in das Gummi gedrückt und ihn dort gelassen.

Und dann habe ich die ganze Sache vergessen.

Ich schwöre dir, ich habe sie vergessen. Ich hab wohl irgendwelche Spiele gespielt oder ferngesehen. Ich habe geglaubt, ich würde die Lösung für das Problem finden. Oder dass meine Mutter sie mir zuflüstern würde. Dass mein Vater nicht mehr wütend wäre, wenn sie zurückkämen.«

Inzwischen ist der Vater aufgestanden. Er stellt sich an den Rand des Abgrunds, vor dem sich eine kleine Steinbrüstung befindet. Marion folgt ihm. Der Kleine ebenfalls – es sei denn, er folgt Marion, aber das ist egal: In diesem Augenblick sind sie zusammen. Sie sind mit ihm hier. Sie könnten fast in die Leere springen. Vielleicht davonfliegen. Sie wissen nicht mehr so recht, ob sie atmen oder ertrinken. Die Geschichte, die erzählt wird, hat lange darauf gewartet, auf diese Weise ausgebreitet zu werden. Sie ist durchaus in der Lage, alles mit sich zu reißen.

Doch ganz plötzlich hört man weiter unten in den Kurven das Geräusch eines Autos. Schnell geht der Vater zur Ente zurück. Marion und der Kleine folgen ihm.

Die Ente fährt wieder an, prescht in die nächsten Kehren. Der Pass ist nicht weit; mit etwas Glück würden sie ein Versteck finden, wo sie darauf warten könnten, dass das Auto, das sich hinter ihnen ankündigt, an ihnen vorbeifährt. Denn jetzt, wo die Geschichte erzählt ist, oder zumindest fast, heißt es fliehen. Es heißt, den Verfolgern entkommen. Genau das macht der Vater seit über dreißig Jahren.

»An diesem Abend waren sie eingeladen. Ich schlief bei einer Nachbarin. Sie hat mich mitten in der Nacht geweckt. Sie weinte. Und da musste ich wieder an den Nagel denken.«

Die Ente flirtet mit dem Straßenrand, mit dem Graben, als würde sie sich an ihr früheres Leben erinnern, an ihren vergangenen Tod.

Und zwei Stimmen auf der Rückbank werden laut.

»Aber das war doch gar nicht so!«, beteuern sie vehement. »Wir hatten einen Platten und haben den Reifen gewechselt. Das ist erst danach passiert. Das war nicht dein Fehler. Nur ein Unfall. Wir haben die Kontrolle über den Wagen verloren.«

»Ganz bestimmt ein Problem mit dem Dreieck«, bestätigt der Alte als Spezialist. »Das kam häufig vor bei diesen Autos. Man stirbt nicht wegen eines Platten.«

»Man stirbt nicht wegen eines Platten«, bestätigt Marion mit fester Stimme.

»Wie bitte?«

»Man verliert nicht die Kontrolle über einen Wagen, weil man einen Platten hat. Außer vielleicht in amerikanischen Serien. Man wird langsamer, man kann nicht mehr gut lenken, aber man fährt nicht in den Graben. Vor allem nicht mit einem platten Hinterreifen. Nein, das war etwas anderes. Ganz bestimmt der Dreieckslenker.«

»Woher weißt du das?«, fragt der Vater ungläubig.

»Ich weiß es einfach, das ist alles.«

Und die Tatsache, dass sie nicht weiß, weshalb, stört sie kaum.

Sie steckt die Zeitung, die sie in der Hand hielt, wieder in die Ablage. Ganz bestimmt ist sie aus Versehen irgendwo gegengestoßen, denn das Radio schaltet sich ein. Und ausnahmsweise läuft einmal nicht *Slip Slidin' Away*.

Die Stimme knistert und rauscht, als würde sie von den Bergen deformiert. Mit eiserner Gleichgültigkeit verkündet sie, dass ein Kind entführt wurde. Dass viel Polizei mobilisiert wurde. Dass der Entführer, der zugleich der Vater des Kindes ist, labil und möglicherweise gefährlich ist. Dass sie in einem grünen 2CV Citroën unterwegs sind.

Der Vater denkt »ohne Rückfahrkarte« und würde Marion zwicken, wenn er die Kraft dazu hätte.

Marion sagt sich, dass es schon ein außerordentlicher Zufall ist, zwei grüne Enten hier in der Region. Dann wird es ihr klar.

Vor ihnen, hinter der Windschutzscheibe, kommt der Pass immer näher.

18

Der Pilz ist eine Religion, die man isst«, sagt der Gendarm.

Das ist eine Tatsache. Man opfert ihm seine Sonntage, erkennt andere praktizierende Menschen. Man denkt, dass diejenigen, die den Kiefernsteinpilz essen, Ungläubige sind. Und all jene, die Pilze nicht verehren, ignoriert man, diese Gottlosen.

Der Gendarm presst seine Maschinenpistole an sich. Religion hin oder her, es ist trotz allem dumm, seine Prinzipien hinauszuposaunen und unter den gegebenen Umständen von Pilzen zu sprechen.

Aber der Kollege neben ihm nickt und bestätigt: »Der Brigadier hier ist genauso ein leidenschaftlicher Sammler wie Sie, Brigadier. Ich kenne mich damit nicht sonderlich aus. Ich esse gern welche, vor allem im Omelette, aber ich weiß nicht, wo man sie findet. Ich lebe erst seit zwei Jahren hier in der Gegend. Ich gehe paragliden.«

Sein jugendliches Alter, seine athletische Figur, die Souveränität, mit der er den Gewehrkolben seines Maschinengewehrs hält, reichen aus, um zu schlussfolgern: Er zieht Extremsportarten dem Pilzesammeln vor, mag brutale, unerschrockene Action mehr als das meditative Herumwandern, das die Suche nach Morcheln erfordert. Vielleicht war Paragliden ja eine Religion wie jede andere. Nur dass die Pilzliebhaber niemandem weh tun, solange man sie ihren Gott essen lässt, wohingegen die Anhänger von Extremsportarten den Eindruck erwecken, den Finger immer am Abzug zu haben.

»Hier gibt es bestimmt herrliche Ecken«, meint der Gendarm.

Er denkt dabei an Herbsttrompeten, aber der junge Gendarm missversteht ihn.

»Richtig coole Spots, Brigadier. Also ich meine wunderschöne Orte. Letzte Woche zum Beispiel …«

Und dann fängt er an, von seinen hervorragenden Heldentaten des Wochenendes zu erzählen, modifiziert dabei immer wieder sein von Amerikanismen und Ausrufen nur so durchsetztes Vokabular. Bei den Gendarmen ist die Hierarchie etwas Heiliges. Also benutzt man keine Ausdrücke wie *etwas war der absolute Hammer*, wenn man einem Vorgesetzten von seinem Freizeitsport erzählt, und man macht auch keine »megamäßigen Killersprünge«. Vor allen Dingen dann nicht, wenn betreffender Vorgesetzte es vermutlich schon mit richtigen Killern zu tun hatte.

Dennoch verhält der Gendarm sich so, als würde er sich für das interessieren, was der junge Kollege erzählt, den man ihm als Partner zugeteilt hat. Er stellt ihm sogar Fragen über Paragliding, als würde ihn das in irgendeiner Weise faszinieren.

An diesem Morgen hat sich alles überschlagen. Er hat vielleicht lange gewartet, ehe er Alarm schlug, aber die Ergebnisse waren beeindruckend. Und schneller, als er zu hoffen gewagt hätte.

»Und vor zwei Monaten bin ich vom Roc Nègre gesprungen. Das ist hier ganz in der Nähe. Direkt oberhalb der Stelle, wo das Mädchen entführt wurde.«

Bei der Erwähnung des jungen Mädchens, das vom Gasthof verschwunden ist, umklammert der junge Kollege den Kolben seiner Waffe etwas fester.

Er wäre imstande, sie zu benutzen, denkt der Gendarm. Das erinnert ihn an den alten Film mit James Dean, in dem dieser ein rotes Hemd oder vielleicht auch einen Blouson trägt und in dem ein Junge von Gendarmen getötet wird. Also von amerikanischen Bullen. Der Gendarm hat den Film vor vielen Jahren gesehen. Das Bild des Jungen ist ihm geblieben. Er kann wohl wissen, dass er einen für das gute Funktionieren der Gesellschaft, die öffentliche Ordnung notwendigen Job macht, er weiß auch, dass man niemals vor einem Fehlverhalten, einem Justizirrtum sicher ist. Vor einer Schießerei, die man hätte vermeiden können.

»Das muss ganz schön stressig sein«, sagt er vorsichtig.

Der andere stimmt begeistert zu. »Ein Wahnsinns-Adrenalinkick! Da steh ich drauf. Das müssen Sie mal versuchen. Brigadier, meine ich. Das wird Ihnen gefallen.«

Der Brigadier mag weder Adrenalin noch Stress. Er bleibt lieber ruhig und denkt an seine Pilze. Ihm wäre es lieber, alle wären ruhiger und RoboCop neben ihm würde den Lauf seiner Waffe senken.

Die beiden anderen Gendarmen, die hier mit ihnen die Stellung halten, scheinen zwei nette Kerle zu sein, aber nicht unbedingt die schlauesten.

Ein Gendarm, der ist wie ein Pferd. Der Gendarm nimmt es im Übrigen nicht sehr krumm, wenn er von einem Polizisten als Schlachtross bezeichnet wird. Es stimmt schon, dass es Ähnlichkeiten zwischen Vertretern der Gendarmerie Nationale und den Einhufern gibt. Ihre Widerstandskraft, ihre Belastbarkeit, ihre Loyalität, ihre Anstrengungen – und zweifelsohne ihre Fähigkeit, die Stimmung der anderen, allen voran ihrer Artgenossen, wahrzunehmen.

Vor einigen Jahren hatte der Gendarm ein Praktikum bei den Compagnies Républicaines de Sécurité, einem Verband der Police Nationale Frankreichs, absolviert. Ihm war aufgefallen, dass seine Kollegen unter sich blieben, wie eine Herde. Dass sie herumtrampelten und wie reinrassige Vollblüter an der Startlinie schnaubten. Er hat die Angst gespürt, die sich zwischen ihre engen Reihen und unter ihre Helme mischte, zuverlässiger als Tränengas. Die Angst und die Wut, die sie begleitete. Der Groll, um die Furcht zu besiegen. So funktioniert das Gehirn eines Gendarmen. Oder eines Pferdes. Eines Säugetiers vielleicht. Und dann hatte der Vorgesetzte das Zeichen zum Einsatz gegeben, und alles war explodiert. Alles, bis auf das animalische Gehirn der Gendarmen, die durch Übungen und Simulationen auf dieses Aufwallen des Wahnsinns vorbereitet waren. Vielleicht auch durch irgendwelche Extremsportarten.

»Sie werden nicht hierherkommen«, sagt der Gendarm.

Es klingt wie eine Beschwörungsformel.

»Es besteht die Wahrscheinlichkeit, dass sie das doch tun«, erwidert das Vollblut mit dem nervösen Finger, das schon im Vorfeld darin schwelgt.

Das letzte Mal hatte man die Ente beim Gasthof gesehen, wenige Täler von hier entfernt. Der Gasthof, dessen Besitzer das Verschwinden ihrer Kellnerin gemeldet haben.

»Sie wäre nicht einfach so gegangen, ohne ihre Sachen mitzunehmen. Er hat sie entführt, das ist sicher.«

»Irgendwelche Spuren von Gewalt?«, hat der Gendarm am Telefon gefragt.

Die Stimme des Mannes klang zögerlich. »Ihr Zimmer ist unordentlich. Bei der Kleinen kann man das nicht so genau sagen, es war allerdings unordentlicher als gewöhnlich. Er hat sie mitgenommen.«

In der Gendarmerie scharrten die Nervösesten bereits mit den Hufen. Die Stimme hallte im Lautsprecher des Telefons wider, die ganze Truppe hörte zu.

»Aber Sie sind sich nicht sicher«, brachte der Gendarm vor. »Es gibt keine Beweise, oder?«

Der Mann hat geseufzt.

»Wir haben nichts gefunden. Ihre Sachen sind in ihrem Zimmer. Der Bäcker hat gesagt, er habe das Auto gesehen. Meine Frau schaut in der Küche nach.«

Der Gendarm versuchte, eine Verbindung zwischen den Sätzen und dem erklingenden Schrei herzustellen. Trotz der Entfernung, trotz des Lautsprechers verspannten sich alle in der Gendarmerie.

»Sie hat Blut gefunden! Blut!«

Inmitten der plötzlichen Aufregung seiner Kollegen war dem Gendarmen aufgefallen, dass der Mann »Bluud« sagte. Sie hatten einen starken Akzent in diesen Bergen. Einen Akzent, der nach Pilz roch.

Eine Stunde später war er in der Küche des Gasthofs, schaute zu, wie die Leute von der Spurensicherung in einer beachtlichen Blutlache herumtappten. Mit ihren Stiefeln und ihren weißen Anzügen hätte man sie für Astronauten halten können. Astronauten, umgeben von Entenbrüsten.

»Sind Sie sicher, dass es menschliches Blut ist?«, hat der Gendarm gefragt.

»Bestimmt nicht. Meiner Meinung nach ist es von der Ente. Von der Ente oder vom Schwein. Aber das müssen wir überprüfen.«

Doch egal von wem: Ente oder Schwein, die Gendarmen hatten Blut gerochen. Und obwohl nichts eindeutig bewies, dass die junge Kellnerin mit Éric und Isaac Dubon verschwunden war, ging die gesamte Brigade davon aus und schlussfolgerte, dass Gewalt im Spiel sein musste, vielleicht sogar Schlimmeres. Ein Typ von über vierzig, geschieden, Single, und ein junges Ding von zwanzig Jahren, da muss man doch an Entführung denken, an Geiselnahme. Die Maschinengewehre waren aus den verschlossenen Schränken geholt worden, und man hatte Straßensperren errichtet.

Hoffentlich hatten sie einen anderen Weg gewählt, denkt der Gendarm. Hoffentlich kommen sie nicht hierher, hoffentlich hält der Adjutant seinen Enthusiasmus im Zaum, hoffentlich legen die Schlachtrösser ein bisschen Intelligenz an den Tag. Hoffentlich endete es nicht so wie in dem Film mit James Dean.

Es ist nach sechzehn Uhr, und die Sonne hat sich hinter einem Gipfel versteckt. Der Gendarm klappt den Kragen seiner Dienstjacke hoch. Ihm ist kalt. Er hat ein ungutes Gefühl. Er hat Angst.

Und genau dann hören sie das typische Geräusch einer Ente, das von dort, hinter den Bäumen, auftaucht. RoboCop neben ihm hebt den Lauf seines Maschinengewehrs.

»Jetzt geht's los«, murmelt eine merkwürdig spitze Stimme, die klingt, als würde sich ein Kind das Jubeln verkneifen.

Und der Gendarm ertappt sich dabei, wie er zum Pilzgott betet – dem der Ruhe, des Schweigens und des Unterlassens jeglicher Handlung. Aber er ist ein Gott, den man isst – er hört nicht gut zu.

So kann es nicht weitergehen, ertönt es irgendwo im Kopf des Vaters. So kann es nicht weitergehen, weder für dich noch für mich noch für die Welt. Es muss sofort zu Ende sein. Das verstehst du doch, oder? Es ist zu spät, um weiterzumachen, um etwas anzufangen. Es ist zu spät, von Anfang an. Seit deiner Geburt. Das ist nicht mehr rückgängig zu machen. Du denkst, dass ein Vater dafür da ist, dass ein Vater da etwas machen kann, dass er anhalten, umkehren, wiederaufbauen kann. Aber nein. Soll ich dir was sagen? Väter, die sind allesamt machtlos.

Das ist witzig. Du verstehst das nicht, aber es ist witzig. Später wirst du es verstehen. Also na ja, nein, natürlich nicht. Scheiß drauf, wir bringen das hinter uns, verstehst du? Den Pass. Wir werden einfach nur auf die andere Seite kippen, und es ist vorbei. Also nicht sofort natürlich. Es wird weh tun, aber nicht lange. Außerdem spürst du doch eh nichts, oder? Und dann müssen wir nichts mehr tun. Unser Schwung reißt uns mit.

Schließlich war alles schon im Voraus entschieden. Vor dir. Von deinem Vater oder dem Vater deines Vaters. Von Gott. Von Abraham. Kennst du die Geschichte von Abraham? Gott sagt zu Abraham: *Los, mach schon, opfere deinen Sohn*. Und Abraham sagt: *Äh, Gott, aber wieso denn?* Und Gott antwortet: *Für mich. Du opferst ihn für mich. Und mach dir weiter keine Gedanken, Abraham. Mach, was ich dir sage, das ist gut für dich.*

Also geht Abraham mit seinem Sohn Isaak auf den Berg. Und Isaak hat Spaß daran, läuft hinter seinem Vater her. Bestimmt isst er Brombeeren vom Gebüsch, kaut an Süßholzwurzeln. Aber irgendwann wundert er sich dann doch. *Papa, du hast ja gar kein Opferlamm mitgenommen*. Und Abraham antwortet: *Mach dir weiter keine Gedanken*, wie Gott ihm zuvor geantwortet hatte.

Abraham ist mürrisch. Er erträgt dieses Kind mit dieser widerwärtigen Unschuld nicht mehr, dieses Kind, das ganz entzückt ist und dann schnaubt, weil der Weg zu lang ist. Wie du, wenn du stehen bleibst. Man muss weitermachen, verstehst du? Wir haben keine andere Wahl. Weitermachen, damit es aufhört.

Abraham hätte gerne, dass es aufhört. Ehrlich gesagt würde er dieses Kind irgendwann umbringen. Ehrlich, schauen Sie doch mal, wie er diesen Opfergang macht, den Mund voller Süßholz, und dieses Lächeln. Da versteht man doch, dass Gott ihn gern verschwinden lassen will; so ein Kind, völlig unschuldig, das ist doch eine Abscheulichkeit. Eine Abscheulichkeit vor Gott, der, vergessen wir das mal nicht, seinen eigenen Sohn für die Menschen geopfert hat.

Und so kommen sie an die Stelle der Opfergabe. Wie wir jetzt. Das verstehst du doch, Kleiner? Mein Sohn, du verstehst das doch? Ich habe keine Wahl. Wir haben keine Wahl, die haben wir nie gehabt. Ich muss es zu Ende bringen.

Und nach diesen Worten schweigt der Vater.

»Dieses Mal ist er richtig weit weg«, sagt Sphinx von hinten.

Der Alte und die anderen Gestalten schweigen, terrorisiert.

»Ich verstehe dich«, sagt der Vater. »Schon von Anfang an verstehe ich dich.«

»Das weiß ich nur zu gut«, erwidert das Kätzchen. »Was glaubst du, für wen ich spreche?«

Der Vater beschleunigt.

Alles erstarrt.

Oder sagen wir mal, fast alles. Das tiefe Vibrieren des Universums, der Ursprungsrhythmus, die Frequenz, die man Leben nennen könnte, oder Gott, oder Kosmos, ist davon nicht betroffen. Sie folgt ihrem Lauf in aller Ruhe, vom ersten Big Bang bis zum nächsten Big Chaos und in Erwartung all der anderen, noch kommenden. Alle anderen Rhythmen – vom Zirpen der Heuschrecken im Gras bis zum Pochen des Herzens in der Brust des Gendarmen, vom Auf und Ab eines Zylinderkolbens in einem 600-ccm-Motor im Leerlauf beim Bergabfahren bis zur Nervenleitung eines jungen Polizisten vom Gehirn bis zum Finger am Abzug –, alle anderen Rhythmen sind einfach nur Ausdünstungen, Harmonien der tiefen Note, des Liedes, das Gott vor sich hin summt, um zu vergessen, dass er nicht existiert. Und solange Gott singt, solange das Universum erstrahlt, wird nichts wirklich anhalten oder erstarren. Aber erzählen Sie das mal einem Gendarmen, der eine grüne Ente eine Passstraße hinunterrasen und geradewegs auf ihn zuhalten sieht, erzählen Sie das den Heuschrecken, die innehalten, als würden sie sich auf die Lippen beißen, erzählen Sie das dem Wind, der aufhört zu wehen, um besser zu sehen, was gleich passiert – sie werden Ihnen sagen, Gott hin oder her, alles erstarrt.

Das ist eine Szene wie aus dem Kino, denkt der Gendarm, der sich doch gar nicht so gut mit Kino auskennt. Da ist die Helligkeit des Himmels, das Grau der Straße, das Schieferblau der Bäume. Und mittendrin eine Ente. Sie ist grün, zweifelsohne, doch aus welchem Grund auch immer kommt sie dem Gendarmen in diesem Moment entsetzlich rot vor. Von einem ins Rot changierenden Grün, wenn man so will. Als Gegengewicht dazu das Blau der Uniform und des Dienstwagens, die leuchtenden, speckigen Spiegelungen auf dem polierten Stahl der Gewehrläufe. Eine Sache ist sicher: Die nächste Sekunde ist entscheidend. Selbst der winzigste Bruchteil von ihr.

Und so ist es eher gut, dass auf einmal alles erstarrt. Der Gendarm nutzt die Gelegenheit, seinen Körper hinter sich zu lassen – ach, nicht weit und nicht lange, das gehört nicht zu den Dingen, die sich ein vereidigter Vertreter des Gesetzes erlauben kann, vor allen Dingen in einer derart kritischen Situation; doch da alles stehen bleibt, da die Zeit ihren Lauf aufhebt, kann man doch genauso gut davon profitieren, oder nicht?

Außerhalb seines Körpers ist es nicht mehr kalt. Da ist mehr Raum. Die Wälder, Wiesen, Berge. Und darunter das Wasser. Abermillionen Liter Wasser in unterirdischen Seen und Flüssen. Ganz zu schweigen von dem kilometerlangen Himmel. Inmitten von alldem ist der Gendarm – und die Szene als Ganzes, mit den Gewehren, den Autos, der Sperre – fast unsichtbar.

Der Gendarm sagt sich, dass er sterben wird. Er wird sterben, wenn er nicht ganz schnell in seinen Kopf, seinen Körper zurückkehrt; wenn er nicht ganz schnell ein bisschen Luft in seine Lungen bekommt, ein bisschen Blut in sein Herz. Und doch macht er nichts. Er hält sich zurück, der Gendarm. Er hält den Atem an und mit ihm zusammen den des Universums. Er hat keine Lust, dass Gott anfängt, eine makabere, fröhliche Melodie zu summen, eine Melodie, die von einem Irrtum, Maschinengewehren und einem Massaker erzählt.

»Er fährt direkt auf uns zu!«, ruft der junge Adjutant.

Man merkt, dass er ein Anhänger von Extremsportarten ist: schreien während einer Zeitfinsternis, das ist eine reife Leistung. Und noch dazu unnütz, wenn man so etwas ganz Offensichtliches von sich gibt.

In aller Eile kehrt der Gendarm wieder in seinen Körper zurück.

»Aus dem Weg!«, brüllt er in seinem Befehlston.

Und verpasst dem Adjutanten neben ihm einen Stoß gegen die Schulter.

Die Salve zerschmettert den Ast eines Baumes, der gar nichts gemacht hatte.

19

Marion knallt die Autotür zu.

»Schönen guten Tag, die Herren. Entschuldigen Sie, dass mein Anhalten hier ein bisschen chaotisch und laut war, aber diese alten Autos bremsen einfach so verdammt schlecht.«

Sie zeigt auf etwas hinter ihrer Schulter. Sie ist ein bisschen unscharf, ein bisschen flirrend. Man könnte meinen, sie hätte getrunken. Vielleicht liegt es auch am Stampfen der Aufhängung oder am Schlingern des Universums.

Um sie herum explodiert alles. Die Schreie der Männer, das Herz des Gendarmen. Die Zeitblase, die sie zurückhielt. Aber keine neue Schusssalve ertönt.

Marion lächelt den Uniformierten zu, den Maschinengewehrschützen, den Walkie-Talkies, die knistern, und den Befehlen, die gebellt werden. Sie ist ruhig, ihre Füße wurzeln im Teer. Auf dem Gurt des Maschinengewehrs des jungen Bullen vor ihr lässt sich ein Schmetterling nieder.

Mit den Erklärungen würde sie schon klarkommen. Marion ist die Königin im Klarkommen. Sie setzt sich auf den vorderen Kotflügel der grünen Ente.

»Suchen Sie jemanden?«

Fünf Stunden später fragt der Gendarm sich noch immer, was passiert ist. Ob das Mädchen sie absichtlich für dumm verkauft, ob sie verrückt ist, sich verdünnisieren will oder als Komplizin agiert.

»Sie sagen, er hat Ihnen seine Ente gegeben. Im Gasthof.«

»Nicht gegeben. Geliehen.«

»Na gut.«

»Ohne mir zu sagen, ob er sie wieder abholen wird.«

»Und dann ist er gegangen? Mit seinem Sohn?«

»Das nehme ich an. Ich war nicht da.«

»Mademoiselle, das reicht jetzt. Sie haben mir anfangs erzählt, dass er Sie im Auto mitgenommen hat …«

»Das war gestern. Ich habe mich geirrt. Passiert Ihnen das nie? Gestern und heute zu verwechseln?«

Der junge Adjutant leitet die Befragung. Theoretisch zumindest. Praktisch ähnelt das hier nämlich keiner Befragung, und wenn jemand sie leitet, dann das Mädchen. Der Gendarm sagt nichts. Er schwankt zwischen Lachen und Genervtsein.

»Haben Sie keinen Hunger?«, fragt die junge Frau. »Ich weiß ja nicht, wie spät es ist, aber ich hab einen Bärenhunger.«

»Wir machen Ihnen ein Sandwich«, erwidert der Adjutant mürrisch.

»Würden Sie nicht lieber auswärts essen? Ich lade Sie ein, wenn Sie wollen. Also, wenn Sie mich zum Gasthof zurückbringen …«

Da kann der Adjutant noch so fluchen, wüten, drohen, erzählen, wie schlimm die Lage ist und dass es zu Strafverfolgungen kommen kann, das Mädchen scheint das nicht zu beunruhigen. Sie macht ein paar praktische, platte, ungezwungene Bemerkungen.

»Wie viel kann er denn dafür aufgebrummt bekommen, der Herr?«

Und der Adjutant antwortet.

»Für die Spritztour mit seinem Sohn?«

Und der Adjutant antwortet.

»Wenn Sie ihn erwischen, wie läuft das dann ab? Kommt er direkt ins Gefängnis? Gibt es eine Gerichtsverhandlung? Muss ich aussagen? Das mag ich total; in den amerikanischen Serien ist das immer so beeindruckend, wenn die Typen auf die Bibel schwören und so.«

Je mehr der Adjutant ins Straucheln kommt, umso mehr amüsiert sich der Gendarm. Das ist seine kleine Revanche. Er ist kein schlechter Kerl, dieser Junge, aber dennoch hat er ihm Angst eingejagt da oben, auf dem Pass. Um ein Haar hätte er auf ein Auto gezielt und ein unschuldiges Mädchen abgemurkst, wie in einem Film mit James Dean. Also geschieht es ihm ganz recht, von einer frechen Göre an der Nase herumgeführt zu werden, auch wenn diese den Faden ganz bestimmt nicht so verloren hatte, wie sie einen glauben machen will. Allerdings braucht man einen ganz schön verdrehten Verstand, wenn man diesen Faden, diese Naht finden will, und den hat der Adjutant nicht. Er wird vor ihr mürbe werden.

»Wir bringen Sie zurück. Es sei denn, der Brigadier beschließt, Sie in Polizeigewahrsam zu nehmen, das Recht dazu hat er. Und das wird er ganz bestimmt auch tun, wenn Sie nicht etwas mehr kooperieren.«

»Was ist denn das, Polizeigewahrsam?«

Und der Adjutant antwortet. Wenigstens eine Sache hat er verstanden: Wenn er sie anschreit, dann fängt sie an zu weinen und will wissen, weshalb er so wütend ist. Das ist, als würde man mit der Hand auf das Wasser eines dahinfließenden Flusses drücken oder einen Schmetterling mit einem Maschinengewehr verjagen.

»Das wär's für heute, Adjutant. Ihre Aussage reicht

uns. Dubon ist zu Fuß mit seinem Sohn verschwunden. Vermutlich in Richtung des Tales. Oder des Meeres.«

Oder der Berge, denkt er. Das ist die einzige Hypothese, die das Mädchen nicht erwähnte, und folglich ganz bestimmt die richtige. Aber die Berge sind weitläufig. Wenn er das Mädchen zum Gasthof zurückbringt, in seinem Auto, dann kann er ihr vielleicht ein paar Informationen aus der Nase ziehen. Die Schmetterlinge im Netz. Die Pilze in der Umhängetasche.

»Wir haben ihre Kontaktdaten und machen morgen mit der Suche weiter. Ihren Angaben nach ist Dubon nicht gefährlich, zumindest nicht im Augenblick. Gute Arbeit, Adjutant. Ich möchte mich wirklich bei Ihnen dafür bedanken, dass Sie mir erlaubt haben, Sie zu begleiten.«

Der übergeordnete Dank und die Versicherung, dass der Gendarm die unglückliche Gewehrsalve in seinem Bericht nicht erwähnen würde, reichen aus, um die Verstimmung des jungen Polizisten zu zerstreuen. Zehn Minuten später steigt Marion in die große Limousine des Gendarmen.

Oberhalb der Berge drängen große graue Wolken hervor.

Sie laufen hintereinanderher durch die Tunnel aus Bäumen. Sie steigen über Steine und Moos, wie es eben geht. Der Abend bricht langsam herein – in den Bergen immer etwas früher –, und man sieht nur schlecht. Man muss die Augen zusammenkneifen, um den Weg zu erkennen oder die Stellen, wo man den Fuß abstellen und manchmal auch die Hand aufstützen kann, um über einen Baumstumpf zu steigen, eine Pfütze zu vermeiden. Es sind im Übrigen keine Pfützen mehr. Je weiter sie gehen, umso mehr ähnelt der Pfad einem Bachlauf.

An manchen Stellen muss man springen oder durch den Schlamm waten.

Der Kleine springt nicht. Der Schlamm ist ihm völlig egal. Man braucht ein Gehirn, um den Schlamm zu vermeiden. Man muss im Voraus dieses Gefühl des Abrutschens, des Unbehagens kennen; die erdige Feuchtigkeit im Schuh, das schmatzende Geräusch um den Knöchel herum. Man muss sich erinnern. Der Kleine hat keine Erinnerung. Vermutlich schreit er deshalb, als sein Fuß in einem Wasserloch versinkt.

Sein Schrei bricht hervor, hallt wider. Das Herz des Vaters macht einen Sprung; erst da wird ihm bewusst, dass sie bei Einbruch der Nacht mitten in den Bergen sind, umgeben von Bäumen und Geistern. Ganz bestimmt verfolgt werden. Erst da wird ihm klar, dass es ein Marsch ohne Rückkehr ist.

Der Vater stützt sich auf einem Baumstumpf ab. Sieht seinen Sohn von weitem an – selbst wenn der Pfad ihm nicht erlaubt, mehr als ein paar Schritte zur Seite zu machen. Er löst sich von den Schreien, dieser Geschichte. Schon bald wird sie vorbei sein, nichts kann sich mehr ändern. Schrei, mein kleiner Mann, brüll wie ein Schwein, dem man die Kehle durchschneidet. Im schlimmsten Fall würde jemand kommen, aber dann wäre es zu spät. Ich kümmere mich nicht mehr darum.

Und natürlich beruhigt sich der Kleine mit der Zeit. Seine Panikattacken erschöpfen ihn. Genau das hatte der dicke Arzt gesagt, vor tausend Jahren, in der Klinik, mit seinem pausbäckigen und gekräuselten Menschenverstand. Er hatte recht. Na und?

Endlich lässt sich der Kleine auf den Boden fallen; er starrt seinen Schuh an – wenn er jetzt überhaupt noch etwas anstarren kann –, ist reglos, schweigsam.

»Gehen wir weiter?«, fragt der Vater.

Marion hat ihm versichert, dass der See nicht weit wäre, vielleicht drei Stunden Fußmarsch. Sie steigen seit dem Morgen nach oben und sehen ihn noch immer nicht. Vielleicht sind sie ja langsamer als vorhergesehen – wie auch nicht, wenn man alle drei Minuten stehen bleibt, wenn man sich versteckt, sobald man Stimmen hört. Vielleicht haben sie sich ja auch verlaufen.

Was machte das jetzt noch? Lange dauert es bei ihnen nicht mehr. Der See ist ganz in der Nähe, da ist er sich sicher. Der Vater läuft wieder weiter. Er geht auf dem Pfad voraus, zwischen Steinen und Schlammlawinen, bis zur nächsten Kehre. Und da dreht er sich aus reiner Neugier um. Ob der Kleine hinter ihm herkommt oder nicht, das ist ihm inzwischen egal; er weiß jetzt, wohin er geht.

Aber der Kleine folgt – langsam, zweifelsohne, angetrieben von den Schatten, setzt er auf dem Pfad einen Fuß vor den anderen. Mutiger Kleiner. Mutiger Isaac.

Der Vater geht weiter, presst die Plastiktüte an sich, in der die zusammengerollten Damenmäntel stecken. Nach einem langen Moment führt der Pfad auf eine kleine Wiese. Der Vater lässt sich direkt auf den Boden fallen, auf das rutschige Gras neben einem Felsen. Er wartet auf den Kleinen. Nutzt den Moment der Erholung.

Sein Magen knurrt. Marion hat ihnen Sandwiches zubereitet, köstliche Sandwiches mit frischem Brot, Schwein und Entenbrust. Aber das war schwer für den Vater, diese Sandwiches in der Plastiktüte. Er hat sich gesagt, dass sie ohne schneller vorankommen würden. Er hat sie vor einer ganzen Weile schon ins Unterholz geworfen, schade wegen der Umweltverschmutzung. Schade wegen allem.

Ein Pilz wächst auf dem Moos, neben dem Stein, in der Lichtung des Waldes. Es ist ein perfekter Pilz, leuchtend und rot, hochgewachsen und offen, mit einem scharlachroten Hut, übersät mit weißen Tupfen.

»Bist du hungrig?«

Vielleicht wendet sich der Vater mit dieser Frage an den Kleinen, der ihm ganz bestimmt folgt, vielleicht ist es aber auch Sphinx, der seine Stimme nachahmt. Vielleicht wird der Satz nicht einmal laut ausgesprochen – aber er schwebt über dieser Wiese, zwischen dem Boden und dem bereits dunklen Himmel. Plötzlich hat der Vater richtig Hunger. Wie ein Tier. Wie der Kleine, wenn niemand in seiner Nähe ist, um ihn zu fragen, was er da isst.

Die Nacht ist inzwischen völlig hereingebrochen. Die Sterne sind verschwunden, ertrunken in den immer dichter werdenden Wolken, begleitet von einer Kälte, die sie bis auf die Knochen durchdringt.

Im Auto des Gendarmen zieht Marion eine kleine Show ab.

»Er ist süß, Ihr Kollege. Jung, aber süß.«

Der Gendarm unterbricht sie barsch.

»Marion, du musst mir helfen, bitte.«

Und ohne eine Antwort abzuwarten, ohne falsche Scheu, erzählt er von seinen Befürchtungen und Vorahnungen. Er erzählt ihr von den Zeichnungen des Vaters und ein bisschen von den Pilzen.

Marion hört ihm zu. Sie findet, dass in seinem Zaudern etwas Weiches und Warmes, fast schon etwas Weibliches liegt; dieser Mann verströmt ein Gefühl von Stärke und Dringlichkeit – aber eine sanfte, beruhigende Stärke, wie sie Marion noch nie zuvor begegnet ist. Sie versteht letztlich, dass er einfach nur ehrlich ist. Und so erzählt sie ihm alles.

»Ich habe vorgeschlagen, ich könnte das Auto nehmen. Ich habe ihm sogar gesagt, ich könnte sie abholen, später, wenn sich alles beruhigt hat. Und in der Zwischenzeit könnte ich ihnen, wenn sie zum See gingen, etwas zu essen bringen.«

»Bist du dir sicher, dass sie wirklich dorthin gegangen sind?«

»Nein. Ich habe sie einfach an der Abzweigung rausgelassen und ihnen den Weg gezeigt. Es ist gut möglich, dass sie in die andere Richtung gegangen sind.«

Der Gendarm schweigt, wägt die Wahrscheinlichkeiten ab, die sich vor ihnen auftun. Dann fährt er fort: »Wir müssen sie finden. Das ist unsere einzige Chance.«

»Jetzt?«, fragt Marion, ohne die Fassung zu verlieren, als hätte sie keine Angst, sich mitten in der Nacht in den Wald vorzuwagen.

»Je eher, desto besser. Zunächst fahren wir zum Gasthof. Hast du Wanderstiefel?«

Sie nickt. Der Gendarm schaut auf die Straße vor sich und lässt den Motor in den Schluchten aufheulen.

Beim Gasthof empfangen die Thinards die beiden, als wären sie durch ein Wunder gerettet worden. Mit Tränen in den Augen wirbelt die Thinard hin und her, verwöhnt Marion und den Brigadier. Sie beharrt darauf, ihnen auf die Schnelle eine Entenbrust an Pilzen zuzubereiten. Als ihm klar wird, dass das schneller geht als der Versuch, es abzulehnen, willigt der Gendarm ein. Außerdem muss er etwas zu Kräften kommen, und noch dazu würde er gern wissen, ob die Pilze hier aus der Gegend es mit seinen zu Hause aufnehmen können. Als er sich zu Tisch begibt, schenkt Thinard ihm ungefragt ein Glas Rotwein ein.

»Ich sollte ganz bestimmt nicht trinken«, sagt der Gendarm. »Marion und ich werden bald wieder losfahren. Wir gehen zum See hoch, mal sehen, ob wir sie da finden.«

»Nicht jetzt«, hält der Gastwirt dagegen. »Nicht bei dem Gewitter, das gerade aufzieht. Nicht mehr lange und es kracht, da ist es besser, man ist nicht draußen. In den Bergen sind Gewitter einfach schrecklich. Meiner Meinung nach wäre es besser, Sie würden sich ein bisschen ausruhen. Sie können immer noch morgen früh losgehen, so gegen vier, fünf Uhr. Mit Stirnlampen sind Sie bei Sonnenaufgang oben am See.«

Draußen ist Donnergrollen zu hören. Als die Frau des Gastwirts eine dampfende Entenbrust vor ihm abstellt, versucht der Gendarm, nicht an Dubon und seinen Sohn im Gewitter zu denken.

Der Vater muss wohl eingenickt sein – ein Donnerschlag weckt ihn, ganz in der Nähe und unglaublich heftig. Er macht die Augen auf. Am Ende der Wiese, im Aufleuchten eines Blitzes, sieht er, wie der Kleine auf ihn zukommt, ein Schatten unter Schatten. Er hat eine chaotische Art zu gehen, als würden sich seine Füße von allein, nach einer unvorhersehbaren Regel fortbewegen. Seine Wade ist voller Schlamm. Abgesehen davon scheint es ihm gutzugehen. Er läuft. Die Schatten des Alten und der Eltern umgeben ihn mit unerträglicher Fürsorglichkeit.

»Lasst ihn verdammt noch mal in Ruhe!«, knurrt der Vater.

»Ich bitte dich«, verteidigt sich der Alte, »es ist doch wirklich allerhand, hier zu sein, das Glück zum Greifen nah zu haben und es einfach nicht zu sehen! Du bist mitten in den Bergen mit deinem Kleinen. Du hast, was du wolltest: Du hast ihn aus der Klinik rausgeholt, du verbringst Zeit mit ihm, du schaffst es sogar, mit ihm zu kommunizieren, ein bisschen zumindest. Was willst du denn noch?«

Er schweigt, und dieses Schweigen scheint ein anderes Gleichgewicht zu finden – als würde die Welt, nachdem sie eine bedrohliche Schieflage hatte, wieder ins Lot geraten. Ein kleines bisschen.

»In der Zwischenzeit«, sagt Sphinx (klingt seine Stimme etwa leicht verdrießlich, leicht gereizt?), »verschwindet der Kleine.«

Und tatsächlich, Isaac hat seinen Vater eingeholt und geht den Pfad weiter entlang.

Beim Aufstehen stellt der Vater fest, wie schwach seine Beine sind, wie unscharf er nur sieht. Von dem Pilz von vorhin – dem leuchtend roten mit den weißen Tupfen – ist nichts als eine grünliche Pampe übrig. Vielleicht hat der Vater ihn ja aus Versehen zerdrückt, vielleicht hat ihn auch ein Tier gefressen.

Der Vater stöhnt. Es fällt ihm schwer, einen Fuß vor den anderen zu setzen. Er schüttelt den Kopf, hustet ein-, zweimal, erbricht sich, schiebt mit beiden Händen die merkwürdigen Lichter weg, die ihn in der Nacht umkreisen; dann richtet er sich auf – er muss weiter, jetzt.

Mit wenigen Schritten hat er seinen Sohn eingeholt. Sein Kind. Im Vorbeigehen bemerkt er die Feinheit der Haare, wie seine Hände sich spreizen, als er auf seiner Höhe ankommt.

Also schnappt der Vater seinen Sohn, nimmt ihn in den Arm, hebt ihn hoch, setzt ihn auf seinen Schultern ab und rennt los. Er rennt über die winzige Wiese, über das rutschige Gras und über eine Geröllhalde, die in den

Himmel zu reichen scheint. Er rennt, in jedem Fall aber kommt er trotz der Steigung, trotz des Gewitters, das losbricht, vorwärts, um schnellstmöglich zum See zu gelangen, damit es vorbei ist.

Mit einem brennenden Zischen schlägt ein Blitz in der Wiese hinter ihnen ein, so dicht, dass sich die Haare des Vaters aufstellen. Der Kleine schreit ihm ins Ohr. Plötzlich versteht der Vater, dass dieses Schreien ein Lachen ist, ein Lachen der Freude, wie das eines Babys, das man in die Luft wirft und wieder auffängt. Er begreift, dass sein Sohn aus einem Gefühl heraus lacht, einem Gefühl, das ihn erfüllt – und dieses Lachen verleiht wiederum ihm Flügel, um den Geröllhaufen zu überwinden, Halt in den Steinen und Wurzeln zu finden, zu rutschen, sich zu fangen, erneut vorwärtszustürmen; dieses Lachen begleitet ihn, wenn seine Knie nachgeben, wenn er fällt, sein Kind schützt, wieder aufsteht und weiterläuft.

Isaacs Lachen hallt im Gewitter wider, lauter als der Donner. Und wie das Gewitter, wie die Schreie vorhin, wird das Lachen heiser, die Stimme erschöpft. Und doch hallt es während der Nacht in den Ohren des Vaters wider, als sie nebeneinander am Ufer der schwarzen Masse des Sees zusammenbrechen.

20

Es ist noch nicht einmal halb fünf Uhr morgens, als die Scheinwerfer der großen Limousine des Gendarmen die letzte Wolkenschicht durchbrechen, um einen Pfad zu beleuchten, der oberhalb der Straße anfängt.

»Bist du sicher, dass du mitkommen willst?«, fragt der Gendarm Marion. »Wenn der Pfad markiert ist, dann brauche ich dich nicht. Außerdem werde ich nicht auf dich warten.«

Als einzige Antwort zurrt Marion die Gurte ihres Rucksacks fest, in dem sich eine Flasche Wasser, Müsliriegel und eine Rettungsdecke befinden.

»Na, dann los!«

Sie gehen los.

Beim Erklimmen zwingt sich der Gendarm, an nichts zu denken – nur vorwärtszukommen, einen Fuß vor den anderen zu setzen. Das ist einfacher, und so vermeidet er es zu hören, wie die schlimmsten Befürchtungen durch seinen Kopf wüten.

»Hey, das da sind meine Sandwiches!«

Marion hat eine weiße Plastiktüte aufgehoben, sie aufgemacht und längliche, in Alufolie eingewickelte Päckchen herausgeholt.

»Die habe ich ihnen gemacht! Warum haben sie die weggeworfen?«

Der Gendarm antwortet nicht – er will nicht hören, wie seine Stimme verkündet, dass Dubon und sein Sohn, verloren im Gewitter, nichts zu essen hatten. Er schüttelt den Kopf, das Kinn nach vorn gereckt, und geht weiter nach oben.

Der Himmel ist blassgrau, als sie an einer kleinen Wiese ankommen. Laut Marion liegen nur noch zwanzig Minuten Gehzeit bis zum See vor ihnen.

»Sie sind doch ein Pilzkenner, können Sie mir sagen, was das da für einer ist?«, fragt das Mädchen und zeigt auf einen zerfledderten Stiel.

Der Gendarm bedeutet ihr, still zu sein, hält die Hand ans Ohr, um zu vermitteln, dass Dubon, sollten sie noch hier in der Nähe sein, sie hören könnte – er befürchtet, ihre Stimmen könnten ihn erschrecken. Marion nickt und geht zu der Geröllhalde, die das Ende der kleinen, regendurchweichten Wiese markiert. Sie erklimmt den Steinhaufen, schweigend und flink wie eine Gams. Der Gendarm folgt ihr, so gut er kann.

Der See liegt ruhig da. Langsam taucht er aus der Nacht auf, ohne den kleinsten Nebelschleier. Die Gipfel umgeben ihn mit distanziertem Wohlwollen, felsenfest.

Im selben Moment wie sein Sohn macht der Vater die Augen auf. Das beschließt er zumindest zu glauben – wie soll man sich da sicher sein, ohne die Augen offen gehabt zu haben? Jedenfalls sehen sie sich an. Die Augen des Kleinen weichen nicht aus. Der Vater hat das Gefühl, ein Karpfen in einem Teich zu sein, als hätte das Kind ihn hinter seinen Lidern schon immer angesehen.

Das ist ein bisschen wirr, ja sicher, aber wenn man im Morgengrauen neben einem Bergsee aufwacht, von zwei Damenmänteln kaum vor der Feuchtigkeit geschützt, dann ist es schwierig, ganz klar bei Verstand zu sein.

Der See hingegen ist klar. Ohne ein Fältchen. Mineralisch. Der Himmel ist noch nicht blau genug, um sich darin zu spiegeln. Für den Moment ist der See farblos, rein, ruht nur in sich selbst.

Der Vater denkt an das Schwimmbad, wenn sein Vater ihn morgens dorthin mitnahm; an das reglose Blau der Schwimmbahnen, an die schwarzen Linien, die den Boden markierten. Heute noch, insbesondere heute, fehlen ihm die Augen seines Vaters.

Im Morgengrauen ist alles ruhig; die Schatten verschwinden. Das Gewitter ist vorbei, kein Alter mehr, keine Geister und auch keine Kätzchen. Das waren einfach nur üble Ausgeburten seiner Phantasie.

Der Tag bricht an, glasklar. Die Sonne ist noch fern, aber der Himmel hat sich bereits für Blau entschieden. Es würde ein herrlicher Tag werden.

»Ist dir kalt? Hast du Hunger?«

Die Stimme des Vaters ist kaum ein Murmeln, voller Respekt, vorsichtig. Er will die Ordnung der Welt nicht durcheinanderbringen und auch das Auge seines Sohnes nicht verjagen. Die Welt hält den Atem an.

Ein Fisch durchbricht die Wasseroberfläche. Der Vater und der Sohn riechen nach Ablassöl, Schweiß und Erbrochenem – vielleicht vom Fliegenpilz oder von den Angstattacken des Kleinen.

Gut. Essen, vielleicht. Wenigstens ein Feuer machen. Aber er hat weder ein Feuerzeug noch Streichhölzer und nichts zu essen.

Das ist das Ende des Weges. Er muss sich nur noch ergeben, falls das noch möglich ist. Denn selbst wenn die Bullen bei Sichtkontakt vielleicht nicht gleich schießen werden, die Mutter des Kleinen wird es tun. Ohne den geringsten Zweifel – sie würde ihn erschießen. Sie würde ihn kaputt machen. Von nun an würde sich kein Richter mehr die Argumente des Vaters anhören: Er hat sich selbst aus dem Feld der Justiz katapultiert. Der Vernunft.

Der Kleine steht auf. Wendet sich dem See zu, der Seeoberfläche, wo ein Fisch erneut konzentrische Kreise hervorgerufen hat. Der Kleine macht erst einen Schritt, dann noch einen; er verharrt, im Gleichgewicht auf einem Felsen. Er starrt aufs Wasser. Bestimmt wartet er darauf, dass der Karpfen wieder auftaucht – falls es überhaupt Karpfen in einem Bergsee gibt.

Der Vater denkt noch immer ans Feuer. An einen Scheiterhaufen. Womit hatte Abraham sein Opferfeuer entzündet? Und, was auch passierte, gewiss hatte der sein Messer nicht vergessen.

Isaac hüpft von seinem Felsen herunter. Seine Füße versinken im Wasser.

Der Vater steht auf, gesellt sich zu seinem Sohn. Er ergreift dessen Hand und geht bis zur Mitte des Sees mit ihm. Er hat keine Angst mehr, den Boden unter den Füßen zu verlieren.

So, es ist ganz einfach: Sie können sich waschen. Sich reinigen. Das ist wie eine Taufe. Ein rituelles Opfer.

Der Vater schließt seinen Sohn in die Arme. Das Wasser reicht ihnen bis zur Brust. Isaac lacht, wie er in der Nacht lachte. Éric dreht sich um, sein Sohn hält sich an seinen Schultern fest. Er schwimmt ein paar Züge parallel zum Ufer. Er ist kein besonders guter Schwimmer, vielleicht ist es auch zu spät, um seinem Sohn die Sprache der Delphine beizubringen. Aber nein – Isaac fängt an zu kreischen, spitze, unartikulierte Schreie auszustoßen, die ihm in der Kehle stecken bleiben.

Eine plötzliche Übelkeit erfasst Éric. Vielleicht liegt es am kalten Wasser, an der Furcht, nicht zu verstehen, oder einfach an den Nachwirkungen eines giftigen Pilzes. Er bekommt Schluckauf, unterdrückt ein Würgen. In der Stille des Morgens hallt das ein bisschen wie die Schreie seines Sohnes wider.

Isaac umklammert den Hals seines Vaters. Der über einen Stein stolpert. Den Boden unter den Füßen verliert. Anders, als er es sich vorgestellt hatte, gerät er in Panik. Wenn jemand sie vom Seeufer aus beobachten würde, dann würde er sie auf merkwürdige Weise kämpfen sehen – kämpfen oder tanzen, mit grotesken, pathetischen Schritten. Aber natürlich ist da niemand.

Dann werden sie wieder ruhiger. Vater und Sohn bleiben stehen, eng umschlungen, schauen einander an. Sie atmen im selben Rhythmus. Éric küsst Isaac – auf die Wange, wie es sein Vater bei ihm machte, ehe er ihn ins große Becken mitnahm.

Dann lässt er sich nach unten sinken, hält seinen Sohn in den Armen.

Ein Vogel fliegt auf, stößt einen misstönenden Schrei aus. Eine riesige Wasserblase platzt an der Oberfläche. Es gibt keine Schatten und keine Blasen mehr. Der See erstarrt. Die Gipfel schauen woandershin.

Die Geröllhalde endet an einem steilen Grashang, der nach unten zum See führt. In dem Moment, in dem er oben auftaucht, sieht der Gendarm zugleich den ersten Sonnenstrahl, der auf die Seeoberfläche trifft, einen Vogel, der davonfliegt – und Marion, die die Böschung schreiend hinunterrennt.

»Dreckskerl!«

Das ist ein lächerlicher, pathetischer Schrei, der die morgendliche Luft zerreißt. Ein Schrei, der sowohl alle Tränen der Welt wie auch die Kraft der Verzweiflung enthält. Man muss sehen, wie die mageren Beine des

Mädchens rasend schnell den Hang hinunterwuseln, der zum See führt; man muss ihn sehen, diesen rothaarigen Pfeil, der über die Steine, den Torf und den Sand fliegt und sich ins Wasser stürzt.

Marion schwimmt. Sie schwimmt so, wie sie in dem kleinen Becken bei ihren Eltern geschwommen ist – *den Brustschmetterling,* sagte ihr Vater immer, wenn er nicht sagte: *Hör auf mit dem Blödsinn, Marion, du machst alles klatschnass, du fängst dir gleich eine, komm dich lieber abtrocknen und servier uns einen Pastis.*

Schon immer hat ihr dieses Gefühl gefallen – abwechselnd fliegen und eintauchen. Als die Sonne aufging, schaute sie nicht auf den See; sie schaute auf das Ufer, auf die beiden Farbkleckse, die sie schließlich als zwei Damenmäntel identifizierte. Und als sie den Kopf drehte, in dem Moment, in dem der Sonnenstrahl auf das Wasser traf, hat sie etwas anderes gesehen. Etwas, das sie niemals erzählen könnte. Vielleicht waren es Éric und Isaac, vielleicht auch einfach nur der Schlick, den sie aufwirbelten; aber es ähnelte einem schwarzen Getümmel, als wären da sehr viel mehr als nur zwei.

Und während sie rhythmisch atmet, einatmet, wenn die Wellen in ihrem Becken sie in die Luft katapultieren, wiederholt Marion zwischen zusammengepressten Zähnen: *Dreckskerl, Dreckskerl, Dreckskerl* – ein lächerlicher Schrei, der vielleicht Éric gilt, vielleicht ihrem Vater oder allen Männern, vielleicht dem Schicksal oder auch niemand bestimmtem, nur eine gesunde, natürliche Wut, um zu vergessen, dass das Wasser eisig ist, dass sie nicht gut schwimmen kann, dass sie nicht weiß, wo sie suchen soll, dass sie zu spät kommt. Dann springt auch der Gendarm ins Wasser. Er schwimmt im Kraulstil – dem logischen, sachlichen und wirksamen Schwimmstil des

Rettungsschwimmers. Er schwimmt geradeaus, haushaltet mit seinem Atem, auch wenn er nicht genau weiß, wohin er schwimmt.

Ein Schmetterling hat sich auf einem Busch niedergelassen. Er wartet, ohne mit den Flügeln zu schlagen.

21

»Da sind wir uns doch einig, Monsieur Dubon?«

Éric nickt. Er ist einverstanden. Kaputt, aber einverstanden.

»Diesen Pilz, haben Sie den gegessen oder nicht? Denken Sie gut über Ihre Antwort nach.«

Éric versucht nachzudenken. In seinem Kopf ist alles ganz schwammig.

»Denken Sie gut nach, das könnte nämlich einen Riesenunterschied machen. Wenn ich Sie wäre …«

Der Gendarm unterbricht sich, sucht nach Worten.

»Also, wenn ich Sie wäre, dann hätte ich ihn gegessen. Irrtümlicherweise. Aus Versehen. Unbeabsichtigt. Ich hätte ihn gegessen, und dann hätte ich verrückte Visionen gehabt, begleitet von Erbrechen. Und dann wäre ich gestürzt. Besser noch, ich wäre meinem Sohn zu Hilfe geeilt, der in den See gefallen war. Vielleicht wäre es besser, wenn er den Pilz gegessen hätte, wenn …«

»Können wir das mit dem Pilz nicht weglassen?«, seufzt Marion. »Die Geschichte mit der Rettung klingt besser für mich. Außerdem hätten Sie den Fliegenpilz gar nicht gesehen, wenn ich ihn Ihnen nicht gezeigt hätte.«

Der Gendarm plustert sich auf – das sei eine schwere Anschuldigung. Er soll einen Pilz übersehen haben, er? Aber Marion lässt sich nicht einschüchtern.

»Wichtig ist doch, dass jetzt alle beide hier sind, oder?«

Madame Thinard, die Lammkoteletts auf angewärmten Tellern hereinbringt, stimmt insgeheim zu. Der Junge und sein Vater tun ihr leid; da ist es egal, dass sie nicht so recht versteht, wer sie sind, was ihnen widerfährt oder was Marion mit dem Gendarmen ohne Uniform zu tun hat: Sie sagt sich, dass sie einen netten Eindruck machen und dass sie hungrig sein müssen. Sie verzieht sich wieder, und die Unterhaltung – oder vielmehr der zweifache Monolog zwischen dem Gendarmen und Marion – geht weiter.

»Also ehrlich, was ist denn in dich gefahren? Isaac, den liebst du doch, oder nicht? Sonst hättest du ihn doch nicht mitgenommen. Also was ist dir durch den Kopf gegangen?«

Als Antwort wiegt Éric einfach nur den Kopf hin und her. Er weiß es nicht mehr. Das Innere seines Kopfes gleicht einem Käse, einem von diesen *Cartoon*-Gruyère mit den endlosen Tunneln. Undeutlich weiß er, dass etwas passiert ist, dass es Reaktionen gab, die ihm im ersten Moment real und fundiert erschienen waren; doch jetzt betrachtet er sie mit sehr viel Distanz, wie ein Stadtviertel, durch das man nach Jahren im Ausland wieder läuft und das einem mit einem Mal klein, beengt und unangenehm erscheint. Wo man sich fragt, wie man sich dort jemals zu Hause fühlen konnte.

Marion wiegt sich sanft in Roséwein und in Sätzen. Sie versucht, sich davon zu überzeugen, dass alles gutgegangen ist, dass alles gutgehen wird.

Als sie in den See tauchte, als sie das weiße T-Shirt von Isaac ausmachte, die undeutliche Form von Éric (und vielleicht andere Gestalten, aber das gesteht sie sich nicht ein, nicht einmal in ihrem tiefsten Inneren), als sie Arme, Kleidung, Haare zu fassen bekam, hat sie gedacht, es sei zu spät, und wenn Éric der Dreckskerl war, für den er sich hielt, dann würde sie ihn umbringen. Eigenhändig. Ja, wenn sie tot gewesen wären, dann hätte sie ihn umgebracht.

Die Reaktion des Gendarmen fiel ähnlich aus. Nachdem auch er ins Wasser gesprungen war und Arme, T-Shirts und Haare mit der Kraft seiner Beine ans Ufer gezogen hatte, schien er Éric verdreschen zu wollen – wollte ihn wegstoßen, zusammenschlagen, nicht ganz nach Vorschrift vorgehen, um ihn zur Vernunft zu bringen, aber das hat der Kleine nicht zugelassen. Der Kleine hatte sich an den Hals seines Vaters geschmiegt, wie ein Baby, und gelächelt.

Der Vater hätte ihnen gern von Abraham erzählt, von dieser panischen Angst, nicht würdig genug, nicht ausreichend zu sein; sein Kind nicht zu schützen, es nicht einfach sein lassen zu können; es nicht geschafft zu haben, eine sichere Welt für sein Kind aufzubauen. Seinen Vater verraten und getötet zu haben und jetzt sein Kind töten zu müssen, um das Gleichgewicht wiederherzustellen. Er würde ihnen gern von diesen Göttern erzählen, die man sich ausdenkt, um diesem Schrecken zu entfliehen, der Furcht, die zu töten, die man liebt. Ihrer nicht würdig zu sein. Nicht menschlich genug zu sein – oder zu menschlich, je nachdem. Er würde es ihnen gern sagen, sich gern rechtfertigen; aber sein Kopf denkt in konzentrischen Kreisen, und sein Mund öffnet sich nur, um Trost in Form von Fleisch – zart und saftig, rosig und goldbraun – zu empfangen.

»War das geplant? War es das, was Sie machen wollten? Ihn umbringen?«, hat der Gendarm die noch triefende Gestalt des Vaters angebrüllt.

Aber der Kleine fing an zu schreien – tatsächlich weinte er; das Geschrei machte ihm Angst, und er presste sich noch enger an seinen Vater. Und auch Marion presste sich an die beiden.

»Sie sind eiskalt.«

Der Vater hustete und spuckte klares Wasser aus.

»Sie wären fast ertrunken.«

Am Ufer, ganz in ihrer Nähe, flog ein Schmetterling davon; und plötzlich sagten sie sich, dass alles nicht so schlimm war, dass sie, statt an die Ängste zu denken, die Vorahnungen und an das, was hätte sein können, sich einfach freuen sollten. Da zu sein. Zusammen zu atmen.

Der Gendarm hat keine Lust, sie ziehen zu lassen. Außerdem kann er das auch gar nicht: Es wird zu Befragungen, Zeugenaussagen, Ermittlungen kommen. Erklärungen müssen geliefert werden. Doch was ist im Grunde genommen schon schlimm? An den Tatsachen nichts – oder fast nichts. Vielleicht würde es dem Gendarmen ja gelingen, Lucile zu beschwichtigen, sie davon zu überzeugen, dass ihrem Ex einfach nur das Wohl ihres Sohnes am Herzen lag. Man muss sagen, dass man die Welt mit den Lammkoteletts und dem Wein von der rosigen Seite betrachtete.

»Und diese Zeichnungen bei Ihnen? Diese Mordszenen? Diese Opfer.«

Éric wirkt fassungslos. Er gibt sich Mühe, zu antworten.

»Sie haben bei mir herumgeschnüffelt?«

»Man nennt das ›eine Durchsuchung vornehmen‹. Also, ich hatte keinen richtigen Durchsuchungsbefehl, aber …«

Der andere schüttelt den Kopf. Das ist unwichtig.

»Das waren einfach nur Skizzen. Kennen Sie Goya? Der Schlaf der Vernunft gebiert Ungeheuer.«

»Wie bitte?«, fragt der Gendarm.

»Bilder, die mir kamen. Wenn ich die Augen zugemacht habe. Das war eine Art, sie auszutreiben, nehme ich an, und ...«

Der Gendarm ist nicht mehr wütend genug, um mit der Faust auf den Tisch zu schlagen, aber er richtet sich auf, stützt sich bedrohlich auf und versucht ein letztes Mal, die Dinge aufzuklären.

»Dass wir uns hier richtig verstehen, Monsieur Dubon. Ihr Junge ist sehr sympathisch, und die hier anwesende Marion scheint Sie zu schätzen. Aber mir will der Gedanke einfach nicht aus dem Kopf gehen, dass Sie Ihren Sohn absichtlich in Gefahr gebracht haben und dass Sie vielleicht versucht haben, ihn umzubringen. Sie verstehen, dass ich Sie dafür mehrere Jahre ins Gefängnis stecken kann, ja?«

Wieder macht Éric diese merkwürdige Bewegung mit dem Kopf, weder ein Ja noch ein Nein – er schwenkt ihn einfach hin und her. Er schwenkt ihn hin und her und sagt nichts.

»Sie könnten strafrechtlich verfolgt werden, Monsieur Dubon. Éric. Gut, ich nenne Sie Éric. Das verstehen Sie, Éric, ja? Das verstehst du? Du hast eine Riesendummheit gemacht. Hättest sie fast gemacht. Eine riesenriesengroße Dummheit.«

Wieder einmal schwenkt Éric den Kopf hin und her. Versucht er etwa, ihn zu hypnotisieren? Jedenfalls ist es wie mit der Wut, die berechtigte Empörung des Gendarmen entfernt sich in konzentrischen Kreisen von ihm.

»Also gut, Éric«, seufzt der Gendarm, »was willst du jetzt machen?«

Die Stimme des alten Thinard errettet sie von einem erneuten Schwenken des Kopfes.

»Sie wollen doch bestimmt einen kleinen Nachtisch?«

Er improvisiert hier den Kellner, denn Marion ist heute die Heldin. Sie hat den Gendarmen zurückgebracht, ihm den See gezeigt, den Kleinen vor dem Ertrinken gerettet. Sie wird heute gefeiert.

Vielleicht zum ersten Mal in ihrem Leben fühlt sie sich lebendig, und es macht ihr keine Angst. Sie hat keine Lust zu verschwinden.

Der Gendarm schließt die Augen. Die Sonne steht hoch oben, sein Kopf ist leicht von zu viel Rosé und Aufregung. Ihm bleiben noch Fragen, Vorwürfe, Standpauken. Doch er beschließt, dass das noch warten kann. Vielleicht für immer, wer weiß. Immerhin ist er nicht im Dienst. Er hat seine Pflicht getan. Vielleicht nicht die des Gendarmen, aber die der Menschlichkeit.

Er steht auf, entfernt sich unauffällig, durchquert den Gasthof, um auf der anderen Seite auf den Parkplatz zu treten. Angelehnt an sein Auto, holt er sein Handy hervor.

»Madame Amiel? Ich bin es noch mal.«

Madame Dubon sagt nichts.

»Wir haben die Befragung beendet. Ich muss mich bei Ihnen entschuldigen, Madame Amiel. Ich habe mir zu Unrecht Sorgen gemacht. Ich habe überstürzt reagiert.«

»Sie haben reagiert, wie Sie reagieren mussten, Brigadier. Selbst wenn es ein bisschen spät war.«

»Das glaube ich nicht, Madame Amiel. Sie hatten recht, mich vorzuwarnen, und ich habe meine Pflicht getan, aber es stellt sich als sehr viel weniger schlimm heraus, als wir angenommen hatten. Hören Sie zu, Madame Amiel, Ihr Mann hat einen Fehler gemacht, indem er Isaac auf einen Ausflug mitgenommen hat. Aber seine Absichten waren gut. Sie haben sich verirrt, das ist alles.«

»Drei Tage lang verirrt? Sie machen wohl Scherze, Brigadier!«

»Das war eine Verkettung unglücklicher Umstände. Ihm wurden Handy und Geld gestohlen …«

»Und da konnte er nicht einfach auf ein Kommissariat gehen?«

»Das hat er sich nicht getraut. Wir sind hier einer Meinung, Ihr Mann hat einen Fehler gemacht. Aber ich habe soeben mit Doktor Gallay gesprochen, und er hat mir gesagt … Moment, ich habe es notiert.«

Der Gendarm holt seinen Notizblock aus der Tasche, entziffert die Worte, die er zuvor daraufgekritzelt hat.

»Er hat mir gesagt, Isaacs Interesse für das Auto Ihres Mannes sowie seine … *seine Interaktionen mit mehreren Personen würden eine neue und vielversprechende Perspektive für die Therapie eröffnen.*«

»Mit anderen Worten: Er meint, mein Mann hätte recht gehabt?«

»Das ist keine Frage von Recht oder Unrecht, Madame Amiel. Das sehen meine Vorgesetzten genauso. Das ist eine Wanderung, die schiefgegangen ist, und es ist allein mein Fehler, dass die Suchmeldung etwas übereilt rausgegeben wurde. Ich werde die Konsequenzen dafür tragen.«

Der Gendarm fügt nicht hinzu, dass sie nur geringfügig sein werden und dass sie ihm ziemlich egal sind.

Genau wie es ihm ziemlich egal ist, dass Madame Dubon das Gespräch einfach beendet.

»Ich bekomme gerade einen wichtigen Anruf, Brigadier. Da muss ich rangehen. Aber wir sind noch nicht fertig, das können Sie mir glauben.«

Er glaubt ihr. Und dennoch ist es ihm egal.

Mehrere hundert Kilometer von hier liegt Lucile einem Freund mit ihrem Ärger in den Ohren – der Einzige, der ihr zuzuhören, sie zu verstehen und aufzuheitern weiß. Immerhin gehört auch das zu seiner Rolle als Freund, nicht wahr? Das sagt er sich seit einigen Wochen, wenn er das Gefühl hat, Éric zu hintergehen.

Lächelnd kehrt der Gendarm an den Tisch im Garten des Gasthofs zurück. Der Kleine spielt auf dem Rasen. Er spielt mit einer Katze. Also, er sieht sie zumindest an. Die Katze kommt näher, miaut, geht zurück. Windet sich ein paarmal. Tatsächlich spielt hier die Katze. Und der Junge lässt sie machen. Er wirkt fasziniert. Als hätten die Katze und er sich eine Million Dinge zu erzählen.

Ganz langsam nimmt die Welt wieder ihren Platz ein. Die Katze reibt sich am Kleinen, und der Kleine lacht. Dieses Lachen ähnelt keinem anderen Lachen, tatsächlich ähnelt es keinem Lachen, wenn man es nicht weiß; aber er lacht.

Éric Dubon steht auf. Umarmt seinen Sohn. Setzt sich wieder hin, ohne etwas zu sagen.

Das war es wert.

Epilog

Von weitem schaut Paco den Kindern der Nicht-Roma beim Spielen zu. Manchmal wäre er gern bei ihnen. Manchmal verabscheut er sie, weil das nicht geht. Meistens ist es Paco aber egal. Er hat anderes zu tun. Aber nicht jetzt. Jetzt hat er nichts zu tun, außer sich ausgestreckt auf der Motorhaube in der Sonne braten zu lassen und den eingesperrten Kindern auf dem Spielplatz zuzusehen.

Und genau da kommt das Auto an, das grüne, die Ente vom letzten Mal. Das ist einige Zeit her, ein paar Monate vielleicht, aber Paco erinnert sich trotzdem daran. An den Typen und das Auto.

Der Typ sieht ihn nicht – er schaut nicht in seine Richtung. Er schaut zum anderen Ende des McDonald's-Parkplatzes, wo gerade eine ebensolche Ente parkt, aber eine blaue. Eine ziemlich hübsche Nicht-Rom steigt aus.

Die hintere Tür der grünen Ente öffnet sich, und da ist der Junge vom letzten Mal – der nette, der nicht glaubt, er wäre der Mittelpunkt der Welt, nur weil er ein Nicht-Rom ist. Er nickt Paco zu, einfach so, ohne sich zu bewegen, nur mit den Augenbrauen. Das sieht Paco sehr wohl, trotz der Entfernung. Und er grüßt ihn auch.

Er sagt sich, dass er vielleicht, ein bisschen später, mit ihm spielen würde.

Danksagung

Mein Dank gilt dem Centre Régional des Lettres de Midi-Pyrénées für seine Unterstützung bei diesem Projekt und seine beständige Arbeit für die Autoren und die Buchbranche insgesamt; Jeanne Maylin, weil sie sich die Zeit genommen hat, meine handschriftlichen Aufzeichnungen in den Computer einzugeben; Major Jean-Louis Pouzenc für seine sorgfältige und wohlgesinnte Beantwortung aller Fragen rund um die Gendarmerie; Laurent Golzio von Passion2pattes für seine technischen Hinweise und seine umsichtigen Anregungen, ebenso Christophe Abramovsky für die Einführung in die Religion, die man isst.

Dank des Adlerauges von Béatrice Duval, Lektorin bei Denoël, und ihrer klaren Anmerkungen hat dieser Roman seine endgültige Form gefunden. Vielen Dank dafür, mir beim Entwirren der Erzählfäden geholfen zu haben.

Diese Seite wäre nicht vollständig, wenn ich nicht ein paar Worte zu den Orten sagen würde, die diesen Roman Schritt für Schritt haben entstehen sehen und ihm vielleicht etwas von ihrer Atmosphäre eingehaucht haben: die Viertel Bonnefoy/Roseraie in Toulouse, insbesondere das Schwimmbad Alex Jany und die Mediathek José Cabanis; ein kleines, windgeschütztes Grasfleckchen neben einem Tümpel irgendwo im Lauragais; und der See von L., dessen Namen ich verschweigen werde, genau wie all die Plätzchen, an denen man Pilze findet.

Dank an die ersten Leserinnen, an Marion für ihren Vornamen und das Wesentliche, was uns umtreibt; all denen, die mich ertragen, wenn mich Abrahams Anwandlungen einholen – und Dank an Emmanuelle, dafür, dass sie da ist.

Très charmant: ein tragisches Familiengeheimnis, eine große Liebe und eine bezaubernde Heldin

Valérie Perrin

Die Dame mit dem blauen Koffer

Roman

Die quirlige Justine arbeitet als Altenpflegerin im Haus Hortensie. Besonders fasziniert ist sie von der 90-jährigen Hélène, die die meiste Zeit glaubt, mit ihrem blauen Koffer am Strand auf ihren Geliebten zu warten. Nach und nach erzählt sie der 21-jährigen Justine die bewegende Geschichte ihrer großen Liebe, die während des Zweiten Weltkriegs durch Verzweiflung und Verrat gefährdet war. Dadurch inspiriert, begibt sich Justine schließlich auf Spurensuche in ihrer eigenen Familie und kommt einem tragischen Geheimnis auf die Spur.

»Ein wunderschönes Buch über Familiengeheimnisse. Warmherzig und berührend erzählt von einer originellen Heldin. Was für eine talentierte neue Autorenstimme!«
ELLE

DROEMER